CHAMAS TREMELUZENTES

Editora Appris Ltda.
1.ª Edição - Copyright© 2025 dos autores

Catalogação na Fonte
Elaborado por: Dayanne Leal Souza
Bibliotecária CRB 9/2162

Rubim, Nay
R896c Chamas tremeluzentes / Nay Rubim. – 1. ed. – Curitiba: Appris, 2025.
2025 295 p. ; 23 cm.

ISBN 978-65-250-8301-8

1. Ficção policial brasileira. 2. Investigação criminal. 3. Psicopatas. 4. Homicidas em série. 5. Amor. 6. Esperança 7. Luto. 8. Fé. I. Título.

CDD – B869.3

Appris editorial

Editora e Livraria Appris Ltda.
Av. Manoel Ribas, 2265 – Mercês
Curitiba/PR – CEP: 80810-002
Tel. (41) 3156 - 4731
www.editoraappris.com.br

Printed in Brazil
Impresso no Brasil

Nay Rubim

CHAMAS TREMELUZENTES

artêra
editorial
Curitiba, PR
2025

FICHA TÉCNICA

EDITORIAL	Augusto V. de A. Coelho Sara C. de Andrade Coelho
COMITÊ EDITORIAL	Ana El Achkar (Universo/RJ) Andréa Barbosa Gouveia (UFPR) Jacques de Lima Ferreira (UNOESC) Marília Andrade Torales Campos (UFPR) Patrícia L. Torres (PUCPR) Roberta Ecleide Kelly (NEPE) Toni Reis (UP)
CONSULTORES	Luiz Carlos Oliveira Maria Tereza R. Pahl Marli C. de Andrade
SUPERVISORA EDITORIAL	Renata C. Lopes
PRODUÇÃO EDITORIAL	Bruna Holmen
REVISÃO	Lena Devonne
DIAGRAMAÇÃO	Zeid&ditorial
CAPA	Éneo Lage
REVISÃO DE PROVA	Colméia Studios

Às vezes, a vida pode se tornar extremamente difícil de ser vivida.

Somos envolvidos por uma névoa densa, escura, sem forma e fria... Muito fria.
Por um mar de tempestades sem esperança, sem sorrisos, sem músicas e sem cor.

Porém, quanto mais difícil for, maior é o amor do qual precisamos!

Um amor que seja como uma ilha segura para o nosso coração se abrigar.
Uma ilha que permanece sendo alívio em meio à dor.
Uma ilha que sempre poderemos chamar de lar.

Portanto, este livro é dedicado ao Jeff, meu esposo, meu amor e meu amigo.

E aos meus filhos: Enzo e Liz. As cordas do meu coração!

Vocês são minha ilha segura em meio aos mares desta vida.
Minha chama de luz em meio à escuridão. E eu os amo profundamente.

"O mundo está deveras repleto de perigo e há nele muitos lugares escuros; mas ainda existe muita coisa que é bela."

(J. R. R. Tolkien)

SUMÁRIO

PRÓLOGO

— O perito já chegou?

— Sim, senhora.

As luzes das sirenes, azul e vermelho, refletiam por todo o lugar. Fitas amarelas mantinham o local isolado. Um pequeno alvoroço havia se formado na rua desde que as inúmeras viaturas haviam chegado. Anaya retirou os fones de ouvido e seguiu caminhando, passo após passo, até que entrou na sala daquela residência.

Olhou todo o ambiente ao redor. A primeira coisa que notou foram os cabelos longos e loiros esparramados sobre o chão. Quando os viu, teve a estranha sensação de que haviam sido arrumados naquela posição, mesmo que estivessem aparentemente espalhados.

O corpo estendido no chão de madeira — bem em frente à lareira — estava completamente despido. Tratava-se de uma moça bela e jovem, que aparentava ter em torno de 25 anos, quem sabe até menos. O abdômen esguio, os seios firmes, o quadril redondo... os braços elevados unindo-se no topo da cabeça e o leve cruzar de pernas indicavam que o corpo havia sido posicionado de forma altamente sensual. Quase como se estivesse sido colocado de maneira a ser admirado, pintado... ou fotografado. Uma visão que certamente seria atraente aos olhos de uma mente doentia.

Ela chegou um pouco mais perto e notou todos os sinais de tortura.

As unhas de ambos os dedos anelares haviam sido arrancadas, os pulsos e tornozelos apresentavam sinais de que haviam sido amarrados. Manchas roxas, amareladas e esverdeadas indicavam múltiplos golpes espalhados por diferentes regiões daquele delicado corpo. Não possuía perfurações visíveis.

Anaya observou tudo tão silenciosamente quanto permaneceu desde que adentrou aquela porta.

Algo mais lhe chamou a atenção: poucos centímetros acima das mãos estendidas, como se a estivesse coroando, havia uma rosa negra numa cápsula de vidro.

Uma rosa linda e exótica. Honestamente, Anaya nunca contemplara uma rosa como aquela antes. Era de um marsala muito profundo que ia escurecendo gradativamente até que se transformava em um preto muito intenso, bem próximo ao seu centro.

— Doutor — a delegada se direcionou ao perito que seguia avaliando o ambiente —, o senhor já pode me dar algumas informações?

— A temperatura e rigidez do corpo indicam que ela foi morta de 10 a 12 horas no máximo... Possivelmente, asfixia por esganadura.

— Sem uso de objetos? Ela foi enforcada com as próprias mãos?

— Exato. E a extensão das marcas no pescoço indica serem mãos de um homem adulto.

— Droga... — Ela suspirou um pouco mais, refletindo acerca do nível de crueldade necessário para se fazer isso. — E o ambiente, doutor?

— É provável que este não seja o local do crime. A moça não foi morta aqui... Certamente, essa casa foi usada como local de desova. Embora, pela maneira como o corpo foi posicionado e como foi limpo, não considero apropriado chamá-la apenas de “local de desova”. É muito esforço envolvido para isso.

— Limpo? Como assim o corpo foi limpo?

— Ainda farei uma análise mais profunda, porém acredito que os cabelos foram lavados e, em seguida, secos, e no corpo foi passado... hidratante.

"Droga". A sensação da delegada era de que essa noite não parava de piorar.

Nem essa noite e nem esse caso.

— Sinais de abuso? — ela indagou.

— Sim... E foi bem violento.

Por um instante, sentiu o estômago revirar. Mesmo após tantos anos, esse tipo de violência ainda causava todo tipo de aversão nela. Mas, embora se sentisse assim, o rosto de Anaya permanecia impassível, completamente obsoleto de emoções. Era treinada, não demonstrava fraquezas. Todo o departamento policial sabia que ali existia uma mulher dura como uma rocha e ligeira, como um guepardo.

— Algo mais?

— De imediato, não.

— E a rosa?

— Preciso avaliar melhor... E também irei consultar um especialista. Mas, adianto que essa não é uma rosa comum. A cápsula de vidro também está limpa, não existe uma digital sequer.

— Você acredita que essa cápsula estava na casa e, quando a viu, o elemento quis "enfeitar" a cena do crime? Ou, deduz que a mesma foi trazida e deixada aqui pelo assassino?

— Pela forma como a rosa aparenta estar saudável, deduzo que não foi colhida há muitos dias... E, como a família que reside aqui está de férias no Nordeste há mais de uma semana, então, eu diria que, obviamente, foi deixada pelo elemento.

— Era o que eu imaginava...

Pietro entrou na sala e direcionou-se até a delegada. Ele sabia que, como delegada, Anaya não precisaria estar no local do crime, mas há muito aprendeu que era total perda de tempo lhe fazer esse tipo de comentário. Inclusive, parte do motivo pelo qual ela obtinha um índice tão alto de sucesso em seus casos era justamente o fato de se manter sempre em movimento e, por vezes, abandonar o conforto de seu escritório para poder avaliar cenas de crime com seus próprios olhos.

O detetive parou bem ao seu lado e lhe deu mais algumas peças para o quebra-cabeça que estava exposto em sua frente.

— Não houve sinais de arrombamento — começou falando. — Na verdade, a porta estava destrancada, como se fosse um convite para entrar...

Uma família que está viajando há uma semana, com certeza, não deixaria a porta destrancada, Anaya pensou. Logo, isso significava que o assassino tinha a chave ou tinha habilidades para abrir fechaduras.

— E tem um detalhe bem peculiar... — Pietro comentou. — O corpo não foi encontrado por acaso, Anaya.

A delegada virou o rosto abruptamente para seu bom e velho amigo, o melhor investigador com quem ela tem trabalhado ao longo de tantos anos.

— Como? — ela indagou com a voz baixa e firme.

— Foi uma ligação feita por um celular descartável.

— Ah, droga! — Anaya esbravejou tão baixo que somente ela foi capaz de ouvir seu sussurro. Então, ela levantou os olhos até o homem e concluiu: — Quero ouvir a gravação dessa ligação, Pietro.

— Já solicitei.

Anaya parou e considerou um pouco mais. Na verdade, tudo sobre esse caso era bem estranho até mesmo para uma delegada como ela, que conhecia tão intimamente o pior que a humanidade é capaz de fazer.

A mulher continuou observando o corpo estendido à sua frente e toda a sala, que permanecia impecavelmente arrumada. A rosa... aquela rosa.

Esperava estar errada, mas tudo acerca desse crime indicava o que ela tanto temia: possivelmente esse seria o primeiro assassinato de uma sequência que surgiria logo a seguir. Ela só não sabia quanto tempo esse "logo a seguir" significaria.

Anaya direcionou-se novamente ao Perito:

— Obrigada, Doutor. Qualquer novidade a respeito desse caso, quero que entre em contato diretamente comigo, está bem? Os relatórios deverão ser entregues em minhas mãos.

— Entregarei, Delegada. — Uma nuvem de fumaça perpetuava o olhar daquele velho perito, que se encontrava tão intrigado quanto atordoado.

— Pietro... — ela falou em direção ao investigador —, a partir de agora, esse caso detém nossa prioridade.

Algo mais chamou sua atenção na lareira. Ela seria incapaz de dizer exatamente o que, talvez, puramente, seu instinto, que era tão afiado quanto a ponta de uma lança. Mas, o fato é que, em contraste com o restante da sala, aquele pequeno local parecia ter sido usado muito recentemente. E foi por isso que Anaya caminhou mais alguns poucos passos até parar ali, em frente à lareira. Ela se agachou, tocou em uma das madeiras e sentiu que ainda estavam quentes. Realmente quentes.

"Maldito!" Ele... Ele havia deixado a sala há pouco tempo.

1

Vó Abgail atravessou a casa feito um raio. Obviamente, seria um raio bem lento e vagaroso, mas também muito doce e delicado, assim como ela no auge dos seus 78 anos. Encontrou Matteo no mesmo lugar de sempre. Trancafiado naquele quarto imenso e escuro, projetando uma nova escultura.

Estava totalmente concentrado, tão concentrado que Abby achou que dessa vez conseguiria entrar de modo que ele não notasse sua presença. A jovem senhora diminuiu ainda mais a intensidade dos passos, que já eram lentos.

— Oi, vó... — Matteo falou tão concentrado quanto estava dez segundos antes.

— Como você sabe que...

— Ouvi seus passos, senti sua presença — respondeu antes mesmo que ela tivesse a chance de terminar sua frase.

Abby bufou.

— Sabe, meu filho, às vezes me esqueço de que você é cego. Sempre acho que você enxerga melhor que qualquer outra pessoa que eu conheço.

Matteo seguiu em silêncio, lapidando um pouco mais a escultura ainda sem forma que estava à sua frente. Os olhos vítreos, de um azul tão claro, tão claro que eram quase como as águas de Maragogi — claros e perfeitos, apenas, não enxergavam. Eram como enfeites criados para emoldurar o rosto quadrado de mandíbula marcada, a pele bronzeada e os cabelos de um louro escuro.

— Matteo, eu irei morrer! — Vó Abby esbravejou essa frase com o tom de voz mais dramático que possuía. Se o neto enxergasse, ela teria posto a mão no peito para dar mais ênfase à sua atuação.

— Esse discurso novamente, vovó?

— Novamente? — Ela suspirou. — Eu já tenho 78 anos, quanto tempo mais você imagina que eu viverei?

— Uns bons 20 anos ainda... — respondeu sem nem ao menos alterar sua posição.

Convencida, Vó Abby soltou um sorrisinho. E a velha senhora não pôde deixar de pensar alegremente que, se existem pessoas que chegam a completar 110 anos, com a alma jovial que ela possuía, certamente, poderia viver tranquilamente por mais uns bons trinta anos à frente. Se pudesse apostar, ela diria, inclusive, que só morreria após bater o recorde de pessoa mais velha do mundo — velha, porém, jovem! Pois, em seu coração e em seu espírito, Abgail seria uma daquelas pessoas que não envelheceriam jamais.

— Ok, ok — ela falou, amenizando sutilmente o tom de voz. — Mas não terei a mesma disposição que tenho hoje para poder organizar uma viagem com meu único neto. Além disso, deveria ser proibido dizer não para uma senhora no final de sua vida...

Matteo pegou o pano que estava bem ao lado da escultura e começou a limpar as mãos. E, só que ele havia parado de mexer naquele punhado de barro temporariamente, foi a deixa mais que perfeita para que a velha senhorinha entendesse que tinha finalmente capturado a atenção de seu neto. Então, sem perda de tempo, ela continuou:

— Eu realmente posso morrer amanhã, sabia?! E, sendo vó de um homem tão cabeça dura como você, é provável que eu morra ainda hoje! Na verdade, se eu durar até o final do dia, será um milagre...

— O que você quer, vovó? — Matteo perguntou, se dando por vencido diante do discurso digno de um Oscar que ela havia iniciado... Não, ele definitivamente não venceria o drama de sua vozinha; a única família que lhe restara e a quem ele ama mais que tudo. E, francamente, a cada novo ano, sentia-se menos disposto a resistir aos seus anseios, mesmo que isso lhe custasse um grande esforço, como o de fazer coisas contra sua vontade.

— Eu quero viajar! Com você! E... Eu quero logo — ela concluiu. — Afinal, você sabe, eu posso morrer...

Vó Abby já havia planejado citar sua morte eminente por mais cinco vezes quando foi interrompida com um "Ok, Vó, se é isso que a senhora almeja, então, vamos viajar".

A pequena senhora era tão miúda e esguia, sapeca como uma criança de cinco anos. Não se importava nenhum pouquinho em se fazer parecer sábia, séria ou experiente, embora ela fosse todas essas coisas quando necessário. Mas, a verdade é que ela desejava apenas viver. Viver intensamente. Queria continuar arrancando suspiros dessa vida, tanto quanto poderia, e, claro, de quebra, muitas gargalhadas. A satisfação de estar viva lhe importava mais que a opinião de qualquer outro, e talvez essa fosse uma das melhores coisas que ela havia adquirido com a velhice.

Definitivamente, não se importar com o que não é importante.

Desde que Vó Abby compreendeu a beleza de estar viva — isso, poucos anos antes — e que cada novo dia realmente é um raro, belo e precioso presente, ela se tornou uma mulher apaixonada pela vida. E, através do que ela chamou de um golpe de sorte, também descobriu que o drama lhe era um bom aliado. Ao menos, quando se tratava de convencer seu único — e turrão — neto a ceder à sua lista de desejos... Desejos que, de acordo com ela, deveriam partir primeiramente dele, afinal, Matteo tinha apenas 35 anos, e, céus! Quem, em sã consciência, não adoraria sair viajando por aí? Jantando em lugares diferentes e exóticos? Experimentando o melhor que cada cultura tem a oferecer? Explorando cada cantinho, onde se consegue chegar? Ao que parece, ela e o restante da população adorariam, mas, para seu desespero, seu lindo neto não.

Isso, até ela descobrir o poder de se fazer um bom e velho drama.

E, quando descobriu que, dentre todas as palavras existentes no mundo, "morte" seria a sua palavrinha mágica, ela não se importava de usar a bendita palavra por cinco vezes seguidas em uma mesma frase se fosse preciso.

— Mas, por favor — Matteo continuou —, tenha dó do seu neto! Evite excentricidades como escalar os Alpes suíços, afinal, vovó, a Sra. sabe que nem eu e nem você conseguiríamos realizar tal feito.

Abby já estava pronta para refutar o argumento mais bobo que havia escutado no dia, pois é claro que Matteo poderia escalar não só os Alpes Suíços como também o próprio Everest. Mas, como hoje foi a vez que havia conseguido convencer seu neto a ceder seus não — caprichos, de forma mais rápida que todas as outras, ela resolveu apenas desfrutar do prazer da instantânea e fatal vitória que havia conquistado.

— Mais alguma recomendação? — ela questionou com a animação de uma criança escolhendo o tema de sua festa de aniversário.

— Seria muito pedir que fosse aqui dentro do Brasil?

2

— Pietro, você obteve algum retorno com o especialista em rosas? — Anaya questionou o detetive enquanto olhava pela décima vez consecutiva todas as fotos da cena do crime espalhadas em sua mesa.

— Sim. Basicamente, ele confirmou tudo que já imaginávamos — o detetive respondeu enquanto puxava uma cadeira para se sentar. — A rosa não é apenas rara, na verdade, é única. Não existem outras como ela. Estamos falando de uma safra nova, exclusiva. De acordo com o especialista, somente uma pessoa extremamente habilidosa conseguiria desenvolver uma rosa assim... O fato de ela nunca ter sido exposta antes pode indicar que o cultivo tenha sido desenvolvido com algum objetivo bem específico...

— Coroar a morte... — Anaya concluiu com a voz baixa. Esse pensamento lhe perseguia desde o momento em que ela havia visto a rosa pela primeira vez, duas noites atrás, naquela sala.

A delegada continuou em silêncio, observando as fotos em sua mesa. Pegou novamente o relatório do legista e releu o trecho que confirmava o motivo da morte; de fato, havia sido asfixia por esganadura. Um detalhe chamou sua atenção no relatório: todos os golpes que aquele pequeno e delicado corpo sofreu foram feitos sem o uso auxiliar de algum objeto. Provavelmente, aquela jovem havia sido golpeada repetidas vezes pelas próprias mãos do agressor, enquanto era violentamente estuprada por ele. O relatório concluía que todas as agressões eram manuais, com exceção de uma: a forma em que as unhas anelares foram arrancadas.

— O que você está pensando, Anaya? — Pietro indagou, notando suas expressões.

— Mãos... — ela respondeu.

— Mãos?

— Se concluirmos que o elemento é quem cultiva suas próprias rosas, o que tenho quase certeza que é... E, levando em consideração que todos os atos de agressão cometidos por ele contra a vítima, incluindo a forma como ele a matou, foram causados, em sua maioria, pelas mãos do elemento... — Ela pensou um pouco mais antes de continuar. — Parece-me que existe nele uma necessidade de que tudo seja feito com suas próprias mãos! As mesmas mãos que são capazes de dar vida a algo novo e belo como aquela rosa, são as mãos que também podem tomar a vida de algo igualmente belo e jovem, como aquela mulher... — Anaya olha para seu parceiro e, com a voz mais firme, finalmente o indaga: — O que isso diz a você, Pietro?

— Que ele é só mais um otário com complexo de se considerar "Deus"... — O homem respondeu com um certo tom de desprezo em sua voz, pois, embora Anaya não fosse alguém que possuísse apreço pela fé, Pietro era. — E, por mais que ainda seja cedo demais para concluir, eu diria que as agressões manuais podem fazer parte do seu modus operandi, ou da sua assinatura... — Os olhos de Pietro começaram a ficar nublados enquanto os pensamentos se conectavam em sua mente. — Anaya, esse perfil que começamos a traçar... deve estar errado. Não pode ser isso... Porque, se for... — Pietro congelou por dentro, sentiu como se, por alguns breves segundos, sua própria alma estivesse sendo petrificada.

— Haverá mais mortes — Anaya concluiu a frase de seu velho amigo. Essa era uma certeza que havia tomado conta de sua mente desde o instante em que seus olhos pousaram sobre a jovem de cabelos dourados, completamente nua e sem vida, no chão de madeira daquela sala.

— Mas que merda! — Pietro praguejou. — Anaya, isso é diferente de tudo que estamos acostumados a investigar, casos assim não aparecem na delegacia... você tem certeza, é isso mesmo? Estamos falando de um possível serial killer?

— Infelizmente, sim, eu tenho certeza, Pietro. Tudo isso é específico demais para ser outra coisa. — Anaya levantou-se de sua cadeira e pôs-se de pé em frente à janela imensa que atravessava seu escritório de um lado a outro. Luzes acesas embelezavam os prédios com o anoitecer, por mais que aquela fosse uma noite cinza. — O local onde o corpo foi deixado e o modo como estava perfeitamente limpo, a perícia não encontrou um vestígio de DNA sequer... nada. O que indica que foi premeditado. Como o corpo foi posicionado... sensual, erótico. Ela foi limpa, até os cabelos foram lavados, Pietro. Ele passou hidratante no corpo dela. Novamente, premeditado. Duas unhas foram arrancadas, ambas dos dedos anelares. Dedos que simbolizam o compromisso com relacionamentos amorosos. — A delegada suspirou. Esse era um fato que levantava muitas perguntas, mas, por enquanto, ela preferia deixá-las consigo mesma. — O elemento queria que o corpo fosse encontrado exatamente do jeito em que foi deixado. Ele queria que o perfume fosse sentido, ele queria... — Anaya pensou um pouco mais, um calafrio percorreu seu corpo. — Uma plateia para admirar sua obra... Por isso fez aquela ligação. E essa rosa... "Única".

Foi como um estalo em sua cabeça, como se uma luz tivesse acendido. Anaya voltou a mexer na pilha de fotos que estavam espalhadas e retirou a foto da rosa negra. — Pietro, teria como estimar quanto tempo foi necessário para desenvolver essa rosa?

— Impossível. Para chegar a esse resultado, os testes podem ter levado meses ou até anos... quem sabe?! Mas, por que isso importa?

— Se as rosas foram cultivadas visando... compor a cena do assassinato, se a rosa for parte indispensável de sua assinatura, como eu imagino que seja, isso poderia indicar parte do seu modus operandi. — As coisas começavam a se conectar em sua cabeça e Anaya tentava organizar seus pensamentos de modo que Pietro também compreendesse as pistas que estavam se ligando em sua mente — O que estou tentando dizer é que, se existiu muito tempo para desenvolver essa rosa, o elemento também pode ter tido muito tempo para planejar cada detalhe... provavelmente, ele pode ter observado a vítima antes, estudado seus padrões de comportamento, e... — Anaya abriu os olhos, espantada, e falou mais devagar — Dos lugares de desova... A rotina daquela família. A rotina da casa. Ele... Ele sabia que a casa estaria vazia, que teria tempo e segurança para entrar e sair de lá.

— Droga! — Pietro esbravejou uma segunda vez.

— Pietro, amanhã quero que você entre em contato com os donos da casa onde o corpo foi encontrado e veja se eles costumam tirar férias neste mesmo período todos os anos.

— Será a primeira coisa que vou fazer...

Uma áurea pesada pairava sobre o escritório, entre eles. Era como se as nuvens cinzas que se estendiam no céu estivessem nascendo sobre o teto daquela sala. Um triste prenúncio do que estavam prestes a enfrentar. Uma mente tão doentia, como eles jamais haviam encarado antes. E, embora fosse doentia, também era extremamente brilhante de uma maneira completamente maligna. Que, eles sabiam, já estava muito à frente deles.

— Me incomoda que ainda não temos como estimar a vitimologia... — Pietro falou em voz baixa. — E com apenas uma vítima, também não temos como estimar o tempo em que acontecerá o próximo ataque.

— Exato... — Ainda em pé, a delegada virou-se para seu amigo e parceiro. — E até mesmo o perfil ainda é vago. São muitas perguntas sem resposta. — Anaya tornou a olhar a cidade noturna quando, por fim, falou: — Essas são somente as primeiras peças de um longo e cruel quebra-cabeça. Mas, se estivermos seguindo esse faro corretamente, não irá demorar para que a segunda vítima apareça. Pois, se ele realmente levou muito tempo para planejar isso... foi tempo demais se contendo, só, imaginando, escolhendo, planejando... Como se fossem preliminares. E agora que finalmente começou, não conseguirá se conter. O elemento não vai parar.

3

Já passavam das 3h da manhã quando Anaya finalmente entrou em casa. Seu gato, Teobaldo, uma bolinha de pelos ruivos da raça persa, a recebeu roçando entre suas pernas.

— Oh, Teobaldooooo — Anaya pegou seu gato grande e gordo nos braços e começou a acariciar sua enxurrada de pelos —, que saudades que eu estava do meu menino.

Ela virou o gato para ela e começou carinhosamente a perguntar:

— Quem é o neném da mamãe? Quem é o gatinho mais lindo do mundo? É vocêêêê! Éhhhh.

Acariciar Teobaldo havia se tornado sua terapia diária. Afinal, nada como uma dose exagerada de carinho peludo para aliviar todas as tensões do dia. E, em especial, aquela carinha de bravo que Teobaldo tinha a derretia. Seu gato realmente tinha uma carinha de rabugento que Anaya amava. Combinava com ela, Teobaldo era sua alma gêmea felina.

O apartamento estava silencioso, como todas as noites, todos os dias... Todo o tempo. E, arrumado. Impecavelmente arrumado, nem parecia que alguém vivia ali.

A delegada gostava do silêncio, e também gostava da organização daquele lugar. Da sensação de ordem que lhe trazia, mas, no fundo, tudo isso era meio... solitário.

Normalmente, Anaya não costumava pensar muito sobre isso, mas, em madrugadas como essa, quando chegava em casa tão tarde — apenas poucas horas antes do amanhecer — e tudo estava tão frio e tão quieto, Anaya pensava... Ah, ela pensava.

A delegada caminhou até seu quarto, retirou sua arma do coldre e a colocou sobre a mesa de cabeceira que ficava ao lado de sua cama. Em seguida, dirigiu-se ao banheiro para um banho quente e demorado. Exatos 32 minutos depois, quando os dedos de seus pés já estavam ficando enrugados e sua playlist já havia perdido a graça, foi que desligou o chuveiro.

Anaya vestiu aquela camiseta de algodão branca, imensa, que, obviamente, havia sido feita para uma pessoa com o dobro de seu tamanho. Mas, que, ainda assim, ela adorava usar para dormir. O único cheiro impregnado no tecido era o de amaciante, não havia nenhum perfume amadeirado borrifado nela, para que a fizesse lembrar de alguém ao dormir. Não, não havia ninguém. Era só ela e... todos esses casos que rompiam com sua alma. Passou a mão sobre o tecido de que seu corpo gostava, gostava da forma como era macio, leve e caro. Aquele pedaço de pano branco custava uma pequena fortuna, mas a Delegada amava como ele ressaltava ainda mais o tom de sua própria pele negra.

Enquanto enchia a palma de sua mão de creme, elevou os olhos ao espelho e viu seu próprio reflexo nele. A imagem refletida resumia-se em uma palavra: cansaço. Ela estava tão cansada. O peso que há tantos anos carregava em seus ombros havia aumentado em mais uma tonelada e ela, ela, tinha de suportar. Só suportar... Não existia um lugar onde pudesse despejar suas cargas, nem alguém com quem pudesse realmente dividi-la. Então, sua única opção era suportar.

Anaya obrigou-se a dar um breve sorriso quando notou que as mangas já batiam em seu cotovelo, e o comprimento estendia-se para um pouco mais da metade de sua coxa. Como estava magra. Queria dizer a si mesma que não fazia sentido nenhum estar magra assim, visto que vivia comendo algo industrializado. Mas, a verdade é que também vivia pulando refeições, pois as coisas que ela via deixavam-na com o estômago embrulhado.

Era um pouco estranho ter camisetas masculinas quando não havia nenhum homem em sua casa, em sua vida... mas elas eram tão agradáveis para dormir. É por isso que pagava caro por elas. Ou, para se enganar.

A Delegada foi até a geladeira, retirou dois pedaços de pizza e esquentou-os no micro-ondas. Dois minutos depois, estava novamente sentada em sua cama ao lado de Teobaldo. Ligou a TV e procurou algum canal de desenho animado para assistir até pegar no sono. Gostava de desenhos, afinal, eles eram infantis, inocentes e leves... Tão diferente de tudo aquilo com que ela lidava cotidianamente, dia após dia.

Teobaldo seguia encarando-a enquanto Anaya mordia mais um pedaço de pizza e puxava o queijo derretido. Aquela carinha de rabugento estava ainda mais fofa e ameaçadora. Aquele par de olhos caídos que o seu gato possuía era um verdadeiro perigo. O olhar era mortal.

— Teobaldo... Não me olhe assim! — Anaya falou, tentando ignorar os olhares que recebia de seu gato — Você sabe que não pode comer essas coisas. Eu sei que você considera uma crueldade comer apenas ração, mas veja só... é saudável!

Teobaldo continuava encarando-a; se pudesse definir sua expressão em uma única palavra, seria: indignação. O gato nem se deu ao trabalho de miar em resposta aos absurdos que ouvia, pois, sim, viver à base de ração era maldade. Ele também queria queijo derretido. E, vivendo à base de pizza, quem ela era para falar de saudável? Quanta ironia!

— Teobaldo... Te.o.bal.do! — Anaya bufou e, em seguida, soltou um longo suspiro, por fim levantou-se da cama, indo em direção à cozinha atrás de alguns petiscos felinos que mantinha guardados para momentos como esse.

Assim que os encontrou, pegou uma pequena porção, colocou em uma tigela de porcelana e levou para a cama, para que Teobaldo comesse ao seu lado. Só assim poderia terminar sua pizza em paz e sem peso na consciência.

O gatinho realmente aliviou suas feições quando sentiu o cheiro do petisco.

— Você não vale nada, Teobaldo — Anaya falou sorrindo para o gato, enquanto o via devorar seus petiscos. — Nós iremos ficar para titia, sabia?! Teremos uma vida longa com muitas madrugadas, feito essa, eu e você!

— Miauuu — Teobaldo respondeu em seguida. Ela não sabia se esse miado significava um "não seja boba" ou se era algo do tipo "que bom, pois não quero ter que dividir o seu amor". Seja como for, apenas sorriu e acariciou seu gato mais uma vez. O som do ronronado que ele fazia toda vez que seus dedos afundavam em seus pelos alaranjados sempre despertava nela um desejo ainda maior de seguir acariciando o bichano. Só que o interesse do gato já havia mudado e carícias não eram mais o alvo dele.

— Ah, Teobaldo... Eu te amo, seu gatinho fofo e rabugento!

O bola de pelos persa olhou para ela e, novamente, virou o rosto, dando-lhe as costas, concentrando-se em seus petiscos outra vez.

Afinal, ele não era rabugento. Não era mesmo!

Anaya começou a sorrir vendo a reação do gato, e então voltou a comer sua pizza, que, a essa altura, já estava fria, mas não estava menos gostosa por isso.

"Bruno". "Bruno e Anaya". Coração, coração, coração.

A sala de aula estava barulhenta, os alunos gritavam enquanto bolinhas de papel voavam por todos os lados. A pequena Anaya seguia em silêncio, suspirando enquanto escrevia em seu caderno o nome do garoto do qual ela tanto gostava: Bruno. O menino mais popular da sala de aula e que, por isso mesmo, todas as outras garotas também gostavam. Ele era tão lindo com seus cabelos loiros e olhos azuis que mais se parecia com um anjo de dez anos.

Anaya estava sentada no mesmo lugar de sempre, na última cadeira, na última fileira. Bem no cantinho da sala, escondida.

Ela tomou um susto quando sentiu seu caderno ser puxado de suas mãos. E, no exato instante em que a sala percebeu que era Maria quem havia puxado o caderno de Anaya, todos ficaram em silêncio. Maria era linda e popular, com cabelos longos e ondulados, tão loiros quanto os de Bruno. Mas também era malvada. Muito malvada. Em um só puxão, ela arrancou a folha que Anaya estava há poucos segundos escrevendo e lançou o caderno no chão. O coração da pequena menina começou a disparar, ela havia ficado tão assustada.

— Você gosta do Bruno? — Maria desdenhou enquanto todos a observavam. — Não seja ridícula, Anaya, olhe só para você… Você não combina com a gente. Você é... É tão feia!

Os olhos de Anaya encheram-se de água *enquanto via Maria rasgar a folha de papel bem na sua frente. Ela olhou rapidamente a sala, algumas crianças riam dela, mas muitas outras também estavam assustadas. Mas ninguém, ninguém falou nada. Nem mesmo o Bruno.*

— Maria, para a sua mesa agora! — A professora Lidi havia acabado de entrar na sala. E, embora não tivesse entendido muito bem o que estava acontecendo, certificou-se de pôr Maria o mais longe possível da pequena garota.

Anaya levantou-se, saiu correndo e chorando, para fora da sala… Correu pelo corredor extenso e comprido até encontrar uma sala escura e vazia. Correu para o fundo da sala, sentou-se no chão e escondeu seu pequeno rosto sobre os joelhos; chorou, chorou e chorou... Até que sentiu uma sensação estranha se apoderar do ar, era gelada e lhe causava um nó desagradável no estômago. A pequenina levantou a cabeça e, mais ao centro da sala, vislumbrou mechas de cabelo loiro espalhadas pelo chão. Enquanto se colocava de pé, enxugou as lágrimas e caminhou em direção às mechas loiras, pensando que talvez Maria houvesse caído e se machucado. Ela seguiu caminhando passo após passo, até que tomou um susto com o que encontrou. Seus olhos arregalaram no exato instante em que viram uma mulher nua, jovem e sem vida, com os cabelos espalhados pelo chão... Seus braços estavam posicionados sobre a cabeça e suas pernas levemente cruzadas. A garotinha tentou gritar, mas sua garganta não emitia nenhum som. Sentiu seus pés congelarem. E, quando olhou adiante, viu uma rosa negra numa cápsula de vidro. Mesmo em pânico, deu mais dois passos até a rosa, e ao lado dela, cravado no chão, escrito em sangue, havia os dizeres: vem me pegar.

— Aaahh — Anaya acordou em um grito. Estava suando. O coração disparado. — Foi só um sonho. Foi só um sonho — dizia a si mesma enquanto enrolava seus braços sobre si. Percebeu que Teobaldo estava roçando impacientemente na lateral de seu corpo, tentando acalmá-la. Era quase como se o gato tivesse visto seu sonho ou sentisse seu próprio pânico se diluir.

Anaya pegou seu gato no colo e começou a acariciá-lo.

— Shhhh. Está tudo bem, Teobaldo, foi só um sonho. Já passou. Já passou.

4

Vó Abby sentia-se exultante enquanto percorria a velha estrada até o litoral. Ela já havia travado uma briga com Matteo no raiar do dia por dispensar o motorista particular dele, visto que ela decidiu que parte importante da curta viagem que fariam seria justamente o fato de ela ir dirigindo. E, naturalmente, seu neto não gostou nadinha da ideia, afinal, uma velhinha dirigindo por longas distâncias com um cego no banco de passageiros? Era ridículo, fora que os perigos dessa peripécia eram incontáveis!

Mas, como sempre, Vó Abby o venceu com seus argumentos nada convincentes, apenas porque sabia que Matteo era completamente predisposto a ceder a todos os seus desejos e caprichos da terceira idade. E ela, como sempre, amava tirar proveito disso.

Agora, ali estavam eles, sentindo o vento no rosto em direção a Ubatuba, ouvindo *Girls Just Want To Have Fun*, enquanto Abby dirigia usando um belo lenço amarrado em seus cabelos grisalhos e seus óculos de sol vintage gatinho adornando seu rosto.

A velha senhora olhou sorrateiramente para o neto sentado ao seu lado e considerou que, ali, Matteo parecia uma muralha ocupando todo o espaço de seu carro. O homem realmente era alto e forte. Uma muralha — pensou ela outra vez — uma muralha grande e carrancuda.

Quando ouviu o risinho quase inaudível produzido por sua vó, Matteo apenas se obrigou a dizer, sem ao menos virar o rosto:

— Olhos na estrada, vovó.

— Oh, querido, é tão lindo! — Vó Abby esboçou a admiração que sentia pelo neto, quando, por fim, chegaram à Pousada. — É ainda mais lindo do que nas fotos! Da piscina, é possível ver o mar e a praia...

Matteo inalou profundamente o cheiro que envolvia o ar ao seu redor, era muito mais puro que o da cidade, e logo percebeu o cheiro de mar subir até as narinas, existia uma pitada de algo salgado e, ao mesmo tempo, cítrico nesse cheiro que é tão específico e, então, escutou a forma como as ondas sutilmente quebravam na orla poucos metros à frente de onde estavam, e também notou, através dos sons que emitiam, a presença de alguns pelicanos voando sobre a água. Ele sentiu o calor do sol acariciando seus braços. Encontrou paz e quietude naquela mistura de sons, fragrâncias e sensações.

Teve vontade de tirar os sapatos e caminhar descalço... Sentiu primeiro a grama no solo macio, e depois sentiu a areia quente brincando com os dedos dos pés. Ele pensou em como seria ter crianças por perto, ouvir os sons abafados de suas risadas indo e voltando, enquanto corriam para longe ou para perto... Talvez, quem sabe, correndo para ele.

Mas estava silencioso, só o som da natureza seguindo seu próprio ritmo ao redor. E Matteo gostava desse silêncio, dessa quietude. Vó Abby foi extremamente gentil em escolher dias que fossem durante a semana, afinal, era vazio. E, se existia algo que Matteo gostava tanto quanto do silêncio, eram os vazios, lugares vazios.

Eles permitiam a Matteo provar da liberdade sem as correntes do constrangimento.

Ele não deveria se sentir constrangido por ser quem é, por aceitar as limitações que sua condição de cego lhe impunha, mas sentia. Frequentemente, ele sentia. A cada passo que precisava ser dado, um pouco mais lento, por não conhecer o caminho, a cada momento de espera para ser conduzido. E tinham sempre os olhares, olhares de pena que não via, mas sentia. Sentia-os como se fossem uma áurea enevoada, o abraçando recheado de muitos espinhos. Cochichos e comentários indiscretos que ouvia sempre que passava e desconhecidos percebiam que era cego... Principalmente quando estava acompanhado de sua Vó Abby. Afinal, por mais que ele parecesse algo como uma porta ao lado da velha senhora — tão pequena e frágil, aos olhos maldosos das pessoas, era como se a segurança dele dependesse unicamente dela, e não o contrário. Logo, estariam ambos desprotegidos. E por isso, vez ou outra, eram alvo de pena e chacota.

Nada passava mais longe da verdade do que essas afirmações, nem Matteo era incapaz e nem Vó Abby era frágil, mas ainda assim, esses comentários e piadas o incomodavam profundamente. "Chega a ser ridículo um homem tão grande depender de uma idosa", "Oras, se acontecer algo, quem vai ajudá-los? Se ele cair, é capaz de machucar a pobre velhinha", "Quanta irresponsabilidade", "Tão lindo, pena que não pode ver nada. Mas com essa aparência, quem precisa de olhos, não é mesmo?!".

Matteo odiava esses cochichos! Tanto os cruéis, que o invalidavam diante de sua tão amada Vó, quanto aqueles em que o resumiam a um apetitoso pedaço de carne. Com o tempo, ele aprendeu a ignorá-los. Além de cego, tornou-se surdo, pois fazer sua Vó Abby feliz era mais importante para ele do que dar ouvidos a estranhos que nada sabiam sobre suas vidas. Matteo também sabia que a doce senhora tinha uma saúde de ferro e estava longe de morrer, mas estava velha. Embora não soubesse quando, um dia o inevitável aconteceria. E, até lá, ele estava decidido a ceder todos os caprichos que sua vó lhe pedia.

Se ela amava viajar, então ele viajaria e faria parte de quantas peripécias lhe fossem possíveis, principalmente aquelas que lhe exigiam uma dose extra de paciência. Por sorte, paciência era uma virtude que ele sabia bem como cultivar.

5

Os dias estavam quentes e divertidos.

Matteo nadava diariamente na piscina da Pousada e, enquanto o fazia, roubava suspiros das mulheres que ali trabalhavam. Elas adoravam dar-lhe uma atenção mais que especial; o excesso de gentileza era óbvio, afinal, elas não agiam como se ele fosse alguém que não enxerga, mas como se fosse uma criança de dois anos que necessita de ajuda para *absolutamente* tudo! Insistiam em ficar tocando-lhe o tempo todo, querendo que se apoiasse nelas para cada passo, chegando ao absurdo de insinuar na tarde anterior que poderiam ajudá-lo servindo uma fatia de bolo direto em sua boca. Esse tipo de comportamento deixava Matteo amplamente irritado, mas, a pedido de Vó Abby — que insistia em ser um cupido que atira flechas loucamente para todos os lados — na maioria das vezes apenas recusava, oferecendo em troca um sorriso para as moças e um agradecimento pela gentileza.

Era uma tortura se fazer tão indefeso, mas quando estava com Vó Abby, interpretava o papel que ela quisesse, inclusive o de bobo da corte.

E, além disso, atenção feminina nunca foi realmente um problema.

Enquanto estava deitada tomando sol na beira da piscina, observando o neto nadar outra vez, Abby se perguntou se ele se escandalizaria com o maiô que ela vestia se pudesse vê-lo. O pensamento a fez dar uma sequência de pequenas risadas, que, claro, não passavam despercebidas a Matteo, que logo se moveu em direção a ela.

— Se divertindo, vovó?

— Absolutamente — a velha senhora respondeu com um risinho a mais.

— O que eu não faço para te fazer feliz, minha Oma?

O coração de Abby desmanchou-se de muitas formas ao ver seu neto chamá-la de Vó em alemão. Lembrou-se de si mesma, quando ainda era uma garotinha, perdendo-se no colo de seus próprios avós. Abby lembrou-se de suas raízes, sua história e daquele que um dia fora seu país.

— Você faz tudo, meu enkel... — respondeu com o mesmo afeto e reproduzindo o mesmo idioma ao chamá-lo de neto — Tudo... menos me dar bisnetos.

Matteo gargalhou alto ao ouvir a conclusão de sua doce Vó.

— A senhora é mesmo irremediável.

Ao final da tarde, quando o sol não estava mais tão quente assim, Matteo e Vó Abby caminharam pela orla da praia, sentindo a água morna do mar tocar-lhes os pés. Eles conversaram sobre tantas coisas, especialmente as saudosas lembranças que Abby cultivava de sua juventude.

Vó Abby recordava as histórias que cresceu ouvindo sua mãe contar, de como seu pai e seu avô foram alguns dos muitos heróis que lutaram bravamente na 2ª Guerra Mundial, e que, mesmo sendo alemães, arriscaram a própria vida ante ao Reich para proteger ao máximo de pessoas que conseguiam. Ela contou como seu próprio pai, Egon Sperb, encaminhou muitos judeus até as rotas de fuga naqueles tristes anos. Muitos foram os alemães, soldados e civis, que colocaram suas vidas em risco para proteger os perseguidos, sem jamais terem seus nomes reconhecidos na história, mas que se recusaram a servir de palco para uma das maiores atrocidades já documentadas pela humanidade.

Abby contava como 1945 foi o ano mais glorioso para sua família, pois não só marcou o fim da guerra, como também o seu nascimento. Ter um bebê em casa após tantos anos de uma terrível sequência de tragédias, barbaridades e medo foi um alívio para sua família, assim como uma brisa de outono.

Ela contava sobre como foi estabelecer-se no Brasil poucos anos depois, ainda em sua infância. E também como estourou o movimento hippie no auge de sua adolescência. Vó Abby era quase uma enciclopédia humana, era impressionante que estivesse conversando com alguém que viveu tantas coisas, presenciou tantos eventos, e, mesmo assim, era sua vó. Sua doce e amada, tão querida, dramática e extravagante, Vó.

Eles sentaram na areia e continuaram falando e falando, até o sol se pôr.

Vó Abby relembrava infinitas coisas e, enquanto as descrevia, certificava-se de estar pulando propositalmente as lembranças mais difíceis e tristes que existiam em sua própria história. Lembranças essas tais como a morte de seu marido e, de forma tão trágica e prematura, a morte de seu filho e sua nora — os pais de Matteo. Dentre todos os laços que entrelaçavam suas almas, aquele reconhecido como a dor partilhada era o fio mais forte e resistente. O roubo da vida e do futuro, de sorrisos que jamais seriam dados e de momentos que nunca seriam vividos. Possivelmente, a dor que jamais seria superada, mas que os anos a ensinaram a conviver. Basicamente, seria "*viver com*". O que, nesse caso, significava mutualidade. *A felicidade não anula a dor, portanto, a dor também não anula a felicidade.* Elas apenas coexistem num mesmo espaço — de um mesmo coração, respeitando o lugar que cada uma possui. E, sobretudo, deixando fluir o tempo que elas têm de se mostrar. É um frágil e delicado equilíbrio, mas que, quando alcançado, produz paz.

"Paz que excede todo entendimento"

Paz em meio à felicidade. Paz, apesar da dor.

Mas, como eles estavam viajando e hoje Abby não queria chorar, ela seguia pulando essas partes.

Três semanas haviam se passado desde aquela noite fria e chuvosa em que Anaya encontrara o corpo da jovem Anabele exposto completamente sem vida naquele chão de madeira.

A jovem, que tinha apenas 23 anos, não constava no banco de dados nem mesmo como desaparecida. Ela morava sozinha em um pequeno apartamento no centro da cidade. É triste pensar que ninguém percebeu sua ausência até que fosse tarde demais. A polícia havia revirado o apartamento da jovem atrás de qualquer pista que fosse, e tudo que conseguiram concluir é que não houve nenhum crime cometido na residência; o que viram foi apenas a rotina de uma estudante de engenharia que trabalhava meio período em um escritório. Quando entraram no quarto, a cama ainda estava bagunçada, e a coberta marrom estava por dobrar. Na pia da cozinha, existia um pão de forma com presunto e queijo mordido, e do lado, um copo pela metade com suco de laranja. Tudo indicava que ela havia acordado atrasada, que saíra de casa com pressa. Será que mudaria alguma coisa no desfecho daquele dia se ela tivesse terminado de comer seu café da manhã? É estranho pensar em como todos os detalhes importam quando se trata dos últimos momentos que antecedem o assassinato de alguém.

A delegada já havia coletado depoimento de toda a família, vizinhos, amigos e até mesmo do ex-namorado da jovem, e, no final, nada. *Nada.*

Nada para os outros, não para Anaya, porque para ela cada ausência de vestígios, cada pista que aparentava levar a uma rua sem saída, de alguma maneira conversavam com ela, serviam para traçar um perfil. E logo, um *modus operandi.*

Ela sabia que esses seriam seus melhores e mais fiéis aliados na teia que a levaria direto para esse psicopata.

Ela o pegaria. Sabia disso.

6

Anaya mal havia entrado em casa quando o celular tocou. O dia havia sido cheio... e difícil. Tinha lidado com dois casos distintos de violência doméstica. Embora essas fossem umas das intercorrências mais frequentes na delegacia, era sempre difícil ver mulheres que, muito antes de terem seus corpos machucados e violados, possuíam um psicológico que foi destruído. A maneira com que suas mentes eram aprisionadas, os terrores que as assolavam... Se dependessem delas, na sua maioria, nem prestariam queixa.

Esses casos a levavam para uma parte sombria de seu próprio passado. A levavam para Iolanda e para aquela noite que ela jamais queria ter vivido...

— Fala, Pietro. — Anaya atendeu o celular enquanto se dirigia ao sofá, com a pretensão de se aninhar em Teobaldo.

Após lidar com aquelas mulheres espancadas, ela precisava de seu gato. Precisava esquecer, mesmo que por poucos segundos, o quão terrível eram as situações que ela se encarregava de cuidar todos os dias, um após o outro.

— Recebemos aquela ligação novamente... — Pietro fez uma breve pausa antes que sua voz arrastasse para sair feito um miado, em meio a uma névoa escura de cansaço e terror. — Outro corpo.

Anaya paralisou. De repente, sua saliva tornou-se ácida em sua boca.

— Estou indo.

A cena de um mês atrás se repetiu. Era quase idêntica. *Quase.*

Faixas amarelas isolavam o perímetro, viaturas ligadas estavam paradas na rua, luzes vermelhas e azuis refletiam por todo o lugar. O barulho das sirenes abafava as vozes aterrorizadas que se misturavam entre si. A cada minuto, mais e mais vizinhos se aglomeravam em frente às suas casas.

A residência que havia sido escolhida como palco de desova, diferente da anterior, não era uma casa vazia temporariamente por uma família que estava de férias, mas sim uma que estava à venda há pouco mais de um ano.

Quando adentrou pela porta principal, apenas quinze passos distanciavam Anaya da jovem deitada no chão de forma tão... erótica? Completamente nua e sem vida. Os cabelos ruivos e exuberantes pareciam cascatas onduladas espalhadas pelo chão de porcelana branca. E a pele alva assemelhava-se ao marfim.

As mãos estendidas, unindo-se levemente pelo tocar de dedos ao topo da cabeça, reproduziam com perfeição aquela mesma cena já vista anteriormente. E bem ali, coroando a cena, estava ela: A rosa.

Os seios pálidos continham alguns hematomas, assim como o resto do corpo. Marcas indicavam que a jovem havia sido amarrada. As unhas dos dedos anelares haviam sido arrancadas. O corpo havia sido limpo e perfumado, assim como os cabelos.

A cena toda era um déjà-vu completo. O perito agachado avaliava a cena e Pietro, ao seu lado, fazia constatações. A casa estava completamente limpa, sem um vestígio sequer. Tudo idêntico, exceto pela casa, exceto pelo fato de a primeira vítima ser loira e esta, ruiva.

— Doutor... — Ela direcionou-se ao perito. — Sinais de estupro?

— Sim. Com o mesmo nível de violência encontrado na vítima anterior.

— A causa da morte, presumo que também foi asfixia por esganadura, certo?

— Ao que tudo indica, sim. Um jeito muito cruel de tirar a vida de alguém. — Ele falou endireitando seus óculos.

— Por que diz isso, doutor?

— Porque não é rápido. Na verdade, a partir do momento em que a vítima começa a ser asfixiada, seu coração permanece batendo por aproximadamente cinco minutos, que podem ser descritos de intenso sofrimento... Os processos que ocorrem nesse período podem ser divididos em três fases antes que aconteça a morte. — O perito continuou falando enquanto avaliava detalhadamente algumas partes do corpo estendido no chão. — No primeiro minuto, ocorre o que chamamos de Dispneia Inspiratória, o indivíduo começa a sofrer de hipoxemia, ainda consciente, e, obviamente, faz grande esforço para poder respirar... Receber oxigênio. — Ele deu outra pausa, agora subindo o olhar para Anaya. — Entre o segundo e o terceiro minutos seguintes, ocorre a Dispneia Expiratória e depois o Esgotamento. Na Dispneia, ela começa a perder a consciência aos poucos devido à hipercapnia...

— Hipercapnia?

— Basicamente, grande concentração de gás carbônico — ele continuou falando. — É comum que, em alguns casos, o indivíduo possa apresentar convulsões nessa fase. Até que chegamos ao esgotamento, que é quando, já inconsciente, sofre, por fim, a parada respiratória e... a morte. — O perito levantou-se, ficando de frente com a delegada. — É um modo cruel de matar alguém. Lento e cruel...

Anaya conseguia ver a perturbação refletida nos olhos do homem parado à sua frente. Obviamente, ao longo dos anos, ele já presenciara infinitas vítimas, de diferentes idades, mortas pelas mais distintas causas. E ele também visitou muitas cenas de crime, desde as mais sujas e lamacentas até as mais exóticas e luxuosas. Justamente por se tratar de um perito tão experiente e conceituado, poucas coisas o deixariam com essa sensação de um soco constante no estômago, com esse desânimo tão evidente na voz... mas ela entendia, entendia por que essa mulher que estava, deitada no chão — linda, de cabelos ruivos e de pele tão pálida, essa mulher que teve sua vida tomada no auge de sua juventude — confirmava o maior temor de todos no Departamento Policial. Essa mulher, que mesmo estando morta, gritava um alto e sonoro sim. Sim! Eles estavam dançando na teia de um serial killer. E era Anaya quem os conduziria.

— E, nesse caso, há um agravante ainda pior — ele seguiu dizendo, com voz baixa e firme —, um grau mais elevado de sadismo e perversidade. Pois, tanto nesta como na vítima anterior, acredito que, enquanto ele as asfixiava, também as estuprava. — Ele fez uma pausa mais longa, certamente fazendo muitas constatações mentais antes de prosseguir, mudando um pouco a direção do assunto. — Assim que vi o primeiro corpo, imaginei que havia sido lavado com o intuito de repelir alguns vestígios, mas, assim que constatei a presença do hidratante... perfumar o corpo... É mais que isso, entende?

— Perfeitamente, doutor... Entendo perfeitamente! — respondeu a delegada, com notável e sombria suavidade. — Sobre o hidratante, o senhor conseguiria apurar o cheiro?

— Rosas.

— Rosas? — perguntou Anaya, de forma mais intuitiva do que necessariamente uma dúvida em si.

— Rosas. — Foi a última coisa que o perito repetiu antes de se abaixar novamente para seguir fazendo suas análises.

Anaya concentrou o seu olhar na rosa negra que permanecia intacta e protegida por aquela cápsula de vidro que a envolvia. Ela deu alguns passos e parou exatamente em sua frente. *Rosas. Rosa.* Por que *essa Rosa?* Ela colocou uma luva em suas mãos e seu fone no ouvido... Gostaria de fazer suas próprias considerações. Então, a delegada pegou o recipiente de vidro que guardava a rosa dentro de si, afiou seu olhar como se fosse de uma águia e começou a avaliá-lo um pouco mais minuciosamente até que, exatamente ali, na base do recipiente, ela notou algo que fez percorrer gelo em sua espinha. O maldito havia deixado uma assinatura. *Literalmente* uma assinatura.

Bem ali, escrito em tinta preta, com letra cursiva e grafia nada menos que perfeita, estava seu codinome: O Ceifador de Rosas.

7

Os repórteres estavam em polvorosa naquela noite fria. Que raios! Como eles chegaram lá tão rápido? Por precaução, Anaya optou por manter temporariamente a informação recém-descoberta apenas para si própria e também para seu bom e velho amigo Pietro, o Detetive. Ela sabia que o que tinha nas mãos era uma bomba prestes a estourar em todo território nacional, tornando-se-ia o foco dos grandes jornais e rádios, e ganharia destaque em cada canto da internet. Isso alastraria feito uma faísca de fogo no meio de um punhado de palha seca, ou... num tanque de gasolina. Estava prestes a explodir. E, se ela não fosse ágil e cautelosa, queimaria não só sua carreira, mas também seu Departamento. E isso, ela não permitiria.

Ceifador de Rosas.

Ele era um maldito arrogante! É claro, e como seria diferente? Todo psicopata é.

Desde o começo, ele estava sempre tão certo de tudo quanto fazia, sentia-se tão confiante, tão soberano e, tão acima de tudo e todos, que ele mesmo informava à polícia acerca de suas vítimas, precisamente o lugar onde as encontraria... Ele determinava, de acordo com seus próprios parâmetros, inclusive, o horário em que gostaria que elas fossem encontradas. Ele gostava realmente de sentir que detinha o controle de todas as coisas.

Todas elas. Grandes assassinos, como o próprio BTK, costumavam deixar por conta do acaso esse tipo de detalhes, coisas como quando suas vítimas seriam descobertas, chegando a ponto de uma delas ter sido encontrada mais de uma semana após sua morte. Mas esse não era o caso aqui.

Talvez fizesse parte da parafilia do Ceifador sua rosa ser encontrada ainda em perfeito estado. Talvez ele precisasse, de alguma maneira muito doentia, que admirássemos sua beleza, como sua pele permanecia perfumada após receber o toque de suas mãos... A posição perfeita em que seu corpo nu ficava estendido no chão.

Normalmente, seria um prato cheio de evidências não só para a perícia, mas para toda a investigação, localizar a vítima com o corpo tão bem conservado assim... Porém, este não é um caso normal. Até as unhas! As unhas eram absurdamente limpas para certificar que não houvesse nenhum rastro de DNA. E esse chão de porcelana? Aposto que nunca foi tão brilhante, até que fosse escolhido como palco de desova. Mas, o pior de tudo era perceber como sua confiança havia aumentado... Era a segunda vítima, e ele já havia deixado uma assinatura e se autodenominado.

Ceifador de Rosas.

Anaya não queria que vazasse para a mídia de forma alguma o codinome escolhido por esse monstro. Ela pensou no BTK outra vez, também pensou no Filho de Sam, homens cruéis, assassinos, que nomearam a si mesmos. Ela não deixaria que ele se tornasse o próximo bicho-papão a assolar os pesadelos das crianças — e, das jovens moças.

Não permitiria que ele se tornasse um símbolo, mesmo que fosse de pura crueldade, e nem queria seu nome permanecendo vivo através da história, ela não queria dar-lhe fama. E nomes, bom, eles se imortalizavam. Jack, o Estripador, é prova disso. Uma centena de anos depois, e ainda ouvimos histórias sobre ele.

Assim que deixou a cena do crime, a delegada passou por um enxame de câmeras, repórteres e microfones. E muitos outros de curiosos alarmados. Ela não proferiu uma palavra sequer para todos eles... Que bastasse seu rosto em todos os jornais. *Ceifador de Rosas. Ceifador de Rosas.*

Ela estava decidida: não seria uma mosca presa e indefesa em sua teia... Ela seria outra aranha. Não qualquer aranha, ela seria uma Viúva Negra.

Vó Abby jamais poderia imaginar que, após dias tão maravilhosos quanto os que passaram no litoral, apenas duas semanas após ter voltado para casa, seria surpreendida por notícias tão terríveis quanto as que estavam prestes a emergir. Enquanto estava sentada na sala, assistindo a um filme, a programação foi interrompida; uma notícia urgente informava que havia um serial killer à solta na cidade. Até o momento, dizia a repórter, duas pessoas já haviam sido mortas com o espaço de um mês entre elas. A polícia se recusa a dar demais detalhes, porém sabe-se que o perfil das vítimas corresponde a mulheres entre 20 e 30 anos. *Ou seja, metade da cidade.*

O coração da velha senhora começou a disparar contra seu peito. Que coisa mais horrível! Serial killer? Isso não é coisa de séries de televisão? Não era o que acontecia nas décadas de 70 e 80 nos Estados Unidos? Oh, céus! Isso não é coisa que acontece em São Paulo. Mas está acontecendo...

Abby buscou a mão do neto que estava sentado ao seu lado no sofá. Assim que ela o tocou, Matteo sentiu como as mãos de sua doce vó estavam trêmulas. Na verdade, ele mesmo estava extremamente preocupado, mas não deixaria que sua *oma* se preocupasse também. A essa altura de sua vida, aos 78 anos, ele gostava dela exatamente como era: excêntrica e divertida. Aventureira, amorosa e um pouco maluca. Destemida e com olhos de quem só enxerga belezas ao seu redor. Absurdamente apaixonada pela vida. *Medo, pânico e terror* não combinam com essa equação. Não combinam com sua tão adorada vó.

Foi por isso que Matteo resolveu mudar o seu foco quando disse:

— Vó... Não precisa se preocupar, nós não fazemos parte do perfil. Eu sou um homem, e a senhora, bem... É velha. Esse serial killer, seja quem for, procura por mulheres jovens.

— Ah, Matteo, que disparate! — Ela virou para seu neto, estreitando o olhar e deixando o tom de sua voz mais agudo. — Meu espírito é muito mais jovem do que 10 mulheres de 20 anos juntas!

Matteo sorriu — Isso é verdade! E, que bom que ele não está em busca do espírito...

Dessa vez, foi vó Abby quem sorriu.

A velha senhora encostou a cabeça no ombro do neto, enquanto ele ainda lhe segurava as mãos. Ela sabia exatamente o que Matteo pretendia quando soltou aquela piada a respeito de sua idade. O conhecia bem demais para saber que até suas provocações tinham um propósito. E foi apenas por isso, para conceder certo tipo de paz ao coração de seu neto, que ela cedeu à provocação. Mas é claro que ela cedeu trazendo verdades: seu espírito era realmente muito juvenil.

Enquanto permaneciam sentados no sofá, assistindo ao filme, era nítida a tensão que pairava no ar sobre eles. Nenhum dos dois estava prestando atenção, nem Matteo aos sons que a TV emitia, nem vó Abby aos efeitos especiais que explodiam na tela em muitas cores. Eles pensavam nas duas mulheres que, ainda tão jovens, foram mortas. E naquelas que ainda não tinham um rosto, um nome ou forma, mas que também morreriam.

Os corações estavam aflitos e apertados. Angustiados e temerosos. Afinal, após ter passado por tantas perdas quanto eles passaram na vida, tanta dor, tanto choro, tanta saudade, era-lhes simplesmente impossível ser indiferente ao sofrimento alheio.

8

A pequena Anaya chorava compulsivamente, debruçada sobre o vaso sanitário. Ali, naquele banheiro ao qual ela havia se trancado poucos minutos antes, sentia-se terrivelmente machucada, triste e sem compreender o porquê de todas aquelas coisas estarem acontecendo. Por que Maria era tão maldosa com ela? Por que seus pais brigavam tanto? Ela fechava os olhos, e tudo o que ouvia eram os gritos que sacudiam as paredes de sua casa durante as discussões acaloradas entre seus pais, eram as risadas de deboche das outras crianças quando Maria fazia piadas maldosas sobre sua aparência. A pequena garotinha tentava não se importar. Ela tentava muito... Mas não conseguia.

Na sala de aula, na maioria das vezes, ela permanecia escrevendo em seu caderno, tentando levar sua mente para longe de tantas palavras cruéis — tentando fingir que não era com ela. Seus pequenos olhos sempre se enchiam de lágrimas, e quando isso acontecia, ela mantinha a cabeça baixa, fingindo estar escrevendo, só para que ninguém notasse que ela estava prestes a chorar, porque, se o fizesse, seria pior. Muito pior. Ninguém se compadeceria dela, e aqueles que poderiam compadecer-se mantinham-se em silêncio. Sempre mudos.

Talvez também sentissem medo.

Mas, seja como for, a pequena Anaya, em sua infância, era descrita como uma menina de olhos tristes. O olhar da pequena, mesmo quando sorria, permanecia triste. Sempre triste.

Em casa, ela se mantinha calada, desenhando em seu caderno. Durante os gritos e as brigas, ela se afastava, mas mantinha-se por perto... Se porventura ouvisse um barulho alto, ela corria com o coração disparado para ver o que estava acontecendo, para se certificar de que... que não haviam ultrapassado os gritos. E, quando seu pai saía pela porta da sala, estressado, atordoado, dizendo que voltaria à rua para trabalhar — porque a rua era melhor que sua casa —, sua mãe caía sentada no chão, desfazendo-se em lágrimas, envolta por coisas que ela havia arremessado no ápice da frustração, da raiva e da dor. Então, ao vê-la assim, parecendo tão frágil enquanto chorava, a pequena Anaya apenas se achegava perto e acariciava seus cabelos. Ela se mantinha parada ao lado de sua mãe em silêncio, ouvindo-a chorar e não parava por um segundo de acariciar seus cabelos. Ela sempre observava como, principalmente, o nariz de sua mãe ficava vermelho enquanto chorava; parecia que ele tremia, não só o nariz, mas também os olhos. Nesses momentos, Anaya queria poder dizer alguma coisa, mas era pequena demais para que sua voz fosse ouvida. Ela queria poder falar, enquanto acariciava sua mãe, que tudo ficaria bem, pois o "tudo bem" era, na verdade, uma forma gentil de tentar fazer a mãe se acalmar, de tentar levá-la ao futuro — ou aos sonhos: um lugar onde não haveria mais gritos. Esse tipo de gritos e esse tipo de brigas. Mas, como não sabia falar, ela continuava em silêncio acariciando os cachos, até que as lágrimas de sua mãe parassem.

Ali, naquele banheiro, ainda debruçada sobre o vaso, chorando compulsivamente, uma pequena voz que clamava tão baixo foi ouvida pelos céus. Essa pequena voz — a de Anaya — dizia assim: "Jesus... Eu sei que parece horrível pedir que o Senhor se levante do seu Trono e sente aqui, neste vaso, apenas para que eu possa deitar minha cabeça no seu colo... Apenas para que o Senhor possa acariciar meus cabelos. Eu sei que não deveria te pedir isso, mas... O Senhor pode vir aqui? Pode sentar neste vaso onde estou deitando minha cabeça? Pode me abraçar? Pode fazer um carinho em meus cabelos? Estou tão triste... Tão triste!"

Estranhamente, naquele exato momento, Anaya sentiu palavras surgirem em sua mente e em seu coração, condicionando alguns pensamentos dentro dela, bem ali, onde só ela conhecia. E as palavras que brotavam diziam-lhe que, para Jesus, não era nada horrível sentar ali, honestamente. Ele adoraria fazê-lo! Apenas para consolar suas lágrimas, abraçar seu coração e acariciar seus cabelos. E, enquanto a pequena ainda chorava, por um instante, ela sentiu realmente que estava com a cabeça no colo de Jesus. E, durante esse momento, de uma maneira nada menos que mágica, ela sentiu realmente que todo o seu pequeno ser era abraçado, em um abraço que a contemplava por todos os lados, de todas as formas, por dentro e por fora, no coração, na alma e na mente. E as palavras que brotavam, jorravam e fluíam em seu interior, condicionando seus pensamentos, também diziam-lhe que Jesus, sendo um Deus Eterno, poderia muito bem cuidar de todo o Universo e dedicar-se inteiramente para ela, como se ela fosse única no mundo. Pois quando ele a via, ela realmente era.

O pequeno coração de Anaya, enquanto abraçado, também foi envolvido por uma manta de muito amor. Como se o seu coração tivesse sido coberto por um edredom quentinho e aconchegante, como quando sua vó a colocava para dormir.

Gradativamente, as lágrimas da pequena cessaram. Ela levantou-se e sentiu que poderia sair daquele banheiro. Ela sabia que na sala de aula as piadas ainda continuariam, e em casa, os gritos também, mas... Ao menos, ela já não sentia como se seu coração fosse explodir de tanta dor dentro de seu peito.

Ela sentia que podia continuar.

Antes de sair do banheiro e fechar a porta, ela olhou por uma pequena janela que ficava perto do teto. Ao olhar, ela viu que lá fora o céu era muito azul, azul claro, com algumas nuvens brancas. E o sol brilhava. Através daquela pequena janela, ela até viu um pássaro passar voando e também viu o topo de algumas árvores que eram tão verdes... Então, olhando para o céu, ela sussurrou: "Obrigada, Jesus".

— Anaya... Anaya... — Pietro tocava gentilmente o ombro da Delegada que dormia sobre a mesa. O dia já havia raiado, e ela ainda não tinha ido para casa. Mesmo dormindo, ela estava com seu fone de ouvido. O que tanto essa mulher ouvia? Tantos anos trabalhando juntos, e ele ainda não sabia. Pietro sentiu-se tentado a pegar um de seus fones enquanto Anaya estava adormecida para escutar... mas mudou de ideia assim que notou ela abrindo os olhos lentamente.

— Oi... — respondeu a Delegada, levantando-se e encontrando o Detetive com uma xícara de café na mão, estendida ao seu lado. — Ah, obrigada. — Pegou a xícara e bebeu o primeiro gole de café.

— Já é a segunda noite consecutiva que você dorme aqui, Anaya — falou Pietro. — Você precisa ir para casa, precisa de um período decente de sono e não de cochilos sobre a mesa quando seu organismo não aguenta mais e te obriga a dormir.

— Odeio concordar, mas você tem razão.

Só essa mulher, estando muito cansada, para concordar com ele tão fácil assim, principalmente quando o assunto é ela maneirar na intensidade do trabalho. Sabendo disso, Pietro não falou nada, apenas guardou o pensamento para si próprio com um sorriso de satisfação no rosto.

— Mas... Antes de ir, já temos relatório de todas as câmeras nos arredores da casa onde encontramos o corpo? E a segunda ligação feita por ele, conseguimos algo?

"Droga. Festejou cedo demais, Pietro", o detetive pensou... Affs.

— Nada... E nada.

— Bom, isso indica que ele também deve ter estudado os lugares com antecedência, não só as casas, mas as ruas e adjacências e...

— Anaya — Pietro a interrompeu —, vá para casa. Tome um banho decente e demorado. Descanse. Podemos continuar amanhã. Você não estará aqui, mas garanto que manterei todos trabalhando e, eu te ligo. Qualquer coisa, eu te ligo.

Vencida mais pelo cansaço do que pelos argumentos, a delegada se levantou e foi para casa. No caminho, enquanto dirigia, ela recordava do sonho que havia tido. O sonho que, na realidade, era uma lembrança de sua infância.

Anaya reviveu aquele mesmo sentimento, a certeza de que naquele momento, estranhamente, há tantos anos, ela havia deitado a cabeça no colo de Jesus e que Ele havia acariciado seus cabelos. Quando foi que ela parou de acreditar nele? Quando foi que ela parou de recorrer a Ele em suas dores e sofrimentos? Talvez quando seus pais se divorciaram? Talvez quando, por aquele ano inteiro, ela continuou sofrendo bullying misturado com racismo? Ou quando ela começou a lidar com toda a podridão desse mundo? Quando começou a conhecer a devassidão da maldade humana? Seja como for, Jesus é alguém que ela perdeu há muito tempo...

E, no entanto, *por que essas lembranças têm retornado em forma de sonhos?*

Enquanto dirigia, divagando em questionamentos e lembranças que causavam tantas confusões internas, palavras sussurraram dentro dela, condicionando seus pensamentos outra vez, como há muitos anos. E as palavras que ecoavam se apresentaram como respostas. Elas lhe diziam: "Porque Jesus permanece sendo fiel à garotinha que você foi um dia. Mesmo que hoje, você tenha se distanciado tanto dela... Ainda é de interesse dele te curar."

Ao som dessa voz inaudível — tão doce e suave — os olhos de Anaya encheram-se de lágrimas, mas ela as engoliu. Não deixou que brotassem. Não deixou que escorressem. Não deixou que caíssem. Ela estava há tempo demais caminhando sozinha e, assim, continuaria. Mas, mesmo que não quisesse, sentiu seu coração ser coberto por uma manta quentinha de amor outra vez, como se alguém o cobrisse. Menina teimosa! Secou a lágrima que escapou e escorreu de seus olhos. Confusa e também com um pouco de raiva, decidiu que não se concentraria naquela sensação. Naquele aconchego. Naquele calor. Se pudesse, ela mesma arrancaria essa coberta. Mas, como não podia, ela suprimiria. Afinal, tem andado entre o frio e o escuro há tempos demais, e é com isso que ela sabe lidar — com a solidão, com a autossuficiência. E assim, ela continuaria.

Mas, quando Anaya olhou para o céu, ele estava azul, tão azul quanto aquele que ela viu pela pequena janela do banheiro em seu sonho mais cedo. E um pássaro também passou voando, ela até viu o topo verde das árvores.

Bobagem! Ela pensou, os céus são todos iguais.

Só que mais lágrimas caíram.

9

— Quero fazer uma horta! — Vó Abby exclamou enquanto estava parada no longo gramado verde que existia em seu quintal. Ela havia saído pela porta da cozinha que dava acesso aos fundos da imensa casa. — Quero que seja aqui, perto da cozinha, quero ter temperos frescos para quando eu for cozinhar... Imagine que maravilhoso seria coentro fresquinho, salsinha... E saladas com alface recém-colhida da nossa horta.

— Vovó, a senhora se recorda do Jardim de Rosas e do Jardim de Margaridas? Begônias, Hortênsias e Tulipas? Todas morreram. A senhora é adorável, mas, venhamos e convenhamos, suas mãos não levam jeito para o cultivo... Elas são quase tão mortais quanto algumas ervas daninhas.

Vó Abby fulminava Matteo com seus olhinhos semicerrados envoltos por rugas. Que disparate! Mãos tão mortais quanto pragas agrícolas? Embora Matteo não pudesse enxergar esse par de olhos que estavam temporariamente revoltados, de alguma maneira, ele conhecia muito bem esse olhar, e esse olhar o arrancava boas gargalhadas. Era inegável o quanto ele adorava provocá-la.

No fim, ao ouvir o riso do neto, Abby se rendeu aos risos também.

— Mesmo sendo verdade — ela continuou quando acalmou a crise de risos —, eu quero mesmo assim.

— Então faremos — Matteo concordou. — Será que existe alguma aula ensinando a arte do cultivo para cegos na internet?

— Para quê? Eu posso muito bem te ensinar... — Vó Abby insistiu.

— Vovó... Vamos procurar a aula. Assim, quem sabe, um de nós dois possa manter essa horta viva por tempo suficiente para mais de uma refeição.

O sol brilhava no céu quase sem nuvens... Um azul-celeste tomava conta de todas as coisas, e, embora Matteo não pudesse enxergar, ele sabia que o dia estava lindo. Sentia como o sol acariciava sua pele, os sons calmos e singelos produzidos pelas folhas das árvores que quase não balançavam.

Às vezes, dependendo do lugar e da força do vento, tais barulhos poderiam ser facilmente confundidos com o som da chuva. Sons que Matteo sabia muito bem distinguir.

Mas, ali, no extenso gramado de sua casa, a poucos metros da piscina, ele seguia treinando arduamente com seu sensei. Matteo adorava treinar ao ar livre, sentindo o vento batendo em seu rosto, refrescando o corpo que já estava suado.

Após anos e anos de treinos ininterruptos, ele dominava ao menos quatro artes marciais diferentes: Jiu-Jitsu, Muay Thai, Krav Maga e Taekwondo. Todas voltadas para autodefesa.

Matteo e seu sensei conheciam-se há quase trinta anos. Na época, Paulo era bem mais jovem e Matteo, apenas uma criança. O sensei era o mais próximo de uma família que Matteo tinha depois, é claro, de sua amada vó.

Ele passou a treinar o garoto quando Alexander, pai de Matteo, notou que o filho estava começando a sofrer agressões de meninos mais velhos na escola. Naquela época, artes marciais já eram populares não só no Brasil, como também em vários lugares do mundo e, mais que isso, mostravam-se extremamente eficientes.

Na escola, constantemente Matteo era ridicularizado pelos alunos. Havia se tornado uma piada para deleite de outros. Como nasceu cego, por muito tempo o menino não entendia qual a diferença dele para as demais crianças... Porém, quando as maldades começaram, tornou-se aterrorizante para ele não saber de onde vinham golpes e os objetos voadores que sempre lhe acertavam, mas, principalmente, o quanto ele se sentia desprotegido e vulnerável. Era tão fácil se machucar. E o pior, quando acontecia, sempre tinham as risadas... Sons de risadas que o rondavam o tempo todo, tão perto e, ao mesmo tempo, tão longe, eram apenas vozes e mais vozes que faziam o coração de Matteo se retorcer por dentro.

As crianças puxavam a cadeira quando ele ia se sentar para que caísse no chão. De longe, também jogavam coisas no menino. No começo, eram coisas pequenas, tais como borrachas, apontadores e bolinhas de papel. Mas com o tempo, as coisas foram crescendo, até que um dia, jogaram-lhe comida, tanta comida que sujou o garoto inteiro, seu cabelo ficou encharcado de algo gosmento e nojento que ele não sabia identificar, sabia apenas que o cheiro era horrível. Quando a diretora da escola ligou para os pais de Matteo pedindo que fossem até o local, encontraram o filho completamente sujo e assustado, sem saber quem havia feito essa atrocidade com ele, chorando de medo e raiva.

É difícil explicar o que causou aos pais ver o filho daquele jeito. Os sentimentos profundos e perturbadores que afloraram em ambos, naquele pai e naquela mãe. Dor. Tristeza. Raiva. Muita raiva. Medo. Impotência.

Aquele foi o dia em que Alexander tirou o filho daquela instituição. Passou a noite ouvindo os soluços de sua esposa sempre que recordava de como encontraram o filho mais cedo. A verdade é que eles nem dormiram. O desejo era colocar o filho em um potinho de vidro e guardá-lo, protegê-lo, mantê-lo afastado de tudo e todos que pudessem ao menos sonhar em ferir seus sentimentos. O desejo era brigar com os pais dos alunos que fizeram isso, mesmo que isso significasse brigar com os pais da escola inteira, por mais irracional que isso pudesse ser. Porque eles sabiam, era completamente irracional. O desejo era criar um mundo novo e seguro para ele, um mundo onde ele fosse amado e respeitado, onde não se sentisse ofendido, ferido e desprezado apenas por ser quem é: uma criança que não enxerga. Mas o que eles mais desejavam era que pudessem voltar no tempo e impedir que isso acontecesse, ou então, que pudessem apagar da memória do filho essa lembrança, essa dor, essa angústia. Porém, todos os desejos, eles sabiam, eram-lhes impossíveis.

Naquele momento, os rios de dinheiro nos quais nadavam pareciam-lhes o equivalente a nada. Pois por mais dinheiro que tivessem — e eles tinham — ainda assim, nenhuma das coisas das quais eles desejavam desesperadamente poderia ser comprada ou adquirida. Eles sabiam que, assim como todas as coisas que envolvem caráter, bondade e decência, ou você tem, ou você não tem e, principalmente, você não compra nenhuma delas para ninguém. Se pudessem, fariam réplicas de seus próprios corações e distribuiriam para todos os outros. Assim, as pessoas seriam mais amáveis, mais bondosas, mais decentes. E assim, Matteo não sofreria.

Quando choraram todas as lágrimas ao longo da noite que parecia interminável, Alexander e Vaiola chegaram à conclusão de que, se não era possível preparar o mundo para seu filho, então eles preparariam o filho para encarar o mundo. Havia chegado o momento de ensiná-lo maneiras de se defender. Se os olhos não funcionavam, então todos os outros sentidos seriam treinados de tal modo que a visão não lhe fizesse falta.

Na verdade, para ser feliz, Matteo não precisava de olhos que enxergassem de fato, ele era amado. E, como nunca viu, não sentia falta do que nunca teve. Para ele, o normal era ser como ele era. O que ele realmente precisava era encontrar novas formas de perceber o perigo e, principalmente, de se proteger dele.

Era simplesmente insuportável para os pais que seu menino, seu filho, sofresse tanta retaliação assim, e mais que isso, que se considerasse incapaz. Que congelasse e ficasse apenas parado, chorando, aterrorizado, aceitando todo tipo de golpes sem nem saber de qual direção vinha. Sem conseguir correr, ou fugir. Que fosse uma presa fácil para o divertimento e a maldade de outros. Seu filho não era incapaz! Seu filho não era uma piada! Ele vinha de uma linhagem de soldados, homens íntegros e valentes que sobreviveram à pior de todas as guerras, e, não só sobreviveram como também decidiram fazer o que era certo. Eles salvaram a vida de muitos, colocando sua própria vida em risco. Existia essa força dentro do pequeno Matteo também, que foi passada para ele por gerações e gerações através de seu DNA.

Então, no dia seguinte, Alexander foi ao encontro do melhor sensei que o dinheiro lhe permitia contratar, alguém que não fosse apenas ágil e forte, habilidoso, mas que também pudesse treinar todos os sentidos de uma criança que não enxergava. E que, para além do dinheiro, fosse alguém que tivesse uma alma nobre.

Foi assim que Paulo entrou na vida de Matteo, e nunca mais saiu dela.

Um sensei. Um mestre. Um divisor de águas. Um amigo.

10

Anaya estava enroscada com seu gato persa, Teobaldo, assistindo a um filme de suspense que passava na TV. 2h da madrugada e ela ainda não havia fechado os olhos. Desde a noite chuvosa em que encontrou o corpo da jovem Anabele estirado naquele chão de madeira, ela nunca mais teve uma noite tranquila de sono.

Sendo honesta consigo mesma, foi antes, muito antes, desde aquela noite em que Iolanda... Não, ela não pensaria nisso. Não pensaria naquela noite.

— Está vendo, Teobaldo, eu sabia! Eu te falei que ela não havia morrido! Sou imparável quando se trata de adivinhar desfechos de filme.

— Miaaauu — Teobaldo deu um miado preguiçoso, esticando as patinhas sobre a cama. Se Anaya falasse a língua dos gatos, ela entenderia algo similar a um "sua convencida" sair da boca do gato. Quem sabe, talvez, até uma virada de olhos felinos.

Ela pegou o controle e começou a passar canal por canal, não estava realmente prestando atenção nas imagens que passavam na TV, mas os dedos não paravam de clicar, clicar e clicar. Sua mente estava longe. Vagava por lugares escuros e desconhecidos. Algo dentro dela a convidou para fazer uma oração. Ela se surpreendeu com esse impulso silencioso na calada da noite. Um impulso que, claro, ela ignorou. Então, começou a repassar o caso novamente. Uma vez, e outra e outra. No final, pegou um bloco de notas e começou a fazer algumas anotações.

Duas vítimas, mulheres, jovens e brancas.

** Tonalidades diferentes de cabelos. (Por quê?)*

Ali, sentada em sua cama, no profundo da madrugada, usando apenas uma camiseta branca e masculina no lugar de uma camisola, com um coque mal feito no topo da cabeça enquanto alguns de seus cachos adornavam seu rosto, a delegada pensava qual o motivo para a variação de tonalidade de cabelo. Por que uma loira e outra ruiva? Geralmente, a vitimologia segue um padrão. Sempre loira. Sempre morena. Sempre ruiva.

Esse era um detalhe aparentemente insignificante para ficar se pensando tanto assim, mas não insignificante para ela. Certamente, não insignificante para o assassino também. Ele era detalhista demais para escolher sem um motivo, e entender esse motivo poderia ser mais uma peça valiosa no quebra-cabeça que era montar esse perfil.

Então, se deu conta de mais uma coisa. Os cabelos eram as cores naturais das jovens. Não existia nenhuma coloração. Tratava-se se de uma mulher legitimamente loira e uma mulher legitimamente ruiva.

Similaridades: Cabelos Naturais; Porte Físico; Faixa Etária.

— Ambas as vítimas foram encontradas cerca de 12 horas após a morte.

— Elas são deixadas completamente nuas. Corpos posicionados iguais e com a rosa acima da cabeça.

Período entre as mortes: Exatamente um mês.

Similaridades: Local de desova. Casas. (Por que casas?)

— Ausência de vestígios materiais.

Obs.: Estudou antecipadamente os locais e as vítimas.
(Mora ou trabalha na região?)

Ela começou a recordar os detalhes, as conclusões que já havia tirado... *Mãos*. O pensamento recorrente que ela tem tido desde a primeira noite e que não sai da sua cabeça por um momento sequer. Mãos. Mãos... Sempre mãos.

Ele sente prazer em fazer tudo com as próprias mãos. Desde a morte até as rosas. Tinha certeza de que o elemento é quem cultivava suas próprias rosas, mas conseguiu manter-se longe de todos aqueles especialistas... A glória de sua criação ele reservava para outro espetáculo. *As mortes. As vítimas. As cenas.*

Certamente, ele deve atuar em outra área. Vive de outra profissão.

Eles já haviam investigado os principais especialistas no cultivo de rosas de todo o Estado, nenhum se encaixava no perfil geográfico. Todos moravam longe demais. O que residia mais perto estava a 200 km de distância. E, além disso, todos tinham álibis sólidos para as datas dos assassinatos. E todos, absolutamente todos, eram velhos demais.

De repente, ocorreu-lhe um pensamento: "Complexo de Deus".

Anaya levantou-se e foi até o guarda-roupa. Embaixo de algumas peças de roupa, havia uma pequena bíblia que ganhou de sua avó tantos anos antes, ainda na infância. Ela pensou consigo mesma que, finalmente, essa bíblia lhe teria alguma serventia, visto que ela só fica ali, soterrada entre suas roupas. Anaya não compreendia o real motivo de nunca ter conseguido se desfazer desse pequeno livro; talvez fosse por puro apego emocional, talvez por representar uma lembrança tão preciosa de sua amada avó. O fato é que os anos se passaram, e ela... Bom, ela não é mais alguém que tenha apreço por esse tipo de leitura, esse tipo de esperança ou fé. Mas a Bíblia continuava ali... Ano após ano.

Ela abriu no primeiro capítulo e começou a destacar alguns trechos.

"*No princípio, criou Deus os céus e a terra [...]*"

"*[...] E Deus chamou à luz dia; e às trevas chamou noite.*"

"E chamou Deus à expansão dos céus [...]"

"E chamou Deus à porção seca da terra; e ao ajuntamento das águas chamou mares."

Deus. Complexo de Deus. A delegada começou a pensar consigo mesma: com suas mãos, Deus criou o universo e tudo que nele existe e nomeou sua criação... Dia. Noite. Céus. Mares. Terra... Com suas mãos, o assassino toma a vida, cria algo novo e único: a rosa. E se autonomeia.

• Tempo:

— Ele tem tempo para limpar o local.

— Como transporta o corpo sem chamar atenção? (Que tipo de veículo usa?)

— Entra e sai sem ser notado. (Como?)

— Em que momento faz a ligação para a polícia? (Quando já saiu do local ou continua lá?)

— Ele fica a uma distância segura para observar a polícia chegando?

— Ele mantém algum souvenir?

Complexo de Deus.

• Mãos:

— Rosas (Onde aprendeu a cultivar rosas? Com quem? Desde sempre, o objetivo era usá-las como assinatura? Quanto tempo ele planejou isso?)

— Asfixia por Esganadura.

— Estupro.

— Tortura manual.

• Unhas. Dedos anelares. (Ele tem aversão a relacionamentos? Casamentos? Por quê?)

A segunda casa estava à venda há pouco mais de um ano. Anaya pediu um relatório das pessoas que visitaram a casa demonstrando interesse nos últimos três meses. Foram quatro visitas ao todo e, novamente, nenhuma ligação com os crimes ou as vítimas. Álibis sólidos.

Anaya repassava todas as fotos tiradas das cenas dos crimes, observando o mais ínfimo dos detalhes. Os dois corpos, posicionados perfeitamente idênticos, até as marcas nos pulsos, eram similares. As sardas discretas salpicadas na segunda vítima. As rosas em recipientes de vidro iguais.

Duas semanas já haviam se passado. E todas as pistas seguiam levando a uma rua sem saída. Apontavam uma direção, mas não mostravam um caminho. Maldito! Será que em duas semanas haveria uma nova vítima? Ou será que ele sumiria?

Infelizmente, algo dentro dela apontava para a primeira opção. Ele jamais pararia.

E quanto a ela? Ela estava correndo contra o tempo.

Duas perguntas ainda martelavam em sua cabeça: por que o elemento arranca as unhas dos dedos anelares? Por que ele desova em casas? Ruas residenciais indicam um maior perigo de ser visto. Por que não escolhe lugares remotos? O que isso significa para o assassino?

Os dedos anelares indicam relacionamentos. E as casas? Casas indicam... *Família?*

Tempo também era algo que trepidava em sua mente. Como ele domina o tempo?

Ele precisa, obviamente, de um carro para levar a vítima morta até a cena de desova, e para transportar todos os produtos de limpeza... mas como ele entra e sai sem chamar atenção? Uma resposta óbvia demais surgiu em sua mente: noite. Todos estão deitados ou dormindo. Mas... Será que ele escolhe as casas baseado também no perfil dos vizinhos?

Rapidamente, ela mexeu em mais alguns relatórios e encontrou novas similaridades: ambas as ruas não possuíam nenhum comércio. Os moradores, em sua maioria, destacavam-se por serem famílias com filhos pequenos ou idosos. Ou seja, ausência de vida noturna... É isso! Um sorriso surgiu em seu rosto. Sim, ela estava chegando a algum lugar.

Ilusão de ótica. Camuflagem.

Por algum motivo, as palavras surgiram como um estalo, uma luz que acendeu. Ele deveria ser alguém que não chamasse atenção... Um camaleão. Um predador que se mistura bem ao ambiente, bem o suficiente para não deter atenção por nenhuma característica que se destaque. Nem velho demais, nem jovem demais. Comum. Um homem comum dirigindo um carro comum.

Ainda existiam tantas perguntas. Onde elas eram mortas? Ele passava a localização dos corpos para a polícia cerca de 12 horas após a morte. O que ele fazia com os corpos nesse período?

Anaya pegou a foto da rosa que estava na segunda cena do crime e olhou mais de perto, focando no nome que estava escrito tão discretamente naquele lugar. E então, como o último item anotado em sua pequena lista daquela madrugada, ela escreveu no final da folha:

Ceifador de Rosas.

11

Era manhã de domingo e o sol brilhava no mais alto céu. Anaya deveria ter dormido cerca de três horas na noite passada, mas, para ela, manhãs ensolaradas de domingo significavam apenas uma coisa: café da manhã na feira.

A delegada já havia se tornado amiga de Yumi, a japonesa de cabelos grisalhos que era dona da melhor barraca de pastel que tinha. O pastel de carne com queijo que ela fazia era diferente de todos os outros que havia na feira de domingo. A carne era soltinha e a massa leve, mas o principal destaque era o queijo. Yumi não usava apenas muçarela; tinha muitos pedaços de queijo minas naquele pastel. O tempero era extremamente saboroso e equilibrado, e ela amava as ervas que emolduravam o delicioso gosto. A cada mordida, se Anaya olhasse para dentro do pastel, era possível ver o verde do coentro e da salsinha misturado na carne e muitas partículas de orégano salpicadas no queijo, que se esticava até sua boca.

O estilo da delegada era sempre o mesmo: calça justa, coturno feminino de salto e uma *baby look*. Quando estava trabalhando, o distintivo ficava pendurado em seu pescoço, feito um colar, e a arma na cintura. Em dias de sol, óculos aviador no rosto.

Enquanto comia, Anaya pensava nas duas vítimas que já se foram, nas dores que passaram, mas, principalmente, ela pensava que, em breve, existiria uma terceira. Eles precisavam reagir. Ela precisava fazer algo. Mas, claramente, não poderia fazer isso sozinha.

No dia seguinte, assim que chegou à delegacia, a primeira coisa que a delegada fez foi ligar para o Gabinete do Governador. Ela sabia que seria atendida, afinal, esse psicopata tem sido manchete todos os dias. A pressão da imprensa sobre o caso está quase insuportável, e a sensação de insegurança, perigo constante e pânico generalizado... É exatamente o tipo de coisa que obriga os políticos a cooperarem. Para o que ela tinha em mente, coordenar uma força-tarefa envolvendo várias delegacias, a influência dele seria necessária.

Too... Too... Too...

— *Alô.*

— Bom dia! Aqui é a delegada Anaya Akello. Por gentileza, gostaria de falar com o governador.

Foram horas e horas repassando a fio todos os detalhes possíveis com Pietro. Ela precisava testar suas teorias com alguém tão brilhante quanto ela mesma. Alguém que falasse sua língua, que acompanhasse seus raciocínios, e desde sempre, o Detetive era essa pessoa. O quadro de evidências estava repleto de informações sequencialmente organizadas. Eles repassaram os laudos periciais e os laudos de necropsia, avaliaram todas as fotos de ambos os crimes e, inclusive, os interrogatórios das pessoas que foram investigadas e descartadas: vizinhos, amigos, familiares, especialistas em rosas e todos que visitaram a segunda casa nos últimos meses.

O dia já havia ido embora e a lua brilhava no céu quando Pietro se virou para a delegada e questionou:

— Você acredita que isso vai dar mesmo certo, Anaya? Que iremos capturá-lo desta vez?

Anaya pensou por um instante antes de responder.

— Honestamente? Pietro, ele está muitos passos à nossa frente para isso. Estamos falando de um homem extremamente metódico, e que provavelmente planejou cuidadosamente cada passo por anos. Então, eu não espero que realmente possamos pegá-lo dessa vez, mas... Pressioná-lo. Se conseguirmos pressioná-lo de alguma forma, na pressa, ele pode cometer algum erro. E aí sim... — ela falou com um breve sorriso — aí, sim, iremos capturá-lo.

12

Já havia se passado uma semana desde a manhã em que Anaya havia começado a traçar um plano de ação contra o Ceifador de Rosas. Nesse momento, ela encontrava-se à frente do Secretário de Segurança Pública do Estado, de oito delegados, além de Pietro e mais alguns oficiais.

— Boa tarde, senhores! — A delegada iniciou o discurso. — Agradeço a todos que prontamente compareceram aqui hoje. Como não temos muito tempo, serei breve. É de conhecimento público que estamos lidando com um elemento de alta periculosidade. Até o momento, temos duas vítimas, com distância exata de um mês entre elas. — Enquanto a delegada falava, fotos dos corpos começaram a aparecer no telão, juntamente com as fotos dos locais de crime escolhidos para a desova dos corpos. — Os senhores receberam relatórios detalhados com laudos periciais e da necropsia. Até o momento, não sabemos onde o elemento mata suas vítimas nem como as captura, mas estimamos algumas similaridades nos locais de desova. — Anaya deu uma breve pausa, com o rosto impassível de emoções, a voz firme e serena transmitindo força e autoridade. — Seguindo a linha do tempo, acreditamos que o mesmo irá atacar novamente em uma semana, e por isso proponho uma força-tarefa com o objetivo de interceptar o elemento na próxima quinta-feira.

— E como a senhora pretende fazer isso, delegada? — O secretário de segurança interrompeu, com voz impaciente.

— De acordo com o modus operandi desse elemento, identificamos um padrão na escolha de locais de desova, que são casas localizadas em ruas residenciais que não possuam nenhum comércio. Além disso, o perfil dos vizinhos é o mesmo: famílias com crianças pequenas ou idosos. Acreditamos que essa escolha se dá pela ausência de vida noturna nesses lugares, o que possibilita maior conforto ao entrar e sair das residências escolhidas. Acreditamos que o elemento trata-se de um homem entre 30 e 40 anos, que dirige um veículo comum, algo que não chame atenção. — Fotos das ruas passavam no telão. — Sendo assim, proponho que façamos uma patrulha intensiva em um raio de 20 km, com foco em todas as ruas que tenham esse perfil, iniciando-se com dois dias de antecedência. Se possível, espero que tenhamos uma viatura em cada esquina.

O secretário de segurança começou a rir no tom mais irônico possível.

— A senhora deve estar louca, delegada... Você tem noção do quanto custaria colocar tudo isso na rua por um... palpite? — A voz do secretário começou a se alterar, enquanto ele se pôs de pé. Mas a delegada nem pestanejou. Seus olhos não tremeram, sua postura não mudou. Continuou firme, imbatível. Nem mesmo um meteoro seria capaz de atravessá-la naquele momento.

— Não estamos falando de um palpite, Sr. Secretário. Estamos falando do perfil e do modus operandi de um psicopata.

— Um psicopata que matou duas mulheres? Você quer paralisar várias delegacias e centenas de viaturas para interceptar um homem que matou apenas duas mulheres e que nem sabemos se irá matar uma terceira?

Nesse momento, a porta da sala de reuniões se abriu e uma das policiais adentrou pela porta.

— Delegada, o governador está aqui para vê-la.

Imediatamente, todos na sala se espantaram. Não fugiram aos olhos de Anaya algumas expressões de surpresa e outras de espanto, embora todas estivessem bem camufladas. E até o mesmo secretário pigarreou enquanto arrumava a gravata. Uma fração de segundos apenas para que o silêncio perdurasse naquela sala.

Anaya permaneceu séria.

— Mande-o entrar, por favor.

— Boa tarde, delegada! — o Governador falou assim que entrou na sala. — Senhores — cumprimentou a todos com um leve aceno de cabeça —, irei direto ao ponto. Estou aqui para falar sobre o Bicho Papão que tem assolado nosso Estado e tem sido destaque em todos os jornais. Acredito que não preciso dizer que é de total interesse do Governo que nossa Inteligência Policial possa sanar o terror que se apoderou da população e devolver a sensação de segurança, não é mesmo?! — O Governador caminhou até a ponta da mesa que ficava de frente para Anaya e sentou-se. — E como você está à frente da investigação, Delegada Akello, gostaria de saber o que tem sido feito para que isso ocorra.

— É claro, Sr. Governador. Estávamos discutindo uma estratégia neste exato momento... Eu estava explicando ao Sr. Secretário de Segurança Pública do Estado que, conforme a cronologia do elemento, ele irá atacar novamente na próxima quinta-feira.

— Por que na próxima quinta?

— Existe o período exato de um mês entre a morte das vítimas. E na próxima quinta-feira, fará um mês desde que localizamos a segunda vítima, senhor.

— Certo... — o Governador ponderou. — E o que a senhora pretende fazer para capturar esse elemento?

— Encontramos similaridades entre os locais de desova, que podemos definir como parte do modus operandi do elemento. E, como nós temos uma data e um padrão de escolha, quero uma força-tarefa policial, onde iremos colocar o máximo de viaturas possíveis nas ruas, em um raio de 20 km.

— E por que ainda não foi feito?

— Sr. Secretário, o senhor gostaria de responder à pergunta? — Anaya virou-se inexpressivamente para o homem baixinho de óculos que estava parado ao seu lado.

— Sr. Governador — O secretário de Segurança começou com a voz mansa e sorridente. — Primeiramente, que prazer tê-lo conosco! É uma imensa honra, na verdade...

Enquanto o secretário iniciava suas bajulações políticas, Anaya lançou um breve olhar para Pietro, que sorria satisfeito com os olhos.

Embora seu rosto também fosse impassível, Anaya sabia ler seus olhares. Pietro, por outro lado, perguntava-se quantas cartas mais a delegada poderia tirar de sua manga. Ela era... terrível e sabia muito bem como jogar. Seu trabalho, por vezes, entrelaçava-se a jogos políticos, e esses jogos eram uma dança que Anaya dançava majestosamente.

— Precisamente, necessitamos avaliar os custos, Sr. Governador — O secretário concluiu com um sorriso.

— Delegada Akello, quais as reais chances de capturá-lo nessa Operação? — o governador direcionou a pergunta para Anaya outra vez.

— O real objetivo dessa operação é intimidá-lo, pressioná-lo. Estamos falando de um homem metódico e detalhista, que levou anos para planejar cuidadosamente a maneira como iria executar seus delírios sádicos. Um homem que confia tanto na maneira como executa seus crimes, que ele mesmo dá dicas à polícia de onde encontrar suas vítimas, poucas horas após a morte. E na cena do crime, não existe um vestígio sequer... No corpo, nenhum vestígio além dos sinais das torturas horrendas às quais ele acomete cada uma delas. E ele não vai parar. Mês após mês, receberemos ligações com localidade de novos corpos... E a cada corpo, um novo grau de perversidade, pois ele não para de ganhar confiança. Estamos falando de um homem que já deixou, inclusive, seu codinome assinado na cena do crime.

Anaya pegou a foto da rosa exatamente no cantinho onde havia a pequena e delicada assinatura de tinta "Ceifador de Rosas" e expôs para que todos pudessem ver. Olhos de espanto refletiam a sala; pouco a pouco, todos estavam vagamente caindo em si de que nenhum deles, nenhum, havia trabalhado na captura de um homem assim. Eles trabalhavam com crimes passionais, crimes de família, crimes cometidos por facções... mas um psicopata como esse, nunca.

— Ele já está à nossa frente. O perímetro que delimitamos para a atuação desse elemento ainda é longo demais, por isso mesmo espero a colaboração dos senhores para colocar o máximo de viaturas nas ruas. Se o pressionarmos, ora ou outra, na pressa, ele irá cometer algum deslize, algum erro, e quando isso acontecer, aí, sim, iremos pegá-lo.

O Governador se levantou da mesa, ainda atordoado com todas as imagens que viu, com as palavras da Delegada acerca desse serial killer. Seu negócio era política, e não crimes horrendos... Não jovens nuas, assassinadas, estupradas e espancadas, deixadas em posições eróticas em uma casa como se fossem uma tela a ser pintada. Céus! Poderia ser sua filha!

— Secretário — o governador falou em direção ao homem baixinho de óculos, que já havia engolido sua simpatia. — Faça acontecer!

— Sim, senhor — respondeu também se levantando.

— E... Secretário, eu espero que a Delegada Akello permaneça no comando dessa operação.

— É... é claro, se... senhor.

— Antes de me retirar — o Governador continuou falando em direção à Anaya —, existe mais alguma ação que podemos fazer de imediato para pressionar o elemento?

— Existe, senhor. Pretendo fazer uma coletiva de imprensa...

13

Vó Abby estava sentada na sala de estar, tricotando enquanto assistia a mais um episódio de novela mexicana. Ela adorava todas elas, assistia sempre que passava na TV, mas sua preferida, de longe, era A Usurpadora. Um clássico! Assim como ela.

Inclusive, ela se pegou pensando que, se pudesse voltar no tempo, teria dado ao seu filho o nome de Carlos Daniel, ao invés de Alexander.

"Que Deus perdoe você por ser tão venenosa", Abby falava simultaneamente com Paulina na TV. E exatamente no momento em que Paola, vulgo Paulina, estava esbofeteando a cobra da Leda na reunião do Conselho de Família, a cena foi interrompida por um plantão de notícia urgente.

Uma delegada de polícia estava prestes a fazer algum enunciado. Mas o que realmente chamou a atenção de Vó Abby foi quem estava ao lado dela: bem ao lado direito, estava parado o governador de SP, e ao lado esquerdo, um homem baixinho de óculos. Atrás dos três, havia uma fileira de outros policiais, todos parados com os distintivos pendurados no pescoço. Vó Abby não conseguiu contar quantos eram. Quase que imediatamente, uma barra de notícias apareceu na tela, e Abby leu os seguintes dizeres:

URGENTE: Delegada Anaya Akello faz importante anúncio sobre a sequência de assassinatos em série com apoio do Governador de SP e do Secretário de Segurança Pública do Estado.

— No dia 23 de abril de 2023, por volta das 23h, o Departamento Policial localizou o corpo da jovem Anabele Deluca, horas após sua morte. E, no dia 23 de maio de 2023, exatamente um mês depois, o corpo de Beatrice Arellano foi encontrado nas mesmas condições. Nenhuma das vítimas constava como desaparecida. Ambas eram mulheres jovens, possuíam porte físico e idades similares, e foram mortas da mesma forma. Segundo as especificidades nos dois casos, acreditamos tratar-se de um mesmo assassino. — A delegada, que permanecia com o semblante impassível e a voz firme, fez uma breve pausa. — Também apuramos que o elemento escolhe os locais de desova conforme os seguintes padrões: casas que estejam vazias e sejam localizadas em ruas residenciais que não tenham nenhum comércio nas proximidades. E, com os moradores ao redor, que, em sua maioria, sejam famílias de idosos ou com filhos pequenos. Basicamente, moradores que não apresentem perfil de vida noturna. Caso você more em uma rua com esse padrão e notar qualquer movimento estranho, qualquer carro desconhecido rondando o lugar, principalmente à noite, por favor, entre em contato com a polícia. Mas, em momento algum, reaja! Pois estamos falando de um elemento de alta periculosidade. — A delegada fez outra pausa. O rosto dela permanecia sem expressões. Nesse instante, Vó Abby pensou que ela deveria ser mais dura do que a soma de todos aqueles homens de distintivo juntos, que mais pareciam um bando de seguranças parados atrás dela. — Para as mulheres jovens, que possam de alguma forma se enquadrar no perfil das vítimas, por favor, pedimos que, dentro do possível, não andem sozinhas. Evitem qualquer tipo de encontro com estranhos ou com alguém que tenham conhecido recentemente. Evitem passar por locais isolados. Estejam sempre informando a um parente ou amigo próximo sua localização e detalhes da rotina. E, principalmente, tenham certeza de que a

Polícia do Estado, juntamente com o Poder Público estão empenhados na captura desse elemento.

Assim que a delegada acabou de falar, os repórteres pareciam um enxame de abelhas desesperados por respostas, mas tudo que a delegada respondia era que não daria detalhes da investigação.

Quando a novela voltou, Abby estava com a mente distante. Seu estômago estava estranhamente gelado e seus dedos, tão habilidosos e experientes, pareciam ter esquecido o jeito certo de fazer tricô. A velha senhora estava apenas parada. Congelada.

Estranho... Estranho.

Um serial killer aqui? Em São Paulo?

Isso parecia coisa de filmes de terror, de suspense, séries policiais. Sei lá. Isso parecia qualquer coisa que não fosse à realidade. Ela pegou sua xícara de chá para dar um gole, mas ele já estava frio. Era de camomila. Então, ela se levantou para ir até a cozinha esquentar um pouco mais de chá, só que, chegando lá, percebeu que seu paladar também havia perdido o interesse. E pensar que, há poucos minutos, ela beberia esse mesmo chá quentinho, enquanto tricotava e assistia à sua novela mexicana favorita. Entre um gole e outro, recitava algumas falas simultaneamente com a Paulina e, claro, também comia uma pequena fatia de bolo logo após provar duas unidades de pão de queijo... mas agora, tudo que Abby via em sua mente eram dois nomes sem rosto: Anabele e Beatrice.

14

Imagens da delegada e vídeos da coletiva de imprensa tomaram conta de todos os portais da internet, juntamente com os canais de notícia. Diariamente, novas matérias sobre esse assunto dominavam a mídia: "Quem são os psicopatas?", "Os psicopatas mais famosos da história", "Dia 23 seria a nova sexta-feira 13?", "Quem é Anaya Akello, a delegada responsável pela investigação do psicopata de São Paulo". No entanto, Anaya não se atentava a nenhuma delas. Essa semana havia sido extremamente intensa; ela mal pregou os olhos, só passava em casa para tomar banho, alimentar Teobaldo e, é claro, se abastecer rapidamente com seus carinhos felinos.

Todas as informações passadas por ela na coletiva de imprensa foram escolhidas a dedo, tanto para proteção da população quanto para preservação da investigação. A delegada sabia que fornecer uma data era uma faca de dois gumes; tudo que ela queria evitar era o pânico generalizado. Contudo, eles sabiam que as meninas eram sequestradas no mesmo dia em que eram mortas. Então, se existisse uma chance, única que fosse, de fazer com que as pessoas redobrassem a atenção e, de alguma forma, livrasse essas garotas da morte, valia a pena.

Tudo ali exigia cautela; cada passo era calculado. Existia muito em jogo. Uma rede de inúmeras linhas, todas conectadas. O que era passado ao público através da mídia também era passado ao assassino. E todos os olhos dessa investigação se voltavam para ela. Um caso dessa proporção não permitia meios-termos; ele vem com tudo, pronto para destruir ou alavancar a carreira de alguém. Mas, acima de uma carreira construída à base de muito sacrifício, havia aquilo de mais precioso que se sobrepunha a tudo: a vida dessas mulheres.

Dia 23, uma fera sedenta por sangue sairia para a caçada; uma fera sem alma, sem piedade, sem empatia, sem dó. Uma fera que se nutre unicamente da dor, da morte e do medo. Meticulosa, não sai sem rumo, escolhendo vítimas ao acaso; tampouco conta com a oportunidade. Não acredita em sorte. Sua vítima foi observada em silêncio, escolhida há muito tempo. Essa fera denominava-se Ceifador, mas um tipo diferente de Ceifador: um ceifador de rosas.

Anaya havia intensificado as patrulhas na noite anterior. Como eles não sabiam a forma com que as vítimas eram raptadas, existia certa esperança de que tantas viaturas circulando pudessem inibir o evidente sequestro ou, ao menos, dificultá-lo o suficiente para deixar um rastro de pistas. Embora ela soubesse que a probabilidade de impedir o Ceifador de capturar sua nova vítima nessa etapa da investigação fosse quase nula... ela ainda cultivava essa esperança.

O ideal seria que todos os policiais estivessem fazendo uso de câmeras nas viaturas e nos uniformes, pois assim, a possibilidade de gravar o elemento, mesmo sem ter conhecimento de que seja ele, seria muito maior. Mas, embora fosse o ideal, ainda não era a realidade. Apenas 20% dos policiais sairiam com câmeras, e esses precisariam estar muito bem posicionados.

Sobre Anaya pairavam algumas certezas, entre elas, a de que o elemento já havia escolhido sua vítima, a casa que serviria de local de desova e todas as rotas possíveis para fazê-lo transitar em segurança e conforto pelo tempo que julgasse necessário. E era justamente toda essa precisão que o colocava à frente dela e de todo o Departamento Policial, deixando-os apenas para seguirem seus rastros...

Eram 5h da manhã e Anaya estava acordada desde as 3h. De alguma forma, ela sentia. Conseguiu identificar toda a eletricidade obscura que percorria o corpo do assassino, a excitação que tomava conta de sua mente dia após dia até que enfim chegasse... o hoje.

Existia uma certa estranheza dentro dela, a forma com que seu coração parecia retorcer por dentro... A dança congelante que a angústia causava em todo o seu estômago. Caminhar por entre os delírios obscuros de uma mente corrompida tinha seu preço.

Anaya levantou-se e parou em frente à imensa janela de seu escritório, que era quase uma parede inteira de vidro. Ela observava no horizonte sinais de que o sol estava prestes a nascer, os raios começavam a deixar sinais no céu. Ali, naquele exato instante, não era nem dia, nem noite, era aurora.

Isso a fez lembrar-se das falas de um brilhante psiquiatra forense que ela teve o prazer de conhecer. Em suas palavras, ele dizia que os psicopatas eram seres que habitavam na zona fronteiriça. Da mesma forma que existe a noite, o dia, e entre esses dois polos existe a aurora. Entre o saudável e a pessoa com doença mental, existe a zona fronteiriça...

Os psicopatas não têm doença mental, pois eles não rompem com a realidade, mas também não são normais, pois são incapazes de possuir sentimentos superiores: nem piedade, nem compaixão e nem altruísmo. São completamente ausentes de todos os valores éticos e morais. Sem freios. Sem remorso... egocentrado. Vivendo com um desejo deformado. *Obter prazer na dor e na morte.*

Contudo, são imperceptíveis socialmente.

Não são nem saudáveis mentalmente, nem doentes mentais.

Nem noite, nem dia.

Mas... *Fronteiriça. Aurora.* Aquilo que está entre um e outro.

E era isso que ela tinha que capturar. Algo, diferente. Cruel.

Anaya não conseguia evitar pensar que, ao fim daquele dia, próximo à última hora, a cidade inteira estaria apreensiva, aguardando para saber se esse assassino havia conseguido atacar outra vez.

E que, de certa forma, ele havia conseguido uma plateia.

Mesmo que o público não soubesse nada sobre as rosas, nem sobre a assinatura e nem seu codinome...

A delegada, ali, parada, com seu fone de ouvido e com a xícara de café. Tensa. Olhando o céu e a cidade, buscava esse último instante de calmaria antes de... antes de tudo começar.

Calmaria. Só calmaria, pois paz é algo que há muito ela não tinha.

Estando preparados ou não, dispondo dos recursos ideais para executar essa caça ou não, o dia 23 havia chegado, e com ele, oficialmente, a Operação Rosa Negra.

15

23 DE JUNHO, 2023 | OPERAÇÃO ROSA NEGRA — FASE 1

— O elemento é um homem branco, faixa etária entre 30 e 40 anos. Perfil calmo, cauteloso, alguém que passe totalmente despercebido entre a multidão. Não demonstrará desconforto na presença de alguma autoridade policial. Atua sozinho. — A delegada seguia instruindo o amontoado de policiais que estavam prestes a iniciar o próximo turno de ronda. Sua voz era firme e calma. — Estimamos que as vítimas foram mortas por volta das 11h da manhã. Mas, que o rapto ocorre horas antes disso. Como ainda não sabemos maiores detalhes de como acontece, peço que, nessas primeiras horas do dia, os senhores redobrem a atenção para possíveis casais que apresentem as características de ambos os perfis: do elemento e das vítimas. — Enquanto falava, ela emanava controle e segurança, era uma líder nata. Por um momento, lembrou-se dos lugares onde a caça era uma prática comum, e de como muitos deles usavam cães farejadores para localizar suas presas. De certa forma, esse era o papel que ela estava desempenhando, diligentemente seguindo um rastro, mas também buscando formas de se antecipar aos próximos passos — Também acreditamos que, no período noturno, o elemento transporta o cadáver em um carro popular para evitar chamar atenção, provavelmente, um modelo sedan.

Quando o relógio marcou 11h, uma camada de gelo percorreu todo o interior de Anaya. Ela estava tensa. O coração repleto de nós parecia estar ao avesso. Mas ela sabia que deveria bloquear tudo isso; afinal, emoção era tudo o que não poderia ir ao seu encontro nesse momento. Ela precisava estar centrada, atenta. Cada passo dado nesse dia poderia definir todo o futuro dessa investigação e tirar um monstro das ruas. Então, ela pegou seu fone de ouvido e ligou no último volume. Foco. *Foco, Anaya, foco.*

Até o fim da tarde, foram feitas quinze apreensões, sete no período da manhã, oito no período da tarde. Mas que raios esses homens tinham em mente para prender mais gente no período da tarde do que na manhã? Será possível que eles não raciocinaram que o elemento estaria nas ruas logo nas primeiras horas do dia e, então, só tarde da noite? Ela havia praticamente desenhado! Céus!

Ao todo, foram três suspeitos com suas respectivas namoradas, outros dois com as filhas, e as demais aleatórias. No final, todos tiveram suas informações confirmadas e foram liberados.

Anaya havia desligado a TV.

Os noticiários resumiam-se todos ao serial killer que estava assolando as ruas de São Paulo. Alguns eram mais sensacionalistas que outros, mas, de maneiras diferentes, todos falavam sobre o bicho-papão que saía para caçar no vigésimo terceiro dia de cada mês. Então, ela mantinha a TV desligada, pois hoje ela não poderia permitir nenhum tipo de distração ou preocupações com as informações expostas na mídia.

Mas o que a delegada não sabia é que, enquanto ela mantinha a TV desligada, em um lugar isolado, naquele mesmo dia, ainda naquela manhã — pouco antes de ser submetida a uma sessão de estupro e tortura — uma jovem que estava amarrada e amordaçada assistia, com os olhos cheios de lágrimas e em completo terror, essas mesmas notícias que se alastravam por todos os canais de TV. E, tomada pelo pânico, enquanto uma mão gélida acariciava seu rosto, ela ouviu uma voz malignamente suave dizer as seguintes palavras:

— Não chore, minha doce rosa, eu irei imortalizar você. Ainda amanhã, você será parte dessas notícias.

16

— Oh, Matteo. — Vó Abby entrou disparada no quarto onde ele esculpia suas esculturas. Sua voz estava trêmula e os olhinhos tão doces que ela possuía seguravam um par de lágrimas pesadas.

— Oma, você está bem? — Matteo falou, levantando-se em direção à sua vó. Um segundo depois, e ele já a abraçava com todo o cuidado, sentia a maneira como a velha senhora tremia em seu abraço. — O que houve?

— Oh, filho... seu avô... eu, e... eu, e... eu ti—tive um sonho tão terrível. Seu avô, ele... e... ele... — Abby não conseguia concluir a frase. Ela tremia, gaguejava, as lágrimas rolavam.

— Tá tudo bem, Vó... Tá tudo bem... Shiiii... Foi só um sonho. — Matteo falava, acariciando o cabelo daquela mulher tão pequena e franzina. Sua amada vó. Ele falava com delicadeza e doçura, buscando acalmá-la... Se ela fosse uma criança que tivesse acordado no meio da noite com pesadelos, certamente, ele a teria consolado da mesma forma. — Tá tudo bem, já passou... Eu estou aqui.

Os minutos se estenderam, congelaram e então, eles passaram...

Até que Vó Abby já não chorava mais. E estivesse calma e serena.

— Vó... Oma, fala comigo... A Sra. quer me contar o que sonhou? — Matteo perguntou a ela.

— Que horas são? — Foi a única resposta que ele obteve.

— Eu não sei, acho que algo próximo às 22h.

— Eu quero ir à minha casa, Matteo...

— A senhora já está em casa, vó.

— Não, Matteo, a minha casa. A casa onde eu morava com seu vô antes de... Antes daquele dia.

— Ah...

Já haviam se passado três anos desde a última vez em que eles estiveram naquela casa. A casa de seus avós, aquela em que eles moravam antes de todos morrerem naquele acidente... Seu pai, sua mãe, seu avô.

Desde aquele dia, o mais triste e terrível de suas vidas, sua vó mudou-se para sua casa. A casa em que ele morava com os pais. Por ser cego, sua casa lhe era mais confortável, além de, é claro, ser maior, mais equipada... de atender melhor às suas necessidades.

No começo, assim que tudo... tudo aconteceu e todos partiram. Embora já morasse com Matteo, Abby ia diariamente à sua antiga casa. Os anos passaram e as visitas foram diminuindo, até que, até que agora, fazia três anos que eles não iam lá.

Contudo, Abby nunca conseguiu se desfazer daquela casa. Sua antiga casa.

— Vó, já está tarde... Não quer ir amanhã?

— Não, Matteo, eu quero ir agora.

— Vó, mas o Luis já foi embora... Estamos sem motorista. E a senhora sabe que eu não gosto de andar de Uber.

— Ora, eu dirijo! A casa fica a quê? Quinze minutos de distância daqui? Faça-me o favor. Não seja frouxo!

Matteo não estava no clima de cair em suas travessuras, então permaneceu centrado. — Vovó, eu realmente prefiro que possamos ir amanhã cedo.

— Matteo, se você não quiser ir comigo, eu vou só.

"Oh, mulher difícil, viu", Matteo pensou antes de levantar-se e acompanhar sua vó até o carro. Estranhamente, desta vez, ele não ouviu a risada de vitória dela. Aquela bendita risadinha silenciosa que ela se esforça tanto para esconder, mas que ele sempre escuta.

O trajeto foi silencioso. Abby estava silenciosa.

Cerca de duas viaturas passaram por eles durante todo o percurso. Até que estavam parados em frente à casa de muros altos, número 176.

O silêncio que imperava dentro do carro estendia-se até a rua escura. A noite carregava um aspecto sombrio. Tristeza e melancolia. Talvez fosse porque Abby se sentia assim.

Levou cerca de dois minutos até que eles saíssem do carro.

Abby, sentada, em silêncio. Aflita com o sonho que havia tido, recusava-se a falar. Capturada por uma enxurrada de lembranças que eram felizes, mas que a deixavam triste. E Matteo, apenas esperando por sua vó.

Assim que atravessaram o portão da casa, Matteo sentiu o cheiro no ar... Um cheiro que não deveria estar ali. Um cheiro que não combinava com uma casa que vivia trancada: água sanitária, produtos de limpeza, loção de barbear, látex e... rosas.

— Vó, volte para o carro agora.

Matteo mal terminou de proferir a frase quando Abby notou que, estacionado bem ao fundo de sua garagem, havia um sedan preto. A pequena senhora congelou por dentro, e o frio desceu até sua espinha.

— Vó — Matteo falou, colocando-se à frente dela, tapando-a por completo, feito um muro de proteção —, para o carro. Agora, ligue para a polícia.

Assim que ouviu a porta do carro sendo fechada, ele seguiu caminhando cuidadosamente até a entrada. A porta da sala estava destrancada, Matteo a abriu e deu apenas um passo para dentro. O cheiro estava mais intenso. Novos elementos misturavam-se no ar, e havia aquele arrepio em sua nuca que o deixava em constante estado de alerta.

Matteo sentiu. Sentiu a presença de mais alguém ali. Ele ouviu a respiração do outro lado da sala, foi rápido. Mas, por uma fração de segundos, ele soube que estava sendo observado... Era como se a própria morte o estivesse encarando. Mas Matteo o encarou de volta, no profundo de seus olhos. E foi nesse olhar que a morte soube: ele era cego.

17

Uma dezena de viaturas estavam estacionadas em frente à casa 176. E um amontoado de policiais seguiam parados do lado de fora daquela casa. Era tanta gente... Aquilo era um terror para a perícia.

Anaya passou por eles com seu fone de ouvido ligado, desejando profundamente que a cena do crime não tivesse sido contaminada. Bastou que ela atravessasse a porta para que a visse: A Rosa Negra.

Cabelos castanhos espalhados no chão. Corpo esguio. Seios pequenos e firmes. Cintura estreita. A mesma pose... O leve cruzar de pernas, os braços elevados sob a cabeça. Unhas anelares arrancadas.

Ela era linda. A jovem que Anaya buscou tão desesperadamente salvar... Foi por ela — a vítima que ainda não existia, mas que agora estava estirada no chão à sua frente — que a delegada convocou aquela coletiva de imprensa, que lotou a rua de policiais, que envolveu até mesmo o governador... Foi por ela. Para dar uma chance a ela.

Anaya perguntou-se como tinha sido. Como ele tinha conseguido? Mesmo diante de um estado de alerta como aquele...

Olhando aquela moça que dormia no chão gelado, Anaya sentiu o gosto do fracasso amargando sua língua, contorcendo seu estômago. Agora ela teria que olhar nos olhos da família daquela moça e dizer que ela não iria voltar.

Anaya pensou nos ceifadores, nas criaturas mitológicas que flutuavam por aí com capuzes pretos, travestidos da própria morte. Fantasmas que roubam vidas... Como ele conseguiu capturá-la? Como? Seria ele também um fantasma?

E esse gosto amargo na sua língua. Essa perda. Ah...

— Sem sentimentalismos, Anaya. Sem emoções. Você sabia que isso aconteceria. — Ela dizia essas palavras a si mesma como se fossem um mantra para se confortar... para... se concentrar. Foco. Ela precisava de foco.

Então ela colocou seu fone de ouvido outra vez. Um pouco mais alto agora.

Assim que pegou o celular para sintonizar em uma de suas músicas, ela deu-se conta de uma coisa: ainda não eram 23h.

Mas as duas ligações anteriores foram feitas pontualmente às 23h.

Uma chama acendeu dentro dela.

Anaya saiu a passos largos e firmes à procura de Pietro. Avistou-o na rua, parado em frente a uma viatura, parecia estar falando com uma mulher, uma senhorinha. Enquanto caminhava em direção ao Detetive, Anaya sentiu o duro baque em seu ombro direito assim que um homem trombou com ela. Era como bater em uma dura parede de concreto. *Doeu.*

Assim que o olhou, viu sua infância a perseguindo. Viu Bruno, viu Maria. Ele era tão loiro quanto eles, tão branco quanto eles, e os olhos azuis... Eles eram ainda mais azuis e ainda mais claros. Quem esse homem pensava que era para ridicularizá-la assim? *Maldito esnobe. Babaca.* Quase a derrubou e nem ao menos olhou para ela. Tomada de raiva, de ódio, ela apenas vociferou:

— Que droga! Você é cego?

— Sou.

Os olhos de Anaya se alarmaram. A raiva deu lugar ao constrangimento.

— Desculpe — ela falou baixo, sem dar voltas... Recompôs sua postura. O homem apenas balançou a cabeça em afirmação. — Vou pedir que algum policial acompanhe o senhor novamente até sua casa, pois esta é uma cena de crime e o senhor não pode permanecer aqui.

Anaya Mal terminou de falar quando Pietro surgiu ao lado dela.

— Delegada, um minuto, por gentileza?

Afastando-se alguns passos, Anaya passou a ouvir o detetive.

— Você estava certa! Ele cometeu um deslize... Um erro.

— Qual?

— Ele foi pego.

— Como assim, Pietro? — Eletricidade corria por todo o corpo de Anaya.

— Ele foi interrompido... Houve uma testemunha. De certa forma duas, na verdade.

— Pegamos o Ceifador! — Anaya não podia acreditar.

— Não festeje tão cedo assim, delegada... — Pietro retrucou.

— Qual é o problema?

— As testemunhas... Bom, são eles.

Anaya virou o rosto em direção ao que o Detetive olhava.

— Ah, não... Você está falando sério?

— Estou.

— Só pode ser uma piada de péssimo gosto do destino. Nossas testemunhas são um cego e uma velhinha?

18

O dia estava quase amanhecendo, Abby estava impaciente ali dentro daquela delegacia. Impaciente e cansada. Já havia dado seu depoimento, acreditava que Matteo também. Repetiu muitas vezes o mesmo. *Estava dormindo, acordou de súbito, queria ir para sua casa.* O sonho. O bendito sonho. Foi ele que a fez querer ir para casa.

Ela não queria falar, não queria contar que nele seu querido Ernesto, seu amado esposo, lhe dizia que ela esqueceu dele. Não queria falar de como seu mundo ruiu e seu coração estilhaçou. A sensação terrível de pânico e pavor que se apoderou dela. O tanto que ela queria falar e... despedir-se. Ela nunca conseguiu despedir-se. Nem dele, nem de seu filho, nem de sua nora grávida. Se ela soubesse que aquele dia em que os viu pela última vez seria o último dia, ela teria dito tantas coisas. Mas a última palavra que ela disse foi "não esquece o leite condensado", deveria ter sido eu te amo. Deveria ter sido: Obrigada.

Obrigada por tudo! Pela vida juntos, pelo amor correspondido, pela lealdade mantida, pela cumplicidade. Por todas as noites e dias. Pelos olhares que conversavam em silêncio, pelos sorrisos trocados. Pelas tristezas e alegrias. Pelas conquistas e perdas. Por tantos abraços. Pelos almoços de domingo... Obrigada pela linda família que construímos, pelo filho que trouxemos ao mundo e pela filha que recebemos quando ele se apaixonou... Obrigada. Por ter me permitido ser mãe. Pela honra de ter sido sua esposa e amiga. Obrigada. Deveria ter sido obrigada.

Os anos trouxeram um certo tipo de aceitação, ela parou de remoer cada ínfimo detalhe pensando no tanto de "e se" que poderia ter mudado o trágico destino. "E se eles não tivessem ido ao mercado", "e se eles tivessem saído de casa 5 minutos mais tarde ou 5 minutos mais cedo", "e se tivesse sido ela a sair de casa? Matteo teria sofrido a perda só de um, não de três", "e se eles tivessem ido almoçar fora ao invés de querer cozinhar", "e se aquele motorista não tivesse bebido", "e se o farol não tivesse fechado", "e se", "e se", "e se..."

Um dia, os "e se" pararam de devorar a sua mente. Um dia, ela se apegou de todo coração ao que ainda tinha: a Matteo. O menino já havia perdido demais: um pai, uma mãe, um irmão que jamais teve a chance de nascer, um avô. Ela não poderia perder sua avó também! E ela sabia que, se continuasse a se afogar nesse oceano de possibilidades inexistentes, mesmo que vivesse, ela morreria. Para sobreviver ao luto, ela aprendeu a olhar para quem a amava: *Matteo. Sempre Matteo.*

Mas o que ela ainda não havia superado era exatamente o não poder se despedir. Não poder dizer o último adeus. Por mais que todos os anos bem vividos fossem uma despedida, ela queria ter tido direito às suas últimas palavras. E o sonho... aquele sonho.

Novamente, ela ficou muda. Tentava falar, tentava gritar, mas nenhuma palavra saía. O pânico, o desespero. "Você esqueceu de mim, meu amor... Você esqueceu de mim, Abby. Você deixou de visitar nossa casa. Deixou de cultivar nossas memórias." No sonho, enquanto ela caía e se afundava em um buraco sem fim que havia se aberto sob seus pés, enquanto ela caía e caía sem jamais chegar ao fim, sem jamais encontrar o chão, ela via Ernesto no topo daquele precipício, cada vez mais longe. Mas, enquanto caía, ouvia sua voz:

— Volte para mim, minha querida. Meu amor. Volte para nossa casa.

Abby acordou de sobressalto, era como se ainda estivesse caindo. O pânico ainda tomando conta dela. Ernesto havia estado ali, em seu sonho, mas ela não havia conseguido tocá-lo. Nem em sonho pôde sentir sua pele quente outra vez, suas mãos ásperas. Nem em sonho pôde acariciar seu bigode sempre aparado. Ela não pôde sentir a forma com que aqueles pelinhos grossos e grisalhos espetavam seus dedos. Ela não pôde dizer que sentia sua falta, todos os dias. Não pôde dizer que ainda o amava muito. Não pôde, por fim, dizer-lhe adeus.

Ela gostaria de dizer tudo isso àquela delegada enquanto a interrogava com punho de ferro, mas quem acreditaria? Quem entenderia? Havia sido só um sonho... E, justo quando ela foi à sua casa, buscando encontrar algum traço de seu amor, de seu passado, de sua vida, ela encontrou um corpo estirado em sua sala.

Bem, não havia sido exatamente ela; na verdade, havia sido Matteo quem a encontrara, mas aquela ainda era sua sala. Era ultrajante que um monstro houvesse matado uma moça e a deixado ali, exposta, naquela sala... Que houvesse sentado em seu sofá. Pisado em seu chão. Aquele sofá onde ela sentava todos os dias no fim da tarde com seu amado Ernesto e conversavam. Aquele mesmo sofá que, em muitas outras vezes os sustentou enquanto trocavam carícias e faziam amor. Onde ela sentava com sua nora, a quem amava como uma filha, para bordar... Aquele chão onde seu filho brincara de carrinho tantas vezes na infância, e depois dele, seu neto. Aquele lugar onde ela soube que seria avó pela segunda vez, de um bebê que, graças ao acidente, ela nunca teve a chance de conhecer. Mas que, mesmo assim, amava... Ela amava.

Ela sentia que seu santuário havia sido profanado. Ela havia ido buscar consolo, deleitar-se em lembranças e... encontrou uma tragédia.

19

O sol estava prestes a nascer. Anaya já havia ordenado que puxassem todas as câmeras de segurança que existiam próximas à casa 176. O foco? Localizar o sedan preto. Com sorte, rastrear uma placa, alguma coisa que os levasse a algum lugar. Mas eles já estavam em algum lugar, certo? Já era mais do que haviam tido ao longo dos últimos meses...

Ela já havia interrogado a senhora, deixou que Pietro pegasse nota com o cego. Sempre que pensava que agora, neste instante, ela poderia ter um retrato falado — *ou outro corpo*, gritou sua consciência — ela se enchia de raiva e frustração. Um cego. Tinha de ser um cego. De todas as pessoas que existem no mundo... Um cego.

Não queria admitir para si mesma que achava besteira interrogá-lo. Mas, infelizmente, essa era a verdade. O que ela conseguiria de relevante com alguém que esteve lá, mas não viu nada? Como ele poderia ser útil para essa investigação de alguma forma? A melhor pista era o carro e, quanto a isso, ela já tinha a informação de que precisava.

Ela havia deixado o homem esperando, sentado naquela sala, pelas últimas duas horas. Era compreensível — Anaya dizia a si mesma — ela tinha que delegar muitas coisas, a delegacia estava uma loucura. Fora o tanto de repórteres que estavam do lado de fora esperando por alguma informação. Esses eram os motivos reais de ela estar evitando aquele homem. Esses. Não o fato de ele ser cego, ou talvez justamente porque era cego. Mas, com certeza, não era pelo fato de ele ser tão alto, tão loiro e de olhos tão azuis...

— Delegada. — Pietro aproximou-se. — Está amanhecendo, precisamos liberá-los... Abgail é uma senhora com mais de 70 anos.

— Ainda preciso interrogar o Sr. Matteo.

Pietro achou estranho que a delegada ainda não tivesse feito isso, interrogado sua melhor testemunha. Basicamente, a única testemunha ocular que tinham. Em meses, esse havia sido o maior avanço que tiveram, sua melhor pista. Mas, manteve-se calado e apenas observou enquanto Anaya caminhava em direção à sala de interrogatório.

Anaya passou pela porta, fechando-a atrás de si. Segurando uma pasta cheia de papéis, mantendo a cabeça baixa, fingindo concentração enquanto folheava cada um deles. Até que se deu conta de que esse tipo de teatro não funcionaria com o homem sentado à sua frente, afinal, ele não enxergava o que ela estava fazendo mesmo. Por uma fração de segundos, a delegada sentiu-se como uma tola. E então, sentiu-se tola por ter se sentido tola.

Balançou a cabeça em uma negativa para si mesma.

— Sr. Matteo, sou a delegada Anaya Akello, responsável pela investigação dos assassinatos em série que vêm sendo cometidos. E, se possível, gostaria de repassar os eventos da noite passada com o senhor.

O silêncio foi a única resposta que Anaya teve. "Ótimo. Além de cego, também é mudo", ela pensou. A delegada suspirou um pouco e, por fim, falou:

— Será que podemos repassar os eventos da noite passada?

Novamente, silêncio. O rosto parado à sua frente, sério, parecia ter sido esculpido pelas mãos de muitos anjos. E também parecia de pedra. Feito de mármore. Incapaz de esboçar alguma reação, algum sentimento. Apenas sério. Parado. Quieto.

Como pode alguém ser tão lindo assim? E jamais se dar conta da sua real beleza?

Não ver seu próprio reflexo no espelho.

— O senhor se recorda do horário em que chegou à residência?

...

— O que te motivou a ir visitar o local tão tarde da noite?

...

Anaya já havia feito ao menos umas dez perguntas diferentes sobre os acontecimentos da noite passada, e para todas elas uma única resposta: silêncio. Ela já estava zangada. As noites em claro — trabalhando, trabalhando e trabalhando — a imprensa, esse maldito ceifador, os corpos despidos que, não importa o que ela fizesse, ainda continuavam aparecendo, as rosas negras, a pressão, esse gosto amargo de fracasso na ponta da língua... Esses olhos azuis, desprezíveis olhos azuis. Ela odiava olhos azuis. Ah! Ela estava cansada. E com raiva. Muita raiva.

— Sr. Matteo... — Anaya falou, cerrando os dentes — o gato comeu sua língua ou o quê? O senhor acha que é algum tipo de brincadeira o que fazemos aqui?

— Delegada — A voz de Matteo era gélida, as palavras que soavam baixas eram todas calculadas — todas as informações já foram passadas ao seu Detetive. Não imagino o que mais posso falar quando claramente me considera descartável para a sua investigação. — Matteo pôs-se de pé — Acha mesmo que o seu desprezo me passou despercebido?

Ao notar o que o homem pretendia fazer, Anaya também se levantou.

— Ainda não terminei meus questionamentos... — Ela o encarou. — E, se bem me lembro, isso significa que o Sr. ainda não está liberado para ir embora.

— Estou detido?

— Não.

— Então, não pode me impedir de cruzar essa porta. — Matteo passou por ela como se enxergasse o caminho. Seus passos eram calmos e firmes, sem pressa. A face permanecia com aquela expressão estranhamente dura, que o fazia parecer feito de pedra. Inabalável. Qualquer coisa que não seja carne e osso.

Antes de cruzar a porta, ainda de costas, Matteo inclinou levemente o rosto para o lado, exatamente na direção em que Anaya seguia parada.

— Até mais, delegada — ele disse, e então saiu.

20

Anaya mal podia acreditar no que havia acontecido. O cara havia literalmente levantado e ido embora, deixando-a sentada com uma expressão de... Bom, ele era cego, então pouco importava a expressão de idiota, indignada, passada, enfurecida com a que ela ficou enquanto assistia ele cruzar aquela porta. Afinal, ele não viu mesmo.

Quem diabos ele acha que é? Ela é a delegada que está conduzindo o caso mais importante que essa cidade já viu. Como ele acha que pode cruzar a porta assim? O espírito de adolescente rebelde que habitava nela sussurrou: "nem para ele bater com a cara na porta, ou então tropeçar e cair", seria uma experiência adorável, realmente adorável. Mais que isso, seria extremamente prazeroso para o ego que ele deixou ferido ao sair andando daquela forma.

Anaya permaneceu sentada por mais alguns minutos, esperando o espírito adolescente sumir de vez e dar lugar à voz da razão que sempre predominou dentro dela.

Quando sentiu que suas emoções voltaram ao natural, e aquele estranho nó em seu estômago foi desfeito — nó feito de ódio e raiva, ela supunha. A delegada enfim levantou e caminhou em silêncio até sua sala. Chegando lá, encontrou Pietro parado em frente ao quadro de evidências.

Ela passou por ele sem proferir uma palavra, pegou sua bolsa e fez a coisa mais prudente que poderia fazer nesse momento: foi para casa, dormir.

Anaya estava virada há muitos dias, vivendo à base de café e cochilos no sofá da delegacia, preparando-se para o dia 23 e para o que seria a fase 1 da operação rosa negra. Mas, agora, era dia 24, especificamente 09h33 da manhã.

Ela sabia que sua maior aliada nessa caça era sua mente. E, se ela continuasse se levando ao limite assim, seu cérebro entraria em pane. Ela precisava de umas boas oito horas de sono ininterruptos — no mínimo, e após isso, ela pensaria no próximo passo. Mas, enquanto dirigia para casa, uma pergunta ressoava sua mente:

"Como ele conseguiu capturar aquela moça sem chamar atenção?"

Vó Abby continuava estranhamente calada. E Matteo seguia com o humor de trovões e tempestades. Sombrio.

Assim que adentraram pela porta de casa, enquanto o homem subia em direção ao seu quarto, a primeira coisa que Abby fez foi se direcionar ao jardim. Ela pegou algumas folhas de Capim Cidreira que mantinha plantada em um vaso e caminhou até a cozinha para preparar uma xícara de chá.

Tudo estava estranho. Ela sentia-se estranha. Cheiro de morte flutuava no ar... Fazia muito tempo desde a última vez que Abgail esteve tão triste assim. Horrorizada, deslocada. Ela precisava de um chá. E, depois, precisava de um banho quente em uma banheira lotada de espuma. Precisava de silêncio, e precisava dormir. Mas, Abby estava com medo de seus sonhos.

Matteo entrou na cozinha com o cabelo molhado, descalço, usando apenas uma calça de moletom. Quando Abby olhou para seu neto, a primeira coisa que falou foi: — Andando descalço, sem camisa, com o cabelo molhado... Você vai ficar doente.

Ele não pôde evitar sorrir.

Matteo não sabia muito sobre avós, pois só tinha essa. Ela era única em sua vida. Mas, com certeza, isso era muito coisa de vó.

— Está calor lá fora, sabia?! — Ele se aproximou e deu um beijo no topo da cabeça dela. Assim que sentiu a doçura do carinho, Abby abraçou seu neto e começou a chorar.

Matteo ficou ali, parado, retribuindo o abraço e acariciando-lhe os cabelos macios, ao mesmo tempo que as costas. Queria protegê-la mais. Queria que ela não tivesse passado por nada do que passou nas últimas horas: nem o sonho que a havia atormentado. Nem ter surpreendido um assassino em sua antiga casa. Nem aquele monte de policiais. Aquela delegacia, os depoimentos…

Em menos de doze horas, essa era a segunda vez que ele presenciava toda fragilidade de sua avó exposta. Ele odiava não poder fazer nada para evitar essa enxurrada de lágrimas, na mesma medida em que se sentia abençoado por estar presente nesses momentos. Por poder segurá-la sempre que ela supunha que iria desmoronar... Por abraçá-la e confortá-la. Apenas para garantir que, enquanto ele estivesse ali, ela tivesse a certeza de que jamais, em hipótese alguma, ela estaria só.

Abby queria conseguir expressar o porquê chorava tanto, mas ela não sabia exatamente o motivo... Talvez ela só estivesse afogando em um mar de emoções conflitantes e precisasse deixar essas águas emergirem para fora dela...

Matteo sentiu sua avó ir acalmando lentamente no círculo protetor de seu abraço.

E, quando ela deu um suspiro mais longo que todos os outros, ele soube que as lágrimas haviam cessado.

— Quer conversar sobre isso, Oma? — ele perguntou enquanto sentia sua vó se afastar.

— Mais tarde, meu filho. Agora, eu só quero mais uma xícara de chá.

21

Teobaldo seguia deitado sobre as costas de Anaya, o gato insistia em fazer dela seu próprio colchão. Era justo, afinal, ela andava mais ausente do que de costume. E, de uma forma que ela jamais saberia explicar, sentia que precisava mesmo de uma bola de pelos alaranjados e, um tanto quanto mal-humorado, em cima dela.

Esse gato era sua alma gêmea. Obviamente, ele compunha o lado preguiçoso, antissocial, dorminhoco e comilão de sua alma. Afinal, é claro que o humor — que por vezes se revelava rabugento — ambos partilhavam.

Nesse exato momento, Anaya estava deitada em sua cama, tentando entender o porquê, em seus sonhos, ela mergulhava em um par de olhos azuis. Olhos esses que não prestavam se não para serem um par de enfeites em um rosto ridiculamente anguloso e de mandíbula bem marcada. Mas, que não deixavam de ser olhos exuberantes... E lindos. Tão lindos que mais pareciam um lago de águas calmas e cristalinas. Um lago onde Anaya adoraria nadar livremente, sem roupa alguma... E então, inevitavelmente, ela sabia que o próximo passo seria se afogar e morrer. Mas seria uma bela morte. *Não, seria uma morte ridícula.*

Uma morte que jamais aconteceria. Jamais.

Um lago de águas calmas... Era isso o que ela almejava. Águas calmas e cristalinas, e não rosas negras.

27 DE JUNHO, 2023 | TERÇA-FEIRA

Fotos e mais fotos de todas as cenas de crime. De todas as jovens, todas as casas, de todas as cápsulas de vidro contendo rosas. Depoimentos com familiares, amigos e vizinhos. Laudos periciais e laudos de autópsia. Necropsia. Perguntas e mais perguntas... Todo um perfil sendo formado em um quadro de evidências.

Anaya estava imersa em seu escritório, a investigação demandava seu tempo por completo. O relógio estava contando as horas, os minutos, segundos e dias... E o que ela tinha era exatamente 26 dias até o próximo ataque. Ela precisaria de algo mais até lá.

Era pouco mais de 10h quando um policial entrou em sua sala dizendo que havia uma senhora que insistia em falar com a Delegada que estava à frente do caso noticiado na televisão.

— O que ela quer? — Anaya perguntou sem sair do lugar.

— Ela disse que a filha está desaparecida... E acha que ela se enquadra no perfil de vítimas.

Anaya sabia que era impossível que esse fosse o caso. Afinal, hoje, com toda certeza, não era dia 23. Mas, mesmo assim, se propôs a atender essa mãe, pois ela sabia que nenhuma mulher nesse mundo mereceria vivenciar esse tipo de dor. E, quando o pior acontecia, era a ela a quem as pessoas poderiam recorrer. A ela, a Delegada.

A primeira visão de Anaya foi de uma mulher que aparentava ter em torno de 50 anos. Cabelos negros, presos em um rabo de cavalo malfeito e alguns fios grisalhos espalhados pela cabeça. Mas, no exato instante em que aquela mãe levantou a cabeça em direção à Anaya, o olhar que a Delegada contemplou partiu seu coração em muitos pedaços. Dor e desespero eram tudo o que reluziam nos olhos maternos daquela mulher. Aquela mãe prendia dentro de si própria uma agonia tão profunda que, momentaneamente, Anaya sentiu quase perder o equilíbrio com o impacto da dor que seus olhos causavam e, contemplar a angústia de forma tão crua assim, tão perto, tão próximo, quase íntimo... era algo que ela sabia, ela não esqueceria.

A dor daquele olhar a assombraria em seus pesadelos por muitas e muitas noites.

Anaya respirou fundo, conteve seus próprios sentimentos e fez aquilo em que ela é perita: camuflou seus sentimentos. Vestiu sua máscara forjada de inexpressividade e caminhou até lá. Ela não podia mostrar fraqueza, nem desespero, a frieza era sua amiga. Uma mulher em sua posição demonstrava autocontrole, confiança e, sobretudo, a capacidade de ser um chão seguro onde as pessoas desabavam as atrocidades que acometiam suas vidas.

Anaya fez um breve cumprimento antes de sentar à mesa em frente a essa mulher — essa mãe. A Delegada notou a maneira como ela tremia. Os lábios, os olhos, os braços, as pernas, as mãos. A forma com que ela apertava suas próprias mãos, tentando conter inutilmente os dedos trêmulos. A maneira como as pernas quase chacoalhavam de tanto vibrar. Mas nada, absolutamente nada, era tão angustiante quanto o olhar estampado em seu rosto. Dor crua.

— Doutora, eu me chamo Ana — ela falou em um sussurro, tentando firmar a voz, tentando falar sem chorar, sem gritar. — A minha filha, Olivia, saiu hoje cedo para ir ao trabalho. Eu não consigo falar com ela desde então. Eu... eu liguei lá. Ela não chegou. Não avisou ninguém. O celular dela também está fora de área.

— Que horas ela costuma sair de casa?

— 7 horas.

— Tem quanto tempo que a senhora tenta falar com ela?

— Um pouco mais de 2 horas.

— Quantos anos a sua filha tem?

— 21.

— Dona Ana... Ainda é muito cedo para afirmar que sua filha está desaparecida. Talvez ela tenha saído com o namorado, ou com as amigas, ou até passou mal no caminho e foi ao hospital, e nesse ínterim o celular dela descarregou. — Embora fosse firme em suas palavras, Anaya também buscava ser suave e gentil. Ela realmente sentia-se compadecida com aquela mulher, embora não vislumbrasse uma situação de perigo real.

— Doutora, minha filha não estava com o celular descarregado. Todos os dias ela me manda uma mensagem avisando que chegou bem ao trabalho. Todos os dias. Ela não tem namorado. Por favor... — Lágrimas começaram a jorrar dos olhos de Ana. — Por favor, acredite em mim. Existe algo de errado acontecendo com a minha filha. Eu sei. Eu sinto. Ela não está bem... Por favor, eu te imploro, acredite em mim. E se... E se esse homem das notícias pegou minha filha? E se ele a pegou... Meu Deus!

Anaya colocou as mãos sobre as dela.

— Dona Ana. É altamente improvável que isso tenha acontecido. O elemento em questão tem agido todo dia 23 do mês.

— Por favor, Doutora, por favor... — Ela chorava sem parar. — Vá atrás da minha filha. Traga minha menina para casa, eu imploro. Por favor...

O jeito com que ela chorava, o som entrecortado de sua voz, o desespero em cada palavra, em cada expressão... Partia-lhe o coração. Anaya não pôde deixar de pensar nas mães das vítimas do Ceifador, na maneira como elas estavam desoladas... Anaya mal concluiu seu pensamento quando viu os olhos de Ana arregalarem em horror, espanto e dor, muita dor. Era como se ela estivesse vendo algo à sua frente, ou sentindo. Sua face perdeu completamente a cor e, então, veio o grito estridente mais terrível que ela ouviu em toda a sua vida. Ana caiu de joelhos e começou a chorar compulsivamente, e entre o som gutural do choro, Anaya ouvia as súplicas daquela mulher. "Não, meu Deus, não! Tenha misericórdia. Senhor, tenha misericórdia."

Instantaneamente, um policial entrou na sala alarmado, acompanhado de Pietro.

Anaya ainda estava imóvel, tentando compreender o que acontecia diante de seus olhos.

O choque foi maior quando ela tirou os olhos daquela mãe que seguia prostrada no chão, ruindo diante de seus pés, e olhou o relógio que estava na parede. Eram exatamente 11 horas.

11 horas.

A hora exata em que eles estimavam as mortes. Aquelas mortes.

Um fio de gelo percorreu seu interior e causou calafrios em seu estômago. Era estranho. Tudo ali estava estranho. Na mente de Anaya, uma única pergunta ressoava: O que estava acontecendo?

22

PRIMAVERA DE 1985

A Estufa estava repleta de rosas brancas. O aroma suave das flores exalava por todo o lugar. Lá fora, a escuridão estendia seu tapete através do céu noturno, e o silêncio imperava. Era reconfortante a maneira como a neblina gelada mantinha todos quietos dentro de suas casas; dessa forma, o mundo parecia ser um lugar solitário e sem dono. Na verdade, se fosse sincero, diria que, durante essas noites geladas e escuras, o mundo parecia pertencer a uma única pessoa: um garoto de pele pálida e cabelos negros que se escondia naquela estufa para desenhar rosas.

O menino ainda era jovem demais para identificar de onde vinha a fascinação por aquela espécie de flor, mas noite após noite ele sentava por horas em um banquinho entre os corredores e desenhava suas rosas até que o realismo retratado por ele ficasse perfeito.

Após ter aberto um boletim de ocorrência, a delegada acompanhou aquela mãe pessoalmente até sua casa. A rua era tranquila; o fato de existir uma pracinha com poucas árvores bem em frente à casa dela chamou a atenção de Anaya. Aquele era um bom lugar para morar.

Assim que adentraram as portas da casa, ela imediatamente pediu para olhar os pertences da garota. O quarto dela era simples, as cores eram todas neutras. Basicamente, existia ali uma cama de solteiro com travesseiro e algumas almofadas. Uma penteadeira, guarda-roupa e um par de prateleiras contendo livros e porta-retratos. Ao lado da cama, um tapete felpudo e uma mesa de cabeceira. Sobre a mesa, havia um abajur, um pequeno vaso com flores naturais e uma Bíblia.

Anaya abriu o guarda-roupa, olhou as gavetas. Nada parecia estar faltando. Embaixo das blusas dobradas, encontrou um diário. Ela folheou as páginas, leu os relatos da última semana. Nada ali indicava que a menina pretendesse fugir, e não havia um namorado secreto como ela supunha. Na verdade, naquelas folhas existiam sonhos, poesias e pensamentos. Existiam orações escritas.

Quando deixou a casa de Ana, a ideia de que a garota havia fugido já havia se dissipado de sua mente. Por outro lado, as palavras que ela havia lido naquele diário fixaram-se em seu coração. Elas não eram apenas belas, eram poéticas e dotadas de sensibilidade.

Quando retornou à delegacia, pediu que Pietro abrisse uma investigação para o desaparecimento de Olivia. Que rastreasse o celular da garota e começasse a seguir as pistas a partir de então...

A verdade é que Anaya sentia muito peso em seus ombros.

O peso do mundo. O peso da dor e do sofrimento. O peso da maldade.

Respirou fundo e então voltou à sua sala. Voltou para o quadro de evidências em sua parede, para os relatórios estirados em sua mesa. E, para o café forte e sem açúcar que a mantinha desperta. Para as músicas que cantarolavam em seu fone de ouvido e a ajudavam a manter sua mente focada.

Ela voltou... voltou para os escombros da mente do Ceifador.

Ali, na sua sala, o dia não parecia ter distinção da noite. Se não fosse pela imensa janela mostrando a transição do céu, se não fosse pelo relógio em sua parede, ela estaria perdida no tempo.

PRIMAVERA DE 1985

Assim que a porta da estufa foi aberta, o garoto sentiu o vento gelado da noite acariciar seu rosto. Ele viu o vulto de uma pessoa correr silenciosamente para dentro do local. E, mesmo longe, o menino conseguia ouvir os gemidos e o choro silencioso. Ele quase sentia o tremor que se apossava do corpo que se mantinha escondido entre as sombras. O ar parecia ter sido invadido por uma substância melodiosa e perfumada, algo que as pessoas conheciam por medo e desespero.

Os passos descalços no chão deixaram um rastro que logo foi seguido por aquele homem, o Agrônomo. Naquela noite, ele fedia a álcool. Logo, o cheiro de conhaque se sobrepôs aos outros perfumes que até então eram tão deliciosos... O homem xingou um palavrão ou dois. Tropeçou. Praguejou. Disse que não adiantava fugir nem se esconder, ele a encontraria...

E a encontrou.

Entre as fileiras de rosas brancas que dividiam a estufa, o garoto era quase invisível. Então, apenas permaneceu ali, sentado em seu banquinho. Ninguém notava sua presença, ninguém, exceto as rosas que ele desenhava tão avidamente, noite após noite.

— Te encontrei, sua vadia. — Disse o agrônomo ao levantar uma mulher que estava no chão. Encolhida. — Vou te ensinar a nunca mais fugir de mim.

— Não — ela suplicava. — Por favor, eu imploro, não.

Ele chutou suas costelas repetidamente. Esmurrou seu rosto. Um soco, e outro, e outro. Sangue começou a jorrar por todo lado. Até que jorrou sobre as rosas. O garoto, que assistia a tudo em silêncio, indiferente ao que acontecia ao seu redor, observou a maneira como a rosa transformou-se ao ser banhada por sangue... A nova coloração o encantou. Então, ele apenas pegou seu lápis e voltou a desenhar. Dessa vez, ele havia conquistado uma rosa diferente. Única. A pouca iluminação que jazia naquele lugar, mergulhada na própria escuridão da noite, tornava aquelas pétalas negras tão, tão escuras. Mas, em seu centro, a rosa era vermelha, não de um vermelho vivo, era marsala.

23

A noite já havia se tornado profunda. O céu parecia sempre igual. Cinza.

Ali, debruçada sobre a sua mesa, Anaya esperava por qualquer coisa, literalmente qualquer coisa, menos que Pietro entrasse na sua sala — logo após, às 23h, dizendo que haviam recebido a ligação.

O ceifador havia feito uma nova vítima.

Por fora, o rosto da delegada seguia completamente inexpressivo. Nem medo, nem susto, nem surpresa, nada passava por aquele olhar. Era como se nela não houvesse sentimentos. Por dentro, até sua alma tremia. Ela jamais falhava com seu autocontrole. Um milhão de perguntas se formaram em sua mente. Um milhão de porquês sem respostas. Interrogações intermináveis. Contudo, Anaya apenas se levantou em silêncio, com a postura firme, e seguiu até o local.

Ela mantinha esse comportamento há tanto tempo que não precisava mais se esforçar para mantê-lo, era natural. Tão natural quanto o sangue correndo pelas veias. Como o piscar de olhos. Algo que se fazia sem ao menos pensar.

A cena era sempre a mesma: viaturas policiais por todo canto, fechando a rua. Faixas amarelas isolando o local. Vizinhos assustados em frente às suas casas.

Aquilo era o próprio caos. O terror instaurado em cada um dos olhares observadores. O medo passeando pelo ar.

A delegada ainda não havia estacionado quando avistou o perito entrando na residência. Ela quase cedeu ao impulso de ir embora dali. De não entrar. De não olhar para o corpo que encontraria estirado no chão. De não ter que olhar no fundo dos olhos sem um resquício de vida... Anaya queria gritar. Mas, não gritou. O máximo que fez foi permanecer dentro do carro, parada por um tempo, em silêncio. Apertando o volante até a ponta de seus dedos ficarem pálidas.

Existia aquele pensamento que parecia crescer em sua mente outra vez, aquela coisinha que a perseguia desde a infância — a infância, justamente aquele momento da vida em que ela era pequena e desprotegida. Era aquele pensamento recorrente de inadequação, de que ela não era capaz e de que, por mais que tentasse, não sabia o que estava fazendo. Só que agora, a cada novo erro seu, uma pessoa era morta. *Uma garota era morta.*

Anaya não conseguia vencer essa voz, não conseguiu antes e também não conseguia agora. Portanto, ela a mantinha no profundo de sua mente. Esquecida, ignorada. Porém, parecia que a voz se alimentava dessa escuridão. A devorava e ficava cada vez mais forte. Cada vez mais difícil de calar. Cada vez mais fácil de ouvir. Nesse momento, essa voz ressoava tão forte quanto um trovão que antecede a tempestade.

— Chega, Anaya. Você tem um assassino para capturar! — Ela disse para si mesma em voz alta, enquanto encarava seu rosto no retrovisor. Então, colocou seus fones de ouvido e seguiu rumo àquela casa.

Se fosse chover, Anaya estaria disposta a se molhar.

Assim que atravessou a porta, a cena que Anaya encontrou era um retrato das três mortes anteriores. Era tudo igual. Tudo, exceto pelo fato de que o cabelo que estava esparramado no chão dessa vez era escuro. Castanho escuro.

Loiro. Ruivo. Castanho Claro. Castanho Escuro.

Quando ela se aproximou um pouco mais e olhou o rosto da jovem que jazia sem vida no chão, ficou em choque. Era a jovem com quem ela havia visitado o quarto naquela tarde, a jovem que sorria nos retratos e escrevia poesias em seu diário.

Era Olivia.

Por um momento, ela quis chorar. Mas não podia.

Então, fez o que sempre fazia: engoliu a dor que sentia.

— Algo de diferente, doutor?

— Você vê esses hematomas? — disse o perito apontando para algumas manchas no corpo. — Parece que ele foi ainda mais violento com ela do que com as anteriores. Ela está mais machucada... E, bom, ao que indica, era virgem até o instante em que foi estuprada.

— Indícios de raiva... — Anaya falou baixo, mais para si do que para ele. O perito parecia entender, pois não comentou nada sobre.

— Espere. — Ele pegou o luminol. — Por favor, apague a luz.

A delegada apenas acenou para que fizessem como ele havia pedido.

No instante em que a luz apagou, escritas no corpo acenderam-se.

“Enquanto colhia sua rosa,
Um cego à espreita observava...
Por conta disso,
Outra Rosa foi tomada.”

Assim que leu, Anaya virou-se para o detetive, que estava parado ao seu lado:

— Não tenho tempo para explicar, vamos.

Seguida por Pietro, Anaya caminhava a passos largos e rápidos em direção ao seu carro, contornando a multidão que se formava em frente à casa. Jornalistas, curiosos, vizinhos e afins. Antes mesmo de entrar no carro, a Delegada já havia ligado para a delegacia e solicitado o endereço das únicas testemunhas que existiam nesse caso. Enquanto ouvia a conversa, o quebra-cabeça ia se formando na mente de Pietro, que era rápido em acompanhar seu raciocínio, um dos muitos motivos pelos quais Anaya gostava de trabalhar com ele.

Enquanto a delegada acelerava noite adentro, desviando-se dos carros e ultrapassando faróis vermelhos, apenas um pensamento se formava na mente de Anaya, era quase um mantra, quase uma prece que ela repetia sem parar: "Por favor, que não haja mais dois corpos. Por favor, que não haja mais dois corpos."

24

Anaya estacionou o carro abruptamente; naquele momento, o tempo era seu inimigo.

O manto da noite cobria toda a rua com sua escuridão irrestrita. Ela correu o mais rápido que pôde, seguida por Pietro através daqueles muros imensos, até o portão de entrada. Ali, cuidadosamente no chão, duas rosas negras haviam sido deixadas. Elas não estavam encapsuladas como todas as outras, apenas estavam ali, expostas. Que mensagem era essa que ele havia passado?

— Preciso de outra equipe pericial aqui, agora — Anaya apenas sussurrou para Pietro antes de tocar a campainha. — Até que eles cheguem, não permita que ninguém toque nessas rosas ou as mova por um único centímetro sequer.

Anaya tocou a campainha de novo, e de novo... já estava prestes a invadir a casa quando o portão finalmente abriu e uma figura desmedida surgiu. De certa forma, quando viu aquele par de olhos inúteis e perfeitamente claros, tão claros como a água cristalina ou o céu nas primeiras horas do amanhecer, todo o seu ser foi inundado por alívio. É óbvio que o alívio se dava unicamente pelo fato de que ali não havia outro corpo. Com toda certeza, era por isso.

— Boa noite, delegada — Matteo falou.

Como ele sabia que era ela? Anaya não havia se apresentado. Uma enxurrada de perguntas atravessou sua mente e, tão rápido quanto vieram, todas elas fluíram para um lugar bem distante quando baixou o olhar e percebeu que o homem parado à sua frente vestia apenas uma calça de moletom cinza. Fino, um moletom extremamente fino, que desenhava suas pernas bem torneadas e... e.

O abdômen... Os braços fortes. Não era possível que uma criatura fosse tão perfeita assim. Que droga... Concentre-se, Anaya. Só se concentre.

— Boa noite, Sr. Matteo. Desculpe interromper a sua noite, mas precisamos que o senhor nos permita fazer uma busca em sua propriedade com urgência. Houve outro ataque e temos fortes evidências para acreditar que o assassino esteve aqui.

Matteo apenas abriu mais o portão, dando passagem para ela entrar. "Entrar em sua casa, em sua vida..." Ahhhh, maldito seja esse espírito adolescente rebelde que se apropria dela sempre que está na frente desse homem. Inferno.

Anaya empunhou sua arma e, enquanto o fazia, assumiu o controle de sua mente outra vez.

Ela recordou a si mesma do porquê estava ali, embora fosse um completo absurdo ter que lembrar-se disso, sua mente jamais deveria ter se desfocado. Essas primeiras horas pós-crime, essa quebra de padrão, essas peças que uma a uma se encaixavam, por mais que ela ainda não pudesse vislumbrar o quadro todo... tudo isso era crucial. Era o melhor que ela tinha para poder parar esse monstro sem rosto e sem forma. Um monstro que ela considerava possuir todos os rostos. Qualquer rosto. Qualquer forma. Qualquer um.

A delegada voltou seus pensamentos para a jovem que estava estirada no chão daquela sala do outro lado da cidade... Com ela, já se somavam quatro corpos. Quatro corpos que ansiavam por justiça. Por mais que, nesses casos, a justiça jamais traria alguma dessas meninas de volta, ainda assim, poderia — e iria — tirar esse monstro das ruas.

Cerca de duas horas mais tarde, após uma equipe policial revistar cada perímetro daquela imensa casa e checar todas as câmeras, ficou claro que ela não havia sido invadida.

Abby seguia sentada na cozinha, tomando o que deveria ser a quarta, ou quem sabe a décima xícara de chá. Parada ali, a velha senhora transparecia um ar tão calmo e sereno, como se um batalhão policial não houvesse a tirado da cama no meio da noite e invadido a sua casa. Como se não houvesse um perigo iminente ameaçando a sua vida e a do seu neto. Ela era durona, a delegada precisava admitir. Talvez seja por isso que, ao observá-la um pouco mais de perto, Anaya se identificou com ela. Ela sabia bem camuflar suas emoções, dominá-las.

Por mais que por fora não demonstrasse, por dentro, Anaya sabia exatamente como aquela senhora se sentia.

E havia Matteo, parado a poucos metros de distância de sua doce avó. Pelo jeito com que ele se movia, antecedendo-se a cada menor movimento que a senhora dava, assemelhando-se a uma águia planando... talvez ele não fosse tão incapaz como ela presumia, afinal. Na verdade — e ela detestava ter de admitir isso — ele parecia um homem um tanto quanto perigoso.

O rosto sério, a mandíbula tensionada e aqueles olhos... aqueles olhos de águas cristalinas transformaram-se em fogo.

Ali, parado como estava, ele parecia um cão de guarda.

Eventualmente, ela até poderia considerá-lo um lobo.

— Delegada... — A voz de um policial rompeu, tirando-a de seus pensamentos. — Achamos uma coisa que você precisa ver.

A imagem de um homem todo vestido de preto estava congelada na tela do computador. Ao soltar o play, ela pôde ver apenas o boné escuro que escondia todo o rosto e as mãos com luvas escuras depositando as rosas no chão. Ele não levantou a cabeça nenhuma vez, mas, enquanto uma mão soltava as rosas, ela pôde ver como a outra se fechava em punho, num gesto de pura raiva contida. Era ele... O ceifador.

Ele sabia exatamente como se mover e de modo, mesmo estando à mostra, ainda permaneceria escondido. Ainda era um rosto sem forma. E era qualquer um.

— A partir de agora — disse a Delegada —, quero vigilância 24h nesta casa, por tempo indeterminado. Dentro e fora da residência. As testemunhas oculares não devem ficar só em hipótese alguma.

25

Parada em frente à casa de Ana, a delegada buscava forças para tocar a campainha e dar a notícia que nenhuma mãe deve receber. Só que seus pés pareciam estar grudados no chão, seus braços pareciam ter adquirido o peso de uma tonelada, pois ela simplesmente não conseguia movê-los. Ela estava ali, paralisada, petrificada. Atordoada.

Estava ali, encarando a porta, com os olhos vítreos e sem vida.

Era involuntário continuar pensando em como, na tarde anterior, ela esteve nesse mesmo lugar, na mesma casa. Em sua mente, ela não deixava de reviver o grito de horror que ouviu de Ana exatamente às 11h. Como ela sabia?

Esse som a aterrorizava.

Anaya estava presa em um looping eterno que ia do som daquele grito até as cenas de Olivia estirada no chão, nua e sem vida. Ela não conseguia parar de ver os esverdeados em seu corpo. Onde deveriam estar suas unhas?

E também tinha a rosa. Aquela maldita rosa. Ela odiava rosas.

A delegada sabia que poderia ter mandado outra pessoa para trazer essa notícia, qualquer policial fardado serviria, mas ela não podia. Ela não conseguia.

Não era apenas pelo fato de comandar essa investigação. Era, principalmente, pelo fato de ter sido ela quem essa mãe buscou tão desesperadamente por ajuda.

Por isso, ela estava ali, parada em sua porta, logo após ter deixado a casa de Matteo e Abgail. Logo após ter voltado à cena do crime outra vez... Antes mesmo de sequer ter voltado à delegacia.

O dia não havia amanhecido. A madrugada nem ao menos havia se findado. Ainda era escuro, mas ela sabia que, dentro daquelas paredes, uma mãe estava acordada. Esperando... Esperando por sua filha, por uma notícia. Por qualquer coisa. Absolutamente qualquer coisa. Qualquer fio de esperança em que pudesse se agarrar.

Existe um minuto, apenas um minuto, em que a vida de uma pessoa é destruída para sempre. "Ela está morta"; é esse minuto.

Anaya respirou fundo e tocou a campainha. Tão logo tocou, a porta se abriu. Ana estava vestindo a mesma roupa do dia anterior. Ela não havia dormido, não havia comido, não havia tomado banho. Anaya jamais teria como saber, mas a verdade é que essa mãe havia morrido muitas vezes ao longo das últimas horas.

A delegada viu o choque no rosto daquela mulher ao abrir a porta e ver que era ela ali. Anaya viu como seus olhos arregalaram em terror, ela viu os lábios tremerem e suas narinas se abrirem e fecharem aceleradamente. Aquela visão era terrível, tão desoladora e triste. Era mais que isso, era uma visão desesperadora.

— Dona Ana, eu sinto muito... — A delegada nem mesmo conseguiu terminar a frase antes que Ana desabasse de joelhos no chão, debruçada, desesperada. O choro que ela emitia era um uivo de dor, um uivo que estilhaçava Anaya por dentro. Isso era ainda pior do que ela esperava.

Pietro, que aguardava sentado dentro do carro, saiu correndo para tentar segurá-la. Mas Anaya não permitiu. Ana era uma mulher que acabara de descobrir que sua filha, única e tão amada filha, havia sido morta. Se ela precisasse ficar no chão, debruçada sobre sua dor, ela ficaria. E Anaya esperaria.

Era insuportável continuar contemplando o desabar daquela mãe, então ela tentou olhar para outra coisa, qualquer coisa. Ela olhou para o céu. Mas no céu, não havia lua nem estrelas. Era apenas um oco acinzentado e gélido.

Era isso, então, de fato, Deus as havia abandonado.

Deus poderia impedir, mas não impediu. A moça que jazia estirada naquele chão sem vida era religiosa. Anaya havia lido as palavras em seu diário, visto a Bíblia em seu quarto. E mesmo assim, mesmo assim, Ele não fez nada. Tantos anos de devoção e Ele não poupou sua vida. Não impediu que ela fosse violentada e assassinada. Nada. Ele não fez nada.

Anaya não estava apenas arrasada, ela estava irada.

Incapaz de continuar apenas observando, Anaya ajoelhou-se e a abraçou. Abraçou a mulher quebrada sobre seus pés, abraçou Ana. Se Deus não se importava, ela sim. Se Ele não fazia nada, ela faria. Ali, ajoelhada no chão, enquanto a abraçava, Anaya estava, na verdade, tentando sustentar seu sofrimento. Mas ela não poderia. Ela jamais poderia. Ninguém neste mundo poderia.

Toda a tragédia daquela situação havia congelado o tempo em uma infinidade de horas ou minutos. Anaya nem sequer saberia dizer quando foi que o choro mudou de intensidade para algo um pouco mais contido, até que Ana pôs-se vagarosamente de pé outra vez.

— Dona Ana, — Anaya tentou falar novamente, apesar da dor em sua garganta — sinto muito. Sua filha foi encontrada hoje, às 23h, em uma casa do outro lado da cidade. Sem vida. Ainda não temos muitas informações, exceto que acreditamos tratar-se do mesmo elemento que vem agindo ao longo dos últimos meses. — Anaya respirou profundamente antes de continuar — Assim que o corpo for liberado, eu irei chamá-la para fazer o reconhecimento. E... preciso que, assim que possível, a senhora vá até a Delegacia prestar depoimento. Como a senhora percebeu o desaparecimento de Olivia tão rápido, eu acredito que qualquer mínima informação possa ser de suma importância para que possamos capturá-lo.

Ana apenas balançou a cabeça de forma afirmativa, os olhos perdidos não conseguiam conter as lágrimas que escorriam silenciosas. Tudo lhe doía: seus olhos, sua alma, sua garganta, sua cabeça, seu coração e, se fosse possível, até sua voz... mas, mesmo assim, ela sussurrou:

— Eu irei.

Assim que a delegada e o detetive partiram, Ana não conseguiu entrar de volta em casa. Ela olhou para a porta e viu sua Olivia, com seis anos, correndo através dela. Ana sentiu seu coração e todos os seus ossos sendo quebrados outra vez. Tudo ao mesmo tempo. Ela tornou a olhar para a porta e sentiu um pânico crescente apoderar-se dela. A dor era tão intensa que cegava sua visão. Ela tremia. Seu corpo tremia. Sua alma tremia.

Ela caminhou até a praça que tinha em frente à sua casa. Sentou-se no banco e ali ficou até o amanhecer. Lembrou-se do parto, do dia em que deu à luz sua filha, um parto natural. Por anos, ela ouvia sobre como essa era uma das piores dores existentes em todo o universo. E ela costumava concordar com isso. Céus, como doía! Mas agora ela sabia que estavam todos errados, até mesmo ela! Nenhuma dor se comparava àquela de perder um filho.

Esse foi o primeiro dia do resto de sua vida.

Um dia triste, mas tão triste que se fincava feito um marco para o que agora havia se transformado em um sepulcro de dor. Dor que sufoca. Dor que alucina. Hoje, uma mãe morreu. Ana também morreu.

Sentada naquele banco, com os olhos fechados e as mãos juntas. Em pensamentos, ela continuou clamando sem parar: *Senhor, tenha misericórdia. Me ajude a suportar. Senhor, tenha misericórdia. Me ajude a suportar. Senhor, tenha misericórdia. Me ajude a suportar.*

26

O dia já estava amanhecendo quando Anaya entrou em seu apartamento.

Ela não foi acariciar Teobaldo, sequer olhou para ele.

Quando deu por si, já estava no banheiro, envolta pela neblina de fumaça produzida pelo banho quente.

Continuava revivendo todas as cenas em sua mente enquanto a água caía. Já prestes a explodir, Anaya começou a gritar e, enquanto gritava, esmurrava a parede.

A poça de água que se formava no chão em direção ao ralo ganhou uma nova coloração quando gotas de sangue se uniram a ela. Mesmo sangrando, Anaya ainda deferiu mais quatro ou cinco golpes contra o azulejo. Quando seus braços estavam cansados e suas mãos doíam, e os olhos ardiam ainda mais pelas lágrimas que ela nunca deixava cair, Anaya emudeceu, sentou-se no chão e, em silêncio, ali ficou. Parada. Atormentada. Cansada. Sentindo o gosto amargo de cada uma das mortes que, ela sabia, estavam sobre seus ombros.

O gosto da derrota e do abandono. Da falta de esperança.

Ela visitava todos os escombros escuros de sua mente enquanto a água quente molhava sua costa nua. A delegada havia se tornado uma prisioneira dentro de si.

Quando, por fim, levantou-se do chão, se deu conta de que precisava fazer um curativo em suas mãos. A delegada sentiu seu estômago reclamar, mas não queria comida congelada outra vez. E nem pizza. Ela queria uma comida afetiva, que fosse cheia de significado. Comida que a lembrasse de casa, que a lembrasse de que alguém esperava por ela, que alguém se importava com ela. Comida que fizesse ela sentir que o mundo ainda era bom. Que a vida poderia ser boa... Ela queria poder se servir de comida direto da panela, recém-preparada, nutritiva, quentinha e caseira. Esse era o tipo de comida de que sua alma precisava e seu paladar ansiava, não aquela que vinha pronta em um pote ou uma caixinha. Pois ali, ela era apenas uma criança outra vez, só que com problemas muito maiores. Uma criança vivendo em um pesadelo. Ela precisava de algum tipo de consolo e aconchego que não tinha. E que, ela sabia, não viria.

Incapaz de saciar sua fome e cansada demais para isso, ela caminhou a passos largos para sua cama, e mesmo molhada, deitou e dormiu.

Horas mais tarde, ela acordou com seu gato deitado ao seu lado. Aquela bola de pelos ruivos alaranjados clamava por atenção. Ela pegou o bichano em seus braços e, arrependida, começou a pedir-lhe perdão. Perdão por tantas horas distantes, perdão pela falta de carinho. Perdão por nunca poder ficar... Perdão por precisar voltar para a Delegacia.

Teobaldo, o único a quem ela tinha em sua vida. Ah, Teobaldo!

Enquanto se arrumava, era incapaz de desviar o olhar do gato e carecia, mais do que nunca, de sanidade. Precisava de qualquer coisa que aquecesse seu coração endurecido, colasse seus pedaços e a transportasse para qualquer lugar em que pudesse chamar de casa. Tão carente de um abrigo diante dessas tragédias e que a protegesse de si mesma, foi que uma ideia brilhante lhe ocorreu:

— Quer saber, hoje vou levar você comigo para a Delegacia.

Anaya deixou que o telefone tocasse três vezes antes de atender a ligação. Três segundos antes de ser atropelada novamente. Três segundos para se transformar no muro em que colide um carro em alta velocidade. Três segundos para que sua paz momentânea evaporasse outra vez.

— Delegada Akello — falou assim que atendeu a ligação.

— Estou te esperando na delegacia. — A voz do outro lado da linha vociferou antes de desligar.

Ele não sabia, mas Anaya estava a apenas cinco minutos de distância. Ela olhou para o banco do passageiro, onde Teobaldo seguia esparramado em sua caixinha de transporte — que era bem maior e mais espaçosa do que ele de fato precisava, mas como Teobaldo era um gato mal-acostumado e exigente, esse parecia-lhe o mais adequado.

Entre as grades, ela passou um dedo e acariciou o bichano.

— Ah, Teobaldo — Anaya suspirou desanimada —, esse foi um péssimo dia para pôr em prática a brilhante ideia de levar você para trabalhar comigo. As próximas horas serão longas... Demasiadamente longas.

Anaya entrou pelas portas da delegacia e, antes de se dirigir à sala, deixou Teobaldo na mesa de Cindy, uma das papiloscopistas mais gentis e amáveis que trabalhavam no lugar.

— Você pode cuidar dele para mim por um momento?

— É claro — Cindy respondeu visivelmente animada —, eu sou apaixonada por gatinhos. — Ela o tirou da caixa e o segurou no colo, acariciando o gato até que ele se desmanchasse em suas pernas.

Anaya soltou um breve sorriso ao ver a cena. Foram esses os últimos segundos de leveza antes que ela corrigisse sua postura, petrificasse sua feição e seguisse com passos firmes até sua sala.

A porta estava aberta. De costas, sentados em seu gabinete, estavam o governador e o secretário de segurança.

— Senhores — Anaya os cumprimentou enquanto passava por eles, seguida por Pietro, e sentava-se em seu lugar à mesa, à frente de todos.

— Delegada — começou o governador —, a senhora poderia me explicar o porquê de termos outro corpo cerca de três dias após o último? A senhora tem noção do caos público que isso se tornou?

— E por quê, após a maior atrocidade que essa cidade já viu, o caso de maior notoriedade nacional, nós chegamos aqui na delegacia e a delegada chefe, responsável por esse caso, não estava aqui, trabalhando — concluiu o secretário de segurança, com aquela voz aguda e petulante que possuía.

Anaya olhou na direção do governador, ignorando de propósito a existência daquele baixinho insuportável que era o secretário.

— Porque nós estamos no caminho certo, e esse novo ataque foi uma retaliação.

— Explique melhor, delegada — o Governador falou.

Anaya construiu toda uma linha de raciocínio explicando como é crucial para o elemento que ele tenha controle absoluto em todos os aspectos até a chegada da polícia ao local de desova. E como o fato de ele ter sido interrompido no dia 23, e não ter sido ele a fazer a ligação, o perturbou profundamente, de modo que precisou reproduzir o crime novamente em um curto período para que voltasse a obter o controle da situação e encontrar o pleno prazer com as mortes.

— Por que é tão importante que seja ele a fazer essa ligação para indicar o local? Como isso pode tê-lo revoltado de tal modo? — Ele questionou.

— Imagine um ritual — Anaya começou. — Um ritual próprio, desenvolvido minuciosamente pelo elemento, para obtenção de sua satisfação e prazer. Cada etapa precisa ser seguida perfeitamente, respeitando as regras estipuladas por ele. Se apenas uma etapa falhar, significa que o ritual não foi completado.

— E, o objetivo com as mortes não foi adquirido... — o Governador completou.

— Exatamente. Para o elemento, não é apenas sobre a morte, mas sim o controle sobre a vida. O controle sobre todas as nuances que envolvem os acontecimentos... Tire um pouco do seu controle e observe-o cometer erros.

— E como isso ajuda na captura do elemento Delegada Akello? — O Governador seguia a sequência de questionamentos, enquanto o Secretário parecia um pinscher raivoso ao seu lado.

— Atualmente, nós temos duas testemunhas oculares sobre a proteção da Polícia, além de termos o elemento em uma gravação.

Anaya mostrou no notebook a gravação de vigilância que mostrava o elemento.

— Mas aqui não dá para ver nada. Ele está de óculos e boné, não dá para ter clareza de seu rosto. Não tem como fazer um retrato falado.

— Aqui dá para estabelecer um padrão de porte físico, idade, altura...

— Nada que já não tivéssemos pré-estabelecido antes — declarou o secretário.

— Onde essa gravação foi feita? — perguntou o governador.

— No fundo da casa das nossas testemunhas...

O secretário imediatamente deu um pulo da cadeira onde estava sentado.

— Você quer dizer que o assassino que estamos perseguindo sabe onde as testemunhas moram e esteve lá?

— Sim. Mas já deleguei que tivesse uma viatura... — Anaya mal começou a falar quando foi interrompida pelo secretário:

— Por que raios eles continuam lá? Por que não os mandamos para outro local? — ele questionou, ganhando toda a atenção do governador do estado.

— Precisamos levar algumas coisas em consideração — Anaya iniciou —, dentre elas, que nossas testemunhas oculares são um homem cego e uma idosa de mais de 70 anos. Realocá-los não seria tão simples assim. Além disso, como ainda não temos pistas acerca da identidade do nosso assassino, e por mais que saibamos que nenhuma das testemunhas se encaixa no perfil de vítimas, sendo altamente improvável que ele torne a procurá-las, em uma hipótese muito remota onde o Ceifador de Rosas volte naquela casa, pode ser nossa melhor chance de capturá-lo. — Anaya soltou um breve suspiro, dando-se conta de como era horrível esperar que duas pessoas tão indefesas pudessem servir de iscas. — Como estava tentando mencionar, solicitei que uma viatura ficasse de guarda em frente à casa delas por 24 horas até que o elemento fosse capturado. Também irei delegar que exista um policial integralmente dentro da residência para a proteção de ambos.

— Um policial não, delegada. Você — respondeu o governador.

Anaya virou-se para ele com os olhos flamejando de raiva após o choque daquela exigência.

— Com todo respeito, ssenhor governador, essa investigação é minha. E eu a conduzo como achar melhor. Não irei conduzir minha investigação de dentro daquela casa, mas, conforme informei, deixarei uma equipe policial de guarda.

O governador permaneceu sentado, com as pernas cruzadas.

— Essa investigação continua sendo sua, mas sob minha influência. Não esqueça disso, Delegada Akello. E que, a qualquer momento, posso retirá-la. Você realmente parece esquecer a proporção da crise pública que estamos gerenciando aqui, desde que essas mortes iniciaram.

O governador levantou-se calmamente, sem tirar os olhos da delegada.

— Você sabe como esse jogo funciona, Anaya. Não permitiremos que nada aconteça com essas testemunhas. Nada. E eu a quero pessoalmente encarregada da segurança delas. A partir de agora, sua força-tarefa terá um novo endereço.

Anaya olhou para o Secretário, procurando uma reação que fosse, que contestasse, afinal, ele sabia o quão absurdo essa ideia era. Mas ela encontrou apenas indiferença e fúria na face do homem. Um contraste com a passividade que jazia no rosto do Governador.

"Então é isso?", a delegada pensou. "O baixote vai mesmo usar essa situação para se vingar dela?"

— Eu realmente espero que você faça isso funcionar, delegada.

O tom de voz do Governador ao proferir essa última frase deixou claro que não se tratava de um pedido, mas de uma ordem. E ele tinha o apoio do secretário de Segurança do Estado. Nesse tabuleiro, ele sabia quais peões mover.

«É Anaya, não se brinca com o diabo sem se queimar.»

27

Anaya sabia o quão incomum esse pedido era.

Mas, afinal, o que era comum nesse caso? Nada, ela dizia a si mesma. *Nada.*

Mas, força-tarefa em casa de civis? Além de ser algo hollywoodiano, é o tipo de coisa que acontecia comumente em casos de sequestros. E, obviamente, esse não é um simples caso de sequestro. Essa é uma caçada a um serial killer.

E, céus! Como isso irritava Anaya! Isso a incomodava até seus ossos e fazia a raiva fluir em suas veias.

Sua vontade era sair quebrando tudo de vidro que tinha em seu escritório. Mas, se ela fosse totalmente honesta consigo mesma, saberia que a fonte de seu ódio não era esse pedido ridículo. Ela era suficientemente capaz de cuidar da segurança de testemunhas enquanto conduzia sua investigação. Naturalmente, também sabia qual a imagem que a mídia estava construindo em cima desse caso: enquanto o Ceifador era o Lobo Mal, a Delegada era o Caçador. O Ceifador era o terror, e por isso mesmo, ela era a salvação. A cada nova matéria, a cada nova notícia que ela propositalmente se recusava a acompanhar, era inevitável a forma em que eles estavam transformando-os em símbolos. Símbolos para aquela cidade, para aquele estado. Símbolos para o país.

No fim, tudo se tratava da mensagem que a presença dela deveria passar, estando ali onde eles a colocavam. Mas eles erravam quando tentavam transformá-la na última luz acesa em meio à escuridão. Eles não viam? Ela era a caçadora atrás das sombras.

Então, por mais incomum que fosse, fazia sentido. Mas isso não mudava o fato de que ela estava com raiva, e sua raiva não diminuía por um minuto que fosse... Se ela ousasse ser corajosa o suficiente para ser honesta consigo mesma, admitiria que não podia estar naquela casa. Pois lá residia um grande perigo, em forma de olhos claros, para sua sanidade e seu domínio próprio... E, ir para aquela casa, passar horas e horas, dias e dias naquele lugar, seria como se afogar lentamente enquanto lutava para salvar outras vidas. Mas ela não tinha escolha. Não tinha opções.

Então, seria assim: a delegada se afogaria.

Anaya estava prestes a sair da delegacia, rumo à casa de Abgail e Matteo, quando Dona Ana adentrou pelas portas. Vê-la entrando ali, olhar para ela, era quase como tomar um soco na boca do estômago.

Anaya conduziu-a até a sala de interrogatório, ofereceu-lhe chá, água e café, mas ela recusou tudo.

— A última mensagem que recebi da minha filha foi às 7h06min da manhã. — Ana abriu em seu celular a última conversa que teve com a filha pelo WhatsApp. — Ela me disse, mãe, eu te amo. — As lágrimas de Ana começaram a jorrar enquanto ela falava, e, embora sua voz tremesse, ela não se calou. — Imediatamente, eu respondi, eu também te amo, filha. Eu... estava fazendo um café, e por isso foi que só dois minutos depois eu escrevi que Deus abençoasse o dia dela, que esse seria um dia maravilhoso. Ela... ela ia ter uma reunião importante, e ela se preparou muito para essa reunião. Seria a primeira vez que ela ia participar de uma... Ela visualizou e começou a digitar, mas... a resposta nunca chegou.

"07h08min", Anaya escreveu em seu bloco de anotação. "O último contato de Olivia com sua mãe".

— A senhora saberia precisar onde ela deveria estar a essa hora? — Anaya perguntou.

— No ponto de ônibus. Eu tenho certeza. Essa hora geralmente é quando o ônibus que ela pega, todos os dias, está passando.

— Ela pegava o ônibus no mesmo ponto todos os dias? — Era difícil falar de Olivia no passado, quando sua mãe ainda a mencionava no presente.

— Sim.

— A senhora poderia nos levar até esse ponto?

— Sim...

— Houve alguma coisa incomum na manhã do desaparecimento?

— Não que eu me lembre...

— A senhora saberia precisar o momento em que percebeu que algo estava errado com sua filha?

— Foi no instante em que... Em que a resposta não chegou. Naquele instante, dentro de mim, de alguma forma, sabia que algo estava errado, mas eu pensei que talvez, sei lá... Ela estivesse conversando com Antônio ou, não sei... Eu só pensei que poderia estar exagerando, então esperei, esperei até que ela chegasse ao trabalho, mas nada. E, então, liguei... E... E... — Ana novamente desabou em choro. — Se eu tivesse corrido para o ponto de ônibus assim que meu coração apertou, se eu tivesse feito qualquer coisa que não fosse pensar que estava tudo bem, talvez minha filha ainda estivesse aqui. Talvez ela ainda estivesse viva.

O coração de Anaya apertava-se a cada palavra desse relato, mais do que isso, causava-lhe fortes palpitações; ela sentia que o ar lhe seria roubado. O som daquele grito continuava surgindo em sua mente. Involuntariamente, ela voltou a olhar para suas mãos ainda machucadas e doloridas. "Foco, Anaya. Foco".

— A senhora falou sobre Antônio. Quem é Antônio?

— Ele é o motorista do ônibus... Como Olivia pega o ônibus no mesmo horário todos os dias, ela acabou tornando-se amiga do motorista. Ele é um senhor muito gentil.

"Ali estava ela novamente, referindo-se à menina no presente..."

— Ana, a Sra. poderia nos levar até esse ponto de ônibus? Queremos avaliar o local, se possível...

— Sim, eu posso levá-los.

— E, Ana... — Anaya falou agora, olhando em seus olhos, enquanto segurava gentilmente suas mãos. — Não havia nada, absolutamente nada que a senhora pudesse ter feito para mudar o que aconteceu. Não havia como presumir. Não foi sua culpa, então, por favor, não se culpe! — Anaya respirou fundo, tentando ponderar suas próximas palavras. — Dona Ana, é importante que a senhora saiba que, antes de Olivia, nenhuma das vítimas havia sido dada como desaparecida. Nenhuma delas teve sua ausência de fato notada até que... até que a tivéssemos encontrado. Então, não menospreze tudo o que fez e tem feito por sua filha! É graças à senhora, e ao seu olhar atento de mãe, que temos informações cruciais para essa investigação.

Anaya queria dizer mais. Porém, ela não conseguia. Ela sabia que, quando dizia à Ana que não havia uma forma de prever essa situação, era uma grande mentira, pois ela deveria ter presumido. E por isso mesmo, ela se culpava. Faz parte do trabalho dela se antecipar a essas situações. Ela está há meses no encalço desse assassino, mergulhando dia após dia nos escombros da mente dele e... ela deveria ter imaginado isso. Ela deveria ter evitado isso...

Ela deveria.

Mas não conseguiu.

Quantas mortes mais acontecerão até que a delegada enfim capturasse o Ceifador?

Mais nenhuma, ela clamava dentro de si: mais nenhuma.

28

Parada em frente àqueles imensos muros, Anaya sentia-se como uma criança outra vez.

Era como se todo o seu corpo houvesse diminuído, e ela estivesse sentada no fundo daquela sala de aula novamente, unindo toda sua coragem para continuar indo à escola.

A sensação que experimentava era absolutamente igual à que ela sentia na época, mesmo que agora ela já tivesse trinta e dois anos e não dez. Mesmo agora, ela ainda era invadida por toda aquela estranheza e toda falta de pertencimento. Todo aquele esforço absurdo para estar em um lugar que claramente não a queria, não a aceitava e a fazia sentir-se, como a pior pessoa do mundo. Um lugar que a sufocava. *Lenta e cruelmente.*

Ela não pertencia a este lugar, a estas pessoas. Ela nem deveria estar ali...

Entrar na casa de Matteo a fazia sentir-se como uma garotinha no primário outra vez. Deveria ser porque aquela infinidade de olhos claros e imprestáveis a fazia lembrar da primeira vez em que ela, tão inocentemente, cogitou gostar de alguém. Matteo a fazia lembrar de Bruno.

E pior, a lembrava da primeira vez em que sentiu a real tristeza por ser quem é, e de todo o desespero nas entranhas que lhe causava Maria. Ela sentia que estava prestes a reviver aquele sentimento outra vez, aquela dor que é ter seu pequeno coração destruído e estilhaçado em pedaços ainda menores; pequenos cacos jogados no chão.

Foi na escola, ainda tão nova, que Anaya experimentou pela primeira vez o sentimento de que ter nascido era um erro. A cor de seus olhos, seus cachos, seu tom de pele, seu tom de voz... tudo era um erro.

O fato de ele ser cego deveria ajudá-la, não é mesmo? Afinal, ele jamais a veria. Seus olhos jamais a julgariam... mas não ajuda. O fato de esses olhos não enxergarem, definitivamente, não ajuda.

Ela ainda estava ali parada, paralisada, pequena. Ela ainda estava ali, como se fosse uma criança completamente desolada outra vez. Experimentando o quão cruel o mundo é capaz de ser.

Ela deveria apenas entrar e, caramba, ela carregava uma arma na cintura! Ela é uma delegada, e ela é independente e... e ela tem um gato! É! Ela tem um gato! E não é qualquer gato, é Teobaldo, um gato fofo e rabugento. E não é só isso, porque ela também é destemida, não é uma criança ferida, precisando de ajuda, aguardando o socorro que nunca chega. Nessa história, ela se tornou não só sua própria heroína, como foi muito além; afinal, ela também se tornou a salvadora de muitos outros. É por isso que ela faz o que faz e por isso que ela estava ali. Pelo amor, não era ela quem corria perigo, nem ela, nem sua mente, nem seu coração. Definitivamente, não!

Mas por que ela experimentava essa estranha sensação de que seu espírito rebelde adolescente estava entrando em cena outra vez?

Céus! Céus!

Como ela saiu daquela tristeza para isso? Para o espírito rebelde adolescente de novo.

Anaya respirou fundo, passou a mão dolorida sobre a testa e fez uma leve massagem no cenho. Soltou o ar com indignação e cansaço. E pior, a indignação era com ela mesma. *Foco, Anaya, foco*, ela repetia para si como um mantra. Foco. Foco.

É por isso que estar aqui é um erro. Ela não poderia estar distraída, nem lidar com qualquer outra coisa que não fosse o seu caso. Ela não poderia lidar consigo mesma e com toda essa confusão que algum lugar no mais profundo de sua mente resolveu criar. Esse lugar deveria estar soterrado embaixo dos seus escombros. Mas, por que raios, justo isso resolveu surgir? Culpa daqueles malditos olhos de Maragogi!

— Delegada? — A voz do policial que estava na viatura em frente à casa lhe despertou do seu transe.

— Sim...

— A senhora gostaria que eu a acompanhasse para dentro da residência?

— Na verdade, eu gostaria de alinhar com o senhor os próximos passos. A partir de agora, todas as equipes que forem designadas para a proteção dessa casa e das testemunhas deverão estar disfarçadas. Parecendo civis. Nada de viaturas, nada de uniformes. Existem grandes chances de que o elemento retorne aqui, e não queremos espantá-lo. Faça o possível para não chamar atenção, está entendendo? Então, roupas comuns e carro popular.

— Sim, senhora.

Anaya acenou com a cabeça e seguiu em direção à casa. Assim que entrou, avistou Abgail preparando outra xícara de chá. Ela caminhou ao seu encontro a fim de lhe explicar como seriam as próximas semanas a partir daquele dia. E foi exatamente isso que ela fez. Anaya detalhou todo o contexto da situação atual e também do perigo real que eles enfrentavam. De como seria ela a cuidar pessoalmente da segurança de Abgail e também do seu neto. Anaya explicou a necessidade de comandar a força-tarefa e conduzir toda a investigação diretamente de sua casa. Aquele lugar estava prestes a se tornar qualquer coisa que não se assemelhasse ao que realmente era, um lar. Ao terminar de explicar todo o contexto da situação delicada em que se encontravam, Anaya estava preparada para lidar com a recusa da velha senhora e, possivelmente, com um par de xingamentos e gritos, com o horror e a revolta em seu rosto. Mas nada, absolutamente nada, a tinha preparado para o que ela veria: Abby dando alguns minis pulinhos enquanto batia palmas de felicidade e exclamava:

— Sim, iremos fazer parte de uma investigação real.

— Senhora? — Anaya balbuciou, ainda em choque.

— Não se preocupe, querida, sou uma ótima investigadora, já li todos os livros de Sherlock Holmes. Quanto ao assassino, não precisa ter medo, Matteo irá te proteger.

Anaya ficou ali parada, meio em choque, com os lábios entreabertos, enquanto acompanhava a velha senhora saltitante sumir de seu campo de visão.

— Abgail — Anaya a chamou antes que ela desaparecesse.

— Pois não?

— A senhora tem certeza de que entendeu bem o que significa essa situação?

— Mas é claro, você espera que sejamos o Salsicha e o Scooby-Doo. E nós aceitamos.

— Quê? — A delegada questionou, sem entender.

— Scooby-Doo e Salsicha. Você nunca assistiu ao desenho animado?

— Já sim... mas não entendi a referência.

— Sempre que o Fred tinha um plano para capturar os monstros, usava o Scooby e o Salsicha como iscas... — Abby percebeu o constrangimento no rosto da delegada assim que terminou de concluir sua frase. E, por isso mesmo, ela voltou alguns passos até que estivesse frente a ela outra vez. — Oh, não se sinta mal, querida, nós adoramos! Esta casa precisava mesmo de um pouco mais de emoção.

Quando viu a boca da delegada se abrindo milimetricamente, em absoluto choque, Abby começou a rir completamente satisfeita. E então, saiu andando.

29

Após se instalar em um dos quartos, Anaya decidiu que o mais apropriado para sua sanidade, juntamente com toda a investigação, seria passar o resto do dia no quarto, trabalhando.

Ela precisava organizar os detalhes para a manhã seguinte, quando havia marcado de ir até o ponto de ônibus onde Olivia ia todas as manhãs. Refazer os passos que a jovem fez de sua casa até o tal lugar poderia lhe fornecer maior clareza em relação à forma como as jovens eram raptadas. Ainda não sabia mensurar o quão valiosa era essa informação, mas de uma coisa ela sabia, para que tudo desse certo, era imprescindível que fosse feito no mesmo horário em que Olivia fazia diariamente.

Anaya precisava avaliar o ambiente, as ruas. Como era o movimento? Quantas pessoas circulavam por lá às 7h? Quantos comércios estavam abertos? Havia muitas câmeras de segurança nas redondezas?

Todos esses detalhes lhe traziam respostas. Respostas das quais ela precisava desesperadamente. Era a primeira vez em meses que ela tinha total certeza não só da rota traçada por uma das vítimas, mas também do horário em que ocorreu o sequestro, às 7h08min. E isso delimitava ainda mais as possibilidades para determinar a maneira como o elemento capturava suas vítimas.

Pela primeira vez, em meses, eles tinham dados concretos. E isso era essencial para compreender minuciosamente o modus operandi do Ceifador de Rosas.

Dona Ana não sabia, mas o fato de ela ter percebido o sumiço da filha poucas horas após a jovem ter saído de casa deu a essa investigação vantagens reais sobre o assassino. Infelizmente, não o suficiente para ter salvado Olivia, mas, para quem sabe, salvar mulheres que seriam suas novas vítimas. Anaya não poderia deixar esse rastro esfriar. Ele iria levá-la a algum lugar; estava certa disso.

Toc. Toc.

A porta foi aberta e Abgail entrou com seu robe de seda rosa. Ele era tão claro que Anaya não saberia definir qual seria o nome correto para aquele tom de rosa.

— Querida. — Abgail adentrou pela porta. — Te esperamos para jantar, mas, como você não desceu, eu resolvi trazer um prato de comida para você.

— Ah, desculpe, não precisava. Eu... — Anaya falou enquanto levantava da cadeira ainda sem jeito — eu perdi a noção do horário. Não precisava se preocupar com isso. De verdade.

— Oh, não seja boba, é claro que eu precisava me preocupar. Nessa casa, nenhum convidado meu ficará com fome... Nem mesmo uma Fred. — E deu uma piscadela para a delegada, que corou imediatamente.

— Mas, a senhora sabe, realmente, eu não sou uma convidada, eu...

— Ah, ah, ah, não diga bobagens. — Abby a interrompeu. — Espero que goste. A comida está deliciosa... Eu trouxe um pouco de arroz, feijão, bife, purê de batatas e salada. Também coloquei um pouco de vagem, afinal, você precisa estar forte e saudável para nossa investigação.

E com um risinho e outra piscadela de olhos para Anaya, Abby seguiu em direção à porta.

A delegada olhava para as costas daquela velhinha vestindo seda rosa e para o prato de comida e, para ela outra vez, tentando associar o que de fato estava acontecendo.

— Ah, já ia me esquecendo, deduzi que você esqueceu de trazer suas roupas, então, como eu não tenho nada que te sirva, peguei uma camiseta de Matteo para que você pudesse dormir.

Anaya queria responder uma coisa, qualquer coisa. Queria falar que não iria dormir, que iria pernoitar em claro e que, para isso, só precisava de café... Café. Será que existia café nessa casa? Ela só presenciou chá, chá e mais chá.

Ela queria dizer que não precisava de comida, afinal, ela vivia à base de pizza e congelados. E que ela não precisava de uma camiseta para dormir, porque novamente, ela iria pernoitar trabalhando, como tem feito tantas e tantas noites ao longo de sua carreira.

Já faz alguns anos que dormir tornou-se um tanto quanto perturbador; quando não são sonhos com sua infância, como os que ela tem tido recentemente, são sonhos com cenas de crime, mortes e, bom, pesadelos. Muitos pesadelos. Ela só dorme bem quando seu corpo chega à exaustão e ela está tão cansada que nem consegue sonhar.

Ela queria dizer alguma coisa, mas ela não conseguia. Só que Abby, aparentemente, ouvia pensamentos.

— Ah, e não ouse dizer que não irá dormir, senão você irá me ouvir recitar pelos próximos trinta minutos todos os benefícios que acarreta para a saúde dormir bem, assim como todos os perigos que a ausência de sono...

— Tudo bem. É... Obrigada.

Abby abriu um sorriso vitorioso.

— Boa noite, querida. Sonhe com os anjos.

— Éh... Boa noite...

Assim que a porta foi fechada, Anaya ficou parada por mais um tempo, olhando para o local onde, há poucos segundos, Abgail estava.

Ela ficou olhando para a porta e, novamente, para o prato de comida.

Aquela era comida de verdade. Comida quentinha, tirada da panela e não do congelador. Talvez por isso, a Delegada ficou ali, parada, olhando, pensando.

Anaya sentou-se em frente ao prato de comida e, já que estava ali, decidiu que era melhor comer antes que esfriasse. Isso foi um erro ainda maior, pois aquele tempero lembrou a ela sabores que conhecia, mas que já estavam há muito esquecidos. Aquele tempero ressoava em todo seu ser, aguçava seu paladar e invocava sua memória, pensamentos estranhos de que ali, bem ali, era algo como casa. Uma alucinação, pois Anaya sabia: ali, não era sua casa. Ali, não era seu lar. E essas não eram suas pessoas.

Mesmo diante de tudo isso que lhe acontecia por dentro, ela não conseguia negar o quão boa aquela comida era.

A delegada se dirigiu ao banheiro da suíte em que estava e tomou um breve banho. Ao sair, ela vestiu a camiseta que lhe foi entregue por Abgail. Enquanto a vestia, tentou não pensar no fato de que aquela camiseta, que mais parecia um vestido em seu corpo, pertencia a Matteo. Pertencia ao dono daquele par de olhos claros e perturbadores... daquela voz. Daqueles braços... Só que quanto menos tentava pensar, mais pensava.

Ela sentou-se e sentiu o cheiro que exalava do tecido. Aquele cheiro maravilhoso de amaciante, roupa limpa e... e algo a mais. Era Matteo. Era o cheiro de Matteo. Que droga! Anaya quase arrancou a bendita camiseta de seu corpo. Queria jogá-la o mais longe possível, em qualquer lugar que sua mente e todos os seus instintos não fossem perturbados por aquele cheiro.

Ela deitou na cama de casal, se enrolou na coberta, entre os travesseiros. Sua mente ficava titubeando entre ser chamada tão docemente de querida por aquela senhora que já se mostrava tão sapeca... por aquele prato de comida que havia sido a comida pela qual ela vinha ansiando, e, por esse perfume que não cansa de exalar dessa camiseta.

Anaya não deveria estar assim, mas ela estava triste. Sua alma estava desolada e ela nem ao menos conseguia chorar. Não existiam, dentro dela, lágrimas que pudessem lhe trazer algum alívio. E essas pequenas coisas, tão simplórias quanto inúteis, não deveriam significar absolutamente nada, mas elas significavam...

Sim, elas significavam.

E ali, deitada naquele quarto escuro, com tantos sentimentos indizíveis ressoando dentro de si e totalmente incapaz de nomeá-los, mas completamente ciente de sua natureza tortuosa, foi que Anaya ouviu, de algum lugar daquela casa, ressoar uma música de piano. E aquela canção parecia entoar toda a tristeza que ecoava de sua própria alma.

Ouvindo aquela música, aquelas notas que traduziam em melodia todo o seu ser, foi que Anaya, enfim, adormeceu.

A pequena Anaya corria novamente por aquele corredor vazio, rumo ao lugar que sempre a recebia em seus momentos de desespero, quando ela queria ser completamente invisível ou ter o poder de sumir, só para não pensar em nada e não precisar olhar para ninguém. Apenas as paredes de concreto eram testemunhas de como uma dor tão grande era capaz de inundar um ser tão pequeno.

Era uma manhã especialmente difícil; novamente suas notas estavam baixas. Outra prova, outro F imenso estampado na folha.

Consequentemente, mais deboches, mais piadas, mais risadas... Mais lágrimas.

— Não basta ser feia, tem que ser burra. Você precisa se esforçar um pouco mais, Anaya. — Dizia-lhe a nova professora.

Mas como ela não via que todo o esforço da pequena era feito para passar despercebida e ficar invisível diante de Maria e dessa sala de aula?

Como ela não via que a garotinha só não queria mais existir?

Enquanto estava debruçada sobre o chão do banheiro, chorando, Anaya sentiu uma mão acariciar seus cabelos e, então, um par de braços tão pequenos quanto os dela a envolveu em um abraço.

— Está tudo bem... Você não está sozinha. A partir de hoje, eu serei sua amiga.

Aos poucos, Anaya foi parando de soluçar...

E quando seus olhinhos não estavam mais embaçados pelas lágrimas, ela viu a garota que se debruçava no chão ao lado dela.

— Eu sou a Iolanda. — A garotinha disse, sorrindo e cheia de confiança. — Sua nova melhor amiga.

— E... eu so... sou A... Anaya.

— Eu sei! — A jovenzinha respondeu. Então, ela pôs-se em pé, estendeu a mão para a pequena Anaya e disse: — Agora, levanta, nós vamos ensinar uma lição para essa chata da Maria.

30

Anaya levantou-se de um sobressalto. Olhou o relógio, eram 05h40min.

Iolanda. Por que, depois de tantos anos, ela voltou a sonhar com Iolanda?

Aquela dose crepitante de culpa espremeu seu coração. Mas ela não podia pensar nisso. Então, vestiu a roupa do dia anterior e fez o melhor que pôde com sua aparência. Dadas as circunstâncias, ela não estava mal, nada mal.

Repassou os passos que deveriam ser dados no decorrer da manhã. Ir até a casa de Ana e percorrer com ela o trajeto que a filha fazia todos os dias.

Dona Ana apenas mostraria o caminho, o restante, seria com ela.

Tentou ser silenciosa ao fechar a porta do quarto. Ela ainda não conhecia todos os cômodos da casa, mas sabia bem o caminho até a cozinha. Pretendia passar por lá e deixar o prato usado na noite anterior.

A casa estava em silêncio, todos os cômodos escuros. Anaya seguiu até a cozinha e, assim que deu os primeiros passos para dentro daquele santuário de porcelanato branco, avistou Matteo de costas, parado, descalço, com uma calça de moletom cinza e sem camisa.

Anaya sentiu que inúmeros nós retorciam bem na boca de seu estômago e, quando deu por si, percebeu que estava prendendo o ar.

Ela precisava sair dali, urgentemente. Mas, assim que virou de costas, ainda lutando para ser a mais silenciosa possível e não ter sua presença notada, ouviu Matteo dizer:

— Bom dia, delegada.

Ele nem se virou em direção a ela. Nem moveu um músculo sequer. Como ele sabia que ela estava ali?

— Bom dia. — Sua voz saiu mais fraca do que ela pretendia. Que droga... Torceu para que ele não percebesse.

— Gostaria de assistir ao nascer do sol?

Ela queria dizer: Não. Obrigada. Estou ocupada. Preciso sair, preciso trabalhar, preciso fugir, preciso de qualquer coisa... mas, suas pernas teimosas não obedeceram ao comando da sua cabeça e, quando caiu em si, ela já estava ali, parada ao lado dele. Sentindo uma maldita eletricidade percorrendo seu corpo, e completamente atormentada com a calmaria que parecia emanar de Matteo.

Anaya só notou que ele segurava uma xícara de café em suas mãos quando ele estendeu a xícara para ela. E pior, ela aceitou. Por que ela aceitou? Deve ter sido devido à fumacinha que subia da xícara, indicando que o café estava quente.

Quando ela deu o primeiro gole, viu o céu começar a se transformar. Laranja, dourado, rosa e azul... E lilás. Lindo. Por um breve segundo, ela encheu-se de paz e o mundo parecia ser um lindo lugar. Pássaros cantaram e a grama verde no chão refletia dourado. E tinha Matteo...

E, por causa disso, por causa dele, ela precisava sair correndo dali.

— É lindo, não é? — Matteo comentou. Mas, seu comentário espantou Anaya. Como ele poderia saber disso?

— Como...

— Toda beleza pode ser sentida, delegada. Não apenas vista. — Matteo virou-se para ela. Ele estava tão perto, tão perto... — Tenha um ótimo dia, delegada.

Ele falou e saiu andando.

Simplesmente foi embora. Deixou-a ali, sozinha.

E isso a encheu de raiva. E só a encheu de raiva porque ele foi embora antes dela.

E por que raios, afinal, era importante quem saía primeiro?

De alguma forma, incrivelmente idiota era... apenas era.

Por motivos toscos e desconhecidos, completamente irracionais e... ainda assim, era.

Dona Ana já estava parada na frente de sua casa quando Anaya chegou. A delegada não deixou de observar como seus olhos estavam vermelhos e inchados. Por quantas horas seguidas ela tinha chorado? Até que suas lágrimas secassem? Anaya suspeitava que dentro de Ana existia uma fonte infindável de dor e lágrimas, e isso significava que os olhos dessa mãe jamais voltariam a ficar secos outra vez.

Se houvesse um fio de vida que habitasse em cada ser humano, e esse fio fosse tão reluzente a ponto de iluminar por completo todo o ser daquele que o possui, então Anaya constataria que arrancaram e destruíram o fio que pertencia à Ana. Ela estava oca, opaca e triste. Sem vida. Na verdade, olhar para ela era encarar a personificação da própria angústia.

Às vezes, Anaya perguntava-se se poderia ter feito algo diferente. Algo que evitasse tudo isso, que evitasse a morte de Olivia. Ela repetia em sua mente cada detalhe que já tinha até aqui, tudo o que sabia, todos os aspectos da investigação... E a única coisa em que conseguia pensar era, afinal, como se captura um fantasma?

Enquanto elas caminhavam pelas ruas, seguindo em direção ao ponto de ônibus, Dona Ana lembrava-se da última vez em que viu sua filha. Recordava cada instante daquele último momento. O sorriso... o beijo no rosto pedindo a bênção e o "fica com Deus, mãe". Ana pensava em como seus cabelos escuros refletiam um brilho meio dourado quando expostos à luz solar…

Durante os longos minutos em que caminhavam, Ana não evitou pensar nos passos que foram dados por sua filha pela última vez. Passos que, naquela manhã, a levaram em direção à morte.

Seus olhos ardiam. Seu coração sequer existia. Ela pensava em como seria capaz de suportar uma dor tão terrível assim, até que percebeu que não, ela não seria. E ela também não precisaria. Não precisaria suportar, não precisaria ser forte. E nem precisaria fazer nada dessas coisas que as pessoas insistem em dizer. Não, ela não precisaria.

A verdade é que Ana poderia se fragilizar, ela poderia até quebrar e poderia cair... Pois dentro dela algo sussurrava que, não importasse como fosse, nesse despencar de vida onde o chão foi tomado sob seus pés, ela sempre cairia nos braços de um Deus de amor, e nesse momento, Ele não exigiria nada dela que não fosse se permitir ser uma mãe que perdeu sua filha.

Durante a caminhada, Anaya apurou seu olhar clínico para cada trecho que faziam. Cronometrou e estimou o tempo que Olivia teria gasto para chegar até ali, observou a vizinhança, o movimento das ruas e procurou por câmeras.

Infelizmente, as ruas estavam quase vazias. Elas mal cruzaram com meia dúzia de pessoas ao longo dos quatro minutos em que caminharam da casa de Ana até o ponto de ônibus.

Em silêncio, elas foram, em silêncio, elas voltaram.

Não existiam palavras que pudessem ser ditas e, por situações exatamente como essa, Anaya sentia o alto preço que sua profissão lhe cobrava. Dia após dia, ela quebrava, lidando com os cacos dos outros e, com toda a sua própria incapacidade de recuperá-los. O que ela realmente fazia que pudesse ajudá-los? Ela até se questionava se valia mesmo a pena todo o seu esforço, toda essa investigação, todas essas noites e mais noites em claro. De que valiam? Nada do que ela fizesse iria trazer essas meninas de volta à vida, nada do que ela fizesse iria trazer alguma paz e algum conforto para essa mãe e para todas as outras... Então, para que ela ainda tentava? Qual a razão para isso?

Por que ela insiste em continuar nadando nesse limbo?

Por quê? *Por quê?*

31

— Fica com Deus, doutora — Ana falou em direção à delegada, antes de atravessar a rua no intuito de entrar em sua casa.

Ao som dessas palavras, Anaya parou abruptamente.

Não conseguia acreditar no que estava ouvindo. Deus? Não era possível. Deveria ser mentira que seus ouvidos estivessem escutando essa mãe enlutada falar qualquer frase que fosse sobre Deus. Ela era louca? A insanidade se apoderou dela?

A delegada sentiu exatamente o instante em que aquela chama feita de puro ódio incendiou dentro dela. Tomou conta dela por inteiro. Cegou até seus pensamentos.

Anaya tentou conter-se e ser um pouco mais profissional, mas não conseguiu. Ela estava sofrendo pressão demais, há muito tempo. Ela vinha presenciando barbaridades e crueldades indizíveis, coisas tão terríveis e impensáveis que atormentariam os sonhos de qualquer um a ponto de fazê-los jamais querer dormir outra vez. Coisas que certamente os fariam vomitar.

Anaya era uma mulher caminhando entre os poços mais escuros da maldade humana, caminhos tão sombrios que ela sabia: nem mesmo Deus ousava entrar nesses lugares.

E então tinha essa outra mulher, essa senhora, que ousava clamar que ela "ficasse com Deus"... Ir com Deus para onde? Ela quase riu. Quase. E se risse, seria um riso de puro desdém.

Ela queimava. Tudo dentro dela incendiava.

— Onde está Deus? — Anaya perguntou com a voz baixa e mortal. Seus olhos tornaram-se vítreos, congelados e escurecidos. Seu interior havia se transformado em uma névoa densa e escura, formada de raiva e indignação. Essa fumaça seguia esvaindo-se por cada um dos poros que existia em seu corpo e escapava por sua pele. Sua mandíbula estava tensa, e seus dentes quase rangiam de tanto que ela os pressionava. E, a sua voz, embora estivesse baixa, era uma lâmina ameaçadora e afiada. Um prenúncio de um vulcão prestes a entrar em erupção, explodir, arder e queimar... E destruir tudo e todos que estavam em seu caminho com suas chamas tremeluzentes.

— Onde. Está. O. Seu. Deus?

Ela se virou para encarar o mais profundo dos olhos daquela velha senhora. Ela queria uma resposta. Ela exigia uma resposta. E não, ela não iria retroceder até que tivesse uma. Anaya fechava suas mãos em punhos com força, numa tentativa inútil de se conter ou, talvez, um aviso de alerta.

Ela estava com uma raiva imensa, mas também estava cansada... Com o coração cansado de contemplar tanta maldade, de ver tão de perto o nível mais baixo da degradação moral que um ser humano é capaz de chegar.

Ela estava cansada de ver maridos jurarem amor eterno, zelo e cuidado perante esse Deus no altar, e então, trair, espancar e assassinarem suas esposas. Ela estava cansada de ver crianças sendo abusadas, estupradas, violadas, agredidas e até mortas, e de saber que em mais de 70% desses casos eram crimes cometidos por pessoas da própria família. Justamente as pessoas que deveriam protegê-las. Ah, por que parece que o mundo fechou os olhos para as crianças? Ver um corpo tão pequeno e sem vida, com todos os detalhes do que esse pequeno corpo suportou, é aterrorizante.

Ela também estava cansada de ter que ver tantos idosos, no final de suas vidas, quando já se encontravam indefesos, sofrerem golpes e mais golpes: financeiros, físicos e emocionais. Céus! O que tem acontecido com o mundo?

Sobretudo, ela estava cansada de receber ligações e de encontrar o corpo de uma jovem tão nova e tão linda, estirada no chão de uma casa desconhecida, com sinais de estupro e tortura. Estava cansada. Cansada.

Cansada e com raiva. Essa raiva se materializou toda para cima dessa senhora, essa mãe, que teve sua filha brutalizada, mas ainda demonstrava algum indício de fé. Mas que raios? Como isso é possível?

Se essa senhora não entendia que havia sido abandonada por Deus, ela mostraria. Era cruel fazer isso com alguém que acabou de perder sua filha de maneira tão trágica, ela sabia disso. Mas não conseguia evitar. Então, ela perguntou novamente, perguntou pela terceira vez, com a voz baixa e ainda mais pausada, ainda mais tenebrosa que antes, como se sua ira estivesse sendo sustentada por um único fio prestes a romper.

— Onde. Está. Deus?

— Deus? — Dona Ana frisou a última palavra como se ela olhasse para dentro de si mesma buscando a resposta. É claro que ela percebeu o real intuito daqueles questionamentos e, no entanto, considerou a pergunta. Realmente considerou, afinal, ela era uma mulher humilde. De rosto humilde. Coração humilde. E, de caráter manso. Ela seguiu refletindo por alguns segundos até que falou. — Deus está nos recomeços... — Sua voz também era baixa, mas diferente da de Anaya, sua voz não era uma lâmina cortante, era suave. — Deus está em todos os atos genuínos de bondade e de gentileza. Deus está na pureza das crianças pequenas que brincam sem quaisquer preocupações. Ele está no pôr do sol e nas flores que desabrocham. Deus está nas árvores que ainda florescem depois de atravessarem um inverno rigoroso. Deus está no simples e no comum, e Ele também está no extraordinário. Deus está na esperança... Deus está nos sorrisos. Deus está no amor... — Ela levantou a cabeça e olhou bem nos olhos de Anaya. — Deus está em uma mãe que viu seu mundo ser despedaçado e que, no mais profundo de sua dor, tomada pelo desespero, prestes a tirar sua própria vida, entendeu que jamais teria forças para continuar, mas que ela poderia ser sustentada pela força desse Deus. Poderia ser embalada e consolada pelo amor dele. Mesmo que isso signifique que ela precise ser consolada todos os dias, porque todas as manhãs ela acorda desesperada. — Lágrimas silenciosas escorriam dos olhos de Dona Ana, como se fossem uma cachoeira. — E, sabe, se você olhar bem, será capaz de ver a Ele em todas as coisas, mesmo que você ainda esteja muito ferida, porque... Ele também está nas feridas abertas que um dia, um dia hão de se transformar em cicatrizes.

Essas palavras quebraram Anaya.

Quebraram sua própria maneira de enxergar a vida. Ela costumava ver indiferença divina em todas as tragédias que investigava, mas, o que ela ainda não se permitia entender, é que existe um agir muito maior acontecendo todos os dias, em todos os lugares, em todos os momentos e em todos os minutos. Existe um agir realmente especial de Deus em todas as vidas que foram despedaçadas pela dor e que, pouco a pouco, são reconstruídas na esperança, na fé. Na capacidade de sorrir, de amar, de viver...

Existe bondade, graça e misericórdia de Deus nos recomeços.

Mas, tudo isso ainda doía nela. E, talvez, fizesse parte do seu destino sentir essa dor.

— Há muitos e muitos anos atrás — Dona Ana seguiu falando —, um homem chamado Paulo escreveu uma carta com as seguintes palavras: *Pois estou convencido de que nem morte nem vida, nem anjos nem demônios, nem o presente nem o futuro, nem quaisquer poderes, nem altura nem profundidade, nem qualquer outra coisa na criação será capaz de nos separar do amor de Deus que está em Cristo Jesus, nosso Senhor*. Este trecho da carta se tornou Romanos 8:38–39. E, agora, eu compreendo o que isso quer dizer: não existe nada que seja capaz de nos separar do amor de Jesus. Nem a morte da minha filha — porque estou certa de que todo sofrimento que ela passou não se compara com tudo que ela está vivendo neste exato momento nos braços de Deus. Nem a crueldade de seu assassino, nem minha mais profunda dor. — Enxugando suas lágrimas, ela continuou dizendo. — Nada irá nos separar do amor dele. Nada. — A voz dela era suave e também era convicta; a força que surgia de cada uma de suas palavras, Anaya sabia que era impossível que viesse dela mesma, dessa senhora enlutada, então lhe ocorreu que a força dessas palavras vinha daquele que é o dono da própria eternidade. E, em seu interior, ela sentiu simultaneamente duas coisas: um profundo amor e um profundo temor.

— E, talvez, eu me quebre nesse sofrimento todos os dias da minha vida, e talvez eu me quebre muitas vezes em um único dia — Dona Ana seguiu falando. — Mas eu sei que, não importa quantas vezes isso me ocorra, em todas elas, eu cairei nos braços amorosos do meu Pai, e em todas elas, eu serei sustentada por ele. Não estou só em meu sofrimento, não estou só em minha dor.

Dona Ana se calou por um momento. Ela olhou para além do horizonte, os olhos sempre marejados; vez ou outra, as lágrimas ainda caíam, e Anaya não conseguia compreender tudo o que acontecia, o impacto que essas palavras lhe causavam, toda essa convicção. Então, ela permaneceu calada. Há poucos minutos, ela estava decidida a quebrar o restante de fé que essa senhora possuía, mas, ironicamente, quem estava sendo quebrada era ela. E, ainda assim, era completamente diferente: não era o ódio que quebrava seus muros e defesas, era algo sublime... Era o amor.

— Sabe, doutora — Dona Ana, por fim, falou, depois de toda a eternidade contida em um só minuto —, eu tenho passado muito tempo da minha vida imaginando como é o abraço de Jesus, e, em meus pensamentos, tenho certeza de que é o abraço mais especial e amoroso de todo o mundo. Que não existe nada que possa se comparar a esse abraço... — Ela sorriu um riso que, embora fosse triste, também era dotado de esperança. — E eu sei que, no abraço de Jesus, não existe só amor, porque, na verdade, Ele mesmo é o próprio amor. Então, me conforta saber que é nesses braços que minha filha tem repousado neste momento. Ela não precisa imaginar como é o seu olhar, pois ela olha no mais profundo de seus olhos, e ela não precisa imaginar como é o seu toque, pois o recebe constantemente. E eu não preciso mais me questionar onde minha menina está, porque eu sei! Ela está nos braços do nosso pai. E lá, ela está envolta por mais felicidade do que eu jamais lhe proporcionaria aqui. E, mesmo sofrendo tanto, com uma dor que me falta o ar, eu louvo a Deus porque sei que esse tipo de dor e sofrimento foi algo reservado só para mim, não para minha menina, pois onde a minha filha está, não existe mais morte, nem dor, nem choro... Para ela, tudo isso faz parte de uma vida pregressa... Todas essas coisas já são passadas. E, quanto a mim, eu posso contar com a ajuda de Jesus para suportar. — Dona Ana deu um longo suspiro, e, junto a ele, surgiu aquele sorriso triste, mas que ainda era um sorriso. E por ser um sorriso, era impossível que Anaya compreendesse — e no fim, quando se é uma mulher como eu, que vive sua vida para Jesus, o Cristo, então se é possível compreender outra carta escrita por Paulo: *Se vivemos, vivemos para o Senhor, e, se morremos, morremos para o Senhor. Assim, quer vivamos, quer morramos, pertencemos ao Senhor*. E... Antes que me pergunte, essa carta se tornou Romanos 14:8.

Anaya não conseguia falar.

Seus olhos enchiam-se de lágrimas, mas elas não caíam. Anaya ainda não as permitia jorrar. Ela nem ao menos sabia como administrar tudo que lhe ocorreu nos últimos minutos. De uma raiva tão intensa a um amor e temor tão profundos que nem ela mesma compreendia. E ainda assim, estranhamente, ainda existia raiva dentro dela. Agora, com menos intensidade, é verdade, mas estava lá. Ainda estava lá. Se fosse em outro momento, ela se sentiria envergonhada, pois quis quebrar as convicções que tem sustentado uma mãe em seu sofrimento, mas, no fim, quem foi quebrada foi ela mesma. E não com palavras em tons violentos ou rispidez, como ela mesma pretendia usar, mas com palavras honestas, convictas e suaves.

— Doutora, posso te fazer uma pergunta? — Dona Ana questionou, recebendo apenas um balançar de cabeça como confirmação. — A senhora acha mesmo que um Deus que criou todo o universo e todas as coisas que nele existem, das mais vastas e extensas até aquelas que, de tão pequenas, tornam-se invisíveis ao olhar humano, e, inclusive, aquelas que ainda não conhecemos, mas existem... Um Deus que estava presente no início de tudo, e que permanecerá depois do fim... Você acha mesmo que Ele não pode lidar com a sua raiva? Você acha que Ele é tão frágil a ponto de não suportar sua ira? Suas perguntas? Suas impressões? Seus sentimentos?

Dona Ana se aproximou dela um pouco mais. E, apenas com um sussurro, ela disse antes de partir:

— Doutora, Ele pode. Ele pode. E... Sabe onde mais Deus está? Ele está na justiça.

32

Dona Ana seguiu andando. Traçando sua rota de volta para casa, deixando Anaya sozinha ali, sozinha com seus pensamentos. E, quando Anaya percebeu que estava só, e, quando tudo já estava insuportável demais para ela segurar, ela entendeu que era hora de soltar. Simplesmente soltar. Em meses e meses, e, talvez até mesmo em anos, ela se permitiu sentar e chorar.

E ela chorou.

Chorou muito. Chorou até cansar os olhos e a mente. Chorou até que secassem todas as lágrimas na represa que havia se tornado sua alma.

Anaya chorou tanto assim pois, foi naquele exato momento em que ela decidiu finalmente sair do automático e liberar tudo que sentia: a dor, a raiva, o medo, a tristeza, a insegurança, as lembranças, o cansaço, tudo.

Ela saiu da constante investigação e do modo caça e captura.

Por um momento ela se permitiu parar de criar o perfil para entender como funciona a mente do Ceifador, desse ser que é feito de pura crueldade. Ela parou de enxergar apenas corpos e padrões de vítimas, e abriu os olhos para enxergar ali as mulheres que elas eram. Suas histórias, dores, medos, sonhos e planos. A vida que tinham e aquela que foi roubada... Ela não olhou a mensagem que os padrões de tortura lhe enviavam, mas focou na dor vivenciada por cada uma daquelas meninas.

Anaya olhou para elas, cada uma delas de forma individual e única, e não no coletivo. Não um grupo de vítimas, mas, Anabele, Beatrice, Lavínia e Olivia. Como fora horrível suas últimas horas, quanta dor e sofrimento lhes foram imputados. Sim, o mundo todo deveria chorar seu sofrimento. Anaya choraria.

Elas tiveram suas vidas roubadas, e junto a cada uma delas, também roubaram parte da vida de seus entes queridos. De todos aqueles que verdadeiramente as amavam e, para sempre, sentiriam sua falta. Daqueles que as manteriam vivas em suas lembranças, e que na eternidade de seus dias chorariam sua saudade.

Anabele. Beatrice. Lavínia. Olivia.

O que está acontecendo com o mundo?

Como tudo passou a ser tão cruel assim?

Mas, ela também entendeu que, na verdade, sempre foi. O mundo sempre foi. Este solo que ela pisa já absorveu mais sangue inocente do que ela jamais seria capaz de contabilizar. Este solo ainda grita o sangue de seus mortos. Dos navios negreiros e dos campos de concentração, apenas por puro poder, domínio... E antes mesmo disso, dos coliseus de Roma, por pura diversão. Quantas guerras, inúteis. Quantos crimes hediondos, por satisfação, prazer ou vingança. Se fossem relatados todos eles, todas as histórias, todas as vidas, não existiriam livros suficientes que pudessem contê-los, detalhá-los. E, uma vida inteira, não seria suficiente para poder lê-los...

E essas mulheres, amarradas, torturadas, assassinadas, humilhadas... Reduzidas a nada, como se suas vidas não valessem. Mas, elas valiam. Ela sabia que valia, e valia muito. Anaya lembrou-se das histórias, lembrou-se do ensino, lembrou-se da Palavra...

Ela lembrou-se de quando ainda era uma garotinha e ia à igreja com seus pais, naquele tempo tão distante de quem ela é agora. Dos anos em que ela aprendeu sobre um Jesus que amou tanto a humanidade, que morreu em morte de cruz por ela. Um Jesus que verteu seu próprio sangue — todo precioso sangue que existia em seu corpo, por elas! Por cada uma delas.

Essas mulheres, essas meninas... *Anabele. Beatrice. Lavínia. Olivia.*

Elas mereciam Justiça.

Elas eram valiosas! A Cruz do Calvário confirmava isso.

Aos olhos de Cristo, elas valiam cada gota de sangue do Deus Vivo que um dia se fez carne e habitou entre nós. E, suas vozes não seriam caladas. Mesmo estando mortas, elas seriam ouvidas.

E ali, naquele instante, sentada no chão, lhe ocorreu que, se a maldade sempre existiu, então, muito antes de ela vir à existência, o amor já encontrava-se.

Com os olhos vermelhos de tanto chorar, e com o coração em chamas, ela apertou a terra abaixo de seus pés com todas as suas forças e, em seguida, olhou para o céu e clamou por ajuda. Ela não queria mais descer a esses poços escuros e sombrios sozinha.

Que Deus a ajudasse. Pois, ela estava determinada a dar um basta nessa sequência de crimes.

Ela desejava ser a flecha que é lançada em busca de Justiça.

Anaya passou mais algumas horas sozinha antes de chegar à delegacia. De certa forma, ela precisava se encontrar em seu próprio coração, acalmar esse leão que parecia ter se soltado. E essas lágrimas pareciam que, quando deram seu start para cair, decidiram jorrar de um lugar muito profundo e escondido de sua alma.

Ciente de que as pessoas não poderiam vê-la assim, Anaya decidiu ir até seu apartamento separar algumas trocas de roupa. Tomar um banho, tirar a roupa de ontem que ainda vestia.

Sentar em sua cama em silêncio e pensar... Só pensar. Sentir.

Era estranho chegar em casa e não encontrar Teobaldo. Ao todo, faziam pouco mais de 24 horas desde o último instante em que eles se viram, e, está certo que toda uma eternidade de situações inimagináveis e imprevisíveis aconteceu dentro desse tempo, mas, aquele apartamento era a casa deles, o lar que compartilhavam. E, definitivamente, aquele lugar precisava de uma áurea alaranjada, peluda e rabugenta para ser reconhecido como o que era: casa.

Quando Anaya retornou à delegacia, a primeira coisa que fez foi ir ao encontro de Cindy, e o que encontrou foi Teobaldo esparramado na mesa da papiloscopista, com um óculos escuro em seu rosto e uma corrente com um mini distintivo escrito Delegado Adjunto nele. Desde quando existia óculos escuro para gatos? E esse distintivo? E como Cindy conseguiu tudo isso em pouco mais de 24 horas?

— Não fique brava comigo... — Cindy falou, se aproximando da delegada. — Mas, agora ele já faz parte da equipe.

Anaya pegou seu bichano nos braços e não conteve suas risadas. Eram risos espontâneos, doces e amáveis. Risos que ressoavam derretidos, como um picolé se desfazendo em dias de calor. Risos que Teobaldo conhecia, mas fazia tanto tempo que não ouvia, e risos que eram gratas surpresas para todos ali na delegacia.

Cindy aproximou-se e começou a acariciar o gato no colo da delegada. Enquanto acariciava, constatou que sim, esse lugar estava mesmo precisando de Teobaldo! E precisava ainda mais de Anaya. Precisavam dela em seu modo geral, mas também precisavam dessa versão risonha que acabara de descobrir, e que era capaz de aliviar as duras tensões que todos sentiam sobre si.

— Obrigada, Cindy — Anaya falou. — Teobaldo está mesmo um gato!

Anaya caminhou com o Teobaldo em seus braços até sua sala. Pietro já a estava esperando.

— Cindy fez um trabalho e tanto, não é?! — o detetive comentou.

— Ainda estou tentando descobrir como ela conseguiu tudo isso em tão pouco tempo... — Anaya respondeu aos risos.

— Suspeito que essa seja uma das coisas que jamais saberemos... — ele respondeu. — Anaya, assim que estiver pronta, o motorista de ônibus está na sala de interrogatório aguardando para prestar seu depoimento.

A agilidade de Pietro era uma das muitas qualidades que Anaya admirava nele. E se tratando desse caso, quanto mais ágil, melhor. A velocidade no andamento da investigação era crucial, visto que o relógio estava correndo e o tempo que eles tinham até o próximo ataque era limitado.

— Excelente, irei agora mesmo.

33

— Vocês me chamaram aqui por causa de Olivia, não é? — Antônio, o motorista, falou assim que Anaya entrou na sala e sentou-se de frente para ele. — E... eu vi o que aconteceu com ela nos jornais.

Os olhos do senhor marejavam ao falar sobre a jovem.

— Vocês tinham que entender que eu... Eu não sabia que ele era aquele homem que a TV fala, se eu soubesse, eu jamais teria deixado ela ir com ele.

Anaya sentiu todo o seu interior gelar ao som daquelas palavras.

— O que exatamente o senhor sabe acerca do homem que estamos procurando, Sr. Antônio?

— E... eu? Na... da. Nada. Ma... mas.... Eu, vi ela naquele dia de manhã, estava próximo ao ponto como ela faz todos os dias. Aquela pobre moça.... Ela sempre é tão gentil comigo, às vezes até traz para mim um pedaço de bolo que a mãe assou. Mas, naquela manhã, ela não estava sozinha.

— Com quem ela estava, senhor Antônio?

— Eu não sei, não o conheço. Mas, eles pareciam um casal. E quando eu cheguei mais perto e parei no ponto, eles começaram a andar. Ela estava com a cabeça meio baixa, eu olhei para ela, mas ela não me devolveu o olhar. Eu pensei que talvez aquele fosse algum namorado novo, e pensei que ele iria levá-la ao trabalho de carro.

— E por que o senhor achou isso?

— Por que ela tinha uma reunião importante naquele dia; nos dias anteriores, ela havia comentado mais de uma vez sobre aquela reunião. Então, ela não iria faltar, entende?

— E por que o senhor achou que ele iria levá-la de carro?

— Antes de sair da rua, eu vi que eles caminhavam em direção a um carro preto que estava parado.

— Sr. Antônio... Como o senhor tem tanta certeza de que esse homem pode ser o assassino que estamos procurando? O que te faz pensar isso?

Antônio parou um pouco, pensou, tentou lembrar com o máximo de detalhes daqueles poucos minutos em que viu a jovem Olivia com vida. — Àquela hora da manhã, o céu estava meio nublado, e ele usava óculos de sol e boné. Eu achei estranho, entende? E eu vi, ele abraçando ela, ele passou a mão por seu pescoço, mas ela não abraçou a cintura dele como outras jovens fazem. Na hora, não pensei muito nesses detalhes; foi muito rápido, e eu não posso atrasar. Mas, depois, quando vi a notícia nos jornais, eu pensei...

— O senhor conseguiu ver alguma característica física dele?

— Hum... não. Ele era branco e alto. A blusa que ele usava era de manga comprida...

— Quais as cores das roupas?

— Preto. Tudo era preto. O boné, a blusa, a calça... tudo.

— Existe mais algum detalhe de que se lembre, senhor Antônio? Qualquer detalhe, por mais insignificante que pareça, ajuda.

— Não deve ser nada demais, mas acho que ele estava mexendo no celular. A hora que eu cheguei com o ônibus, eu vi ele guardando algo no bolso antes de abraçá-la, e, eu acho que era o celular.

— Certo... E saberia dizer qual foi a hora em que o senhor passou por lá?

— Era 7h10.

— E o carro, o senhor falou que eles estavam andando em direção a um carro. Lembra do modelo?

— Acho que era um Honda City, sedan. Era bonito.

— Obrigada, senhor Antônio, o senhor nos ajudou muito.

— Ajudei? — Antônio esboçou um riso triste — Eu deveria ter descido do ônibus, sabe. Eu deveria ter chamado ela, eu deveria ter feito qualquer coisa... mas eu não fiz, apenas fui embora para não me atrasar. Eu achei estranho, pois Olivia nunca comentou nada sobre um namorado, e a menina era falante, ela comentava sobre quase tudo. Mas eu pensei que poderia ser algo novo, e ela deveria ter seus segredos, sabe? — Uma lágrima escapou de seus olhos — Eu nunca vou me perdoar. Eu poderia ter salvo a vida dela, sabe?

— Antônio, tudo isso parece estranho agora que o senhor já sabe o desfecho. Mas, no dia, não teria como o senhor realmente suspeitar de nada. Ela não correu, não gritou, não fugiu... Se tivesse presenciado qualquer uma dessas cenas, tenho certeza de que teria ajudado. Então, por favor, não se culpe assim!

— Por que ela não gritou, delegada? Por que ela não correu? Por quê?

— Eu ainda não sei... mas vou descobrir. Eu garanto.

34

Quando Anaya voltou ao complexo — em algum instante entre sair da delegacia e retornar à casa de Matteo e Abby, e, pensando em todas as coisas que estavam significando para ela estar lá, decidiu que realmente precisava adotar uma linguagem mais profissional — um pouco mais fria, para se referir àquele ambiente. Ela precisava ajudar seu cérebro a processar essas coisas da forma certa.

Portanto, no instante em que retornou, pretendia apenas dispensar o policial que a cobria na casa durante sua ausência e trancar-se em seu quarto provisório para trabalhar. "Por que ela não gritou?" Essa pergunta que tanto martelava em sua mente precisava de uma resposta, e ela precisava mergulhar um pouco mais fundo para descobri-la. A resposta que decifraria um pouco mais do *modus operandi* do Ceifador.

Era por essa nuvem cinzenta de possibilidades que Anaya estava envolta assim que adentrou o complexo. Sua mente seguia perambulando nessa fumaça de porquês enquanto ela caminhava pela residência, a fim de localizar o oficial que a substituía em sua ausência. Qual não foi sua surpresa ao encontrá-lo na cozinha, sentado na mesa, tomando chá da tarde com Abgail. A imagem que seus olhos vislumbravam soava-lhe mais como uma família. Uma mãe servindo a mesa com coisas recém tiradas do forno. Um filho comendo enquanto conversava com sua mãe. Risos e olhares dotados de cumplicidade de toda uma vida trocados nesses breves instantes. Isso era o que lhe parecia, mas nada poderia estar mais distante desse devaneio. Essa senhora, na verdade, era uma testemunha ocular, e esse homem sentado à mesa era o oficial responsável por cuidar de sua segurança durante a ausência da delegada.

— Querida, você chegou! Finalmente! — Abby falou em sua direção. — Venha, sente-se conosco, aposto que teve um dia cheio hoje, não te vi no café da manhã nem no almoço...

Por que ela fazia isso? Por que a tratava assim? Como se fosse de fato alguém muito querida por ela? Como se fosse uma amiga? Uma filha? Ou, até mesmo, uma neta?

— O pão de queijo está uma delícia, até o Estevão adorou... Minha receita é única! — disse a senhora com os olhos pestanejando de tanto que brilhavam.

— Estevão? — perguntou a delegada.

— Isso, o policial que fica parado o dia todo naquele carro em frente à nossa casa. Levei um pouco para ele provar e ele amou! — respondeu Abby, toda orgulhosa.

Não! Ela não fez isso. Não é possível que ela tenha feito.

Mas, sim, é claro que sim; na verdade, esse é exatamente o tipo de coisa que ela faria.

Anaya respirou fundo uma, duas vezes. Ela até mesmo começou a contar alguns números em pensamento até que percebeu que não precisava, pois enquanto soltava o ar de seus pulmões, ela se deu conta de uma coisa muito importante: ela não estava com raiva.

— Abgail... — Anaya começou a falar, enquanto colocava um sorriso dotado de compaixão em seu rosto.

— Abby, por favor, pode me chamar de Abby. Ou, se preferir... Vovó. — A velhinha deu uma piscadela para ela assim que terminou de falar. As bochechas de Anaya queimavam, seu rosto inteiro pegou fogo.

— Abby — ela continuou ignorando as insinuações da velha senhora. Afinal, ela deveria estar entendendo errado, não era possível que ela quisesse dizer... ou era? —, a senhora não pode manter contato com o oficial que está cuidando da casa. Na verdade, a senhora não deveria nem saber quem ele é, afinal, ele está disfarçado.

— Sim, querida, mas o coitado passa o dia todo ali, sentado naquele carro, morrendo de fome. Você deveria saber que é uma lei universal o fato de que avós não suportam pessoas com fome do lado delas. Se certificar de que as pessoas, em especial netos, estão bem alimentados, é quase nossa missão pessoal para com o mundo!

Claramente, essa velhota tão gentil, amável e teimosa, não se dava conta do perigo que corria. E por que diachos ela continua frisando a palavra neto em qualquer frase que ressoa de seus lábios?

— Abby, a ausência de contato entre vocês serve não só para sua segurança, mas também para a segurança dele. Imagine que a casa esteja sendo observada pelo elemento, caso ele perceba qualquer interação sua com o policial à espreita, saberá da nossa presença. Na melhor das hipóteses, isso significa que perdemos a chance de surpreendê-lo; na pior, ele será a primeira vítima antes de uma possível invasão. — As palavras de Anaya eram duras, mas sua voz era gentil. — Vou pedir que troquem o Estevão por outra pessoa, e, por favor, evite interagir com ele, está bem?

— É claro — Abby respondeu com uma pitada de desânimo em sua voz.

— Mas, a senhora poderia me tirar uma dúvida? Como sabia que era ele o policial disfarçado?

Abby começou a rir.

— Eu te disse que sou uma ótima detetive. Agora, sente aqui e prove um pouco do meu pão de queijo com essa misturinha que eu mesma fiz. — Ela apontou para um potinho de cerâmica que estava sobre a mesa com um creme dentro. — É requeijão com azeitona, fica uma delícia! Você corta o pão de queijo ao meio e o recheia com esse creme, fica divino.

— Você também pode prová-lo com geleia de amora, é igualmente delicioso. — A voz de Matteo ressoou atrás de Anaya. E, por motivos desconhecidos, até o estômago da delegada gelou.

Um estranho formigamento em seus pés ressoava até a curva de sua coluna e um gelo angustiante se apoderava dela, causando um frio na espinha. Por que seus batimentos cardíacos estavam um pouco mais acelerados? Por que sua garganta ficou seca? Por que sua postura tornou-se tensa?

Anaya sabia que não podia ficar ali, pois ele era uma distração. Apenas isso, uma distração. E sua vida não permitia distrações. E por isso mesmo é que ela precisava urgentemente sair dali. Do jeito que seu corpo e todos os seus instintos a estavam sabotando, só faltava mesmo que seu espírito adolescente rebelde aflorasse, afinal, Matteo era um ímã para trazer essa parte dela à tona. Essa terrível, vergonhosa e humilhante parte que, antes dele, ela nem mesmo sabia que existia.

Matteo passou por ela, puxou a cadeira que estava ao seu lado e sentou.

— Eu... Hã... Eu preciso me concentrar na investigação. Já comi. Mas agradeço o convite.

Com um falso sorriso em seu rosto, Anaya virou as costas e caminhou em direção ao seu quarto. Subiu as escadas da sala que a levava ao andar superior tão rápido como se estivesse fugindo, e por mais que ainda não admitisse, ela estava.

Mas, fugindo de quê?

De Matteo ou dela mesma?

35

Abby havia levado a comida para Anaya no quarto outra vez. Cerca de duas horas após o jantar, e com a mente completamente exausta, não só pela investigação, mas também por tudo que havia acontecido nesse dia, a delegada decidiu caminhar e tomar um pouco de ar fresco.

Como as horas estavam avançadas, uma única certeza permeava sua mente: todos deveriam estar dormindo. Para Anaya, as noites geralmente eram assim, donas de uma certa inquietude que orquestravam com ela.

Assim que deu os primeiros passos para fora de seu quarto, notou que a porta ao lado da dela estava entreaberta. Anaya pressentiu movimentos. Instantaneamente, arrependeu-se de não ter saído do quarto com sua arma. Caminhou vagarosamente até lá, preparando-se para um possível embate.

Mas, assim que chegou, o que viu foi Matteo. Sentado. De costas para ela, com os pés descalços. E à sua frente, existiam uma dezena de estátuas esculpidas em argila.

— São meus pais... — Matteo falou sem se virar.

Como ele sabia que ela estava ali?

Uma das paredes que cobria o quarto era feita de vidro; através dela, a luz do luar trazia um pouco de claridade ao local e delineava todos os contornos daquelas pessoas.

Anaya pensou em explicar o porquê de ter parado ali a essa hora da noite, mas decidiu apenas entrar no quarto e olhar mais de perto. E só então percebeu as ferramentas expostas numa mesa mais ao canto, metodicamente organizadas, e, enfim percebeu o que de fato eram aquelas estátuas: eram as memórias de Matteo, esculpidas por ele. Eram seus pais, do modo como ele os recordava. E, por isso mesmo, eram muitíssimo valiosas.

Ao adentrar aquele quarto, Anaya se deu conta de que caminhava através das lembranças dele, e, de certa forma, isso significava também que ela caminhava por recônditas partes de seu coração. Mas, agora que já estava ali, Anaya não conseguia sair. Era tudo tão curioso, tão extraordinário.

— Posso tocá-las? — Anaya perguntou.

— Pode.

Matteo gostou da simplicidade da pergunta e da maneira como ela falava; ela não estava invalidando-o. Simples e direta. Sem demais questionamentos sobre como ele conseguia fazê-las e torná-las tão reais. Mas, sobretudo, Matteo gostou mesmo foi de tê-la ali, ao lado dele. Embora ele já houvesse sentido a força da sua presença e também seu perfume. Embora ele já tivesse escutado seus passos e a percebesse por inteira, desde o primeiro instante em que se pôs de propósito em seu caminho, só para senti-la esbarrar nele.

Ele a notou desde aquela noite. De maneiras que são inexplicáveis, ele era atraído por ela, feito um ímã.

— Sua mãe era linda... — Anaya comentou enquanto acariciava os traços daquela estátua e observava todos os seus detalhes. — Você sente falta dela?

— Todos os dias.

Essas trocas de palavras estavam se tornando íntimas demais para Anaya. Vagamente cruzando uma linha...

Matteo se colocou em pé, ao lado da delegada. E só o fato de ele estar ali, tão próximo, fez com que o corpo dela tremesse.

— Como tem sido a investigação?

Talvez fosse o silêncio, talvez fosse a pouca luz que os envolvia, talvez fosse esse lugar envolto por memórias ou a certa vulnerabilidade que a noite lhe trazia. Talvez fosse esse par de olhos cristalinos. Talvez, fossem todas essas coisas, ou, talvez, fosse Matteo. Só Matteo. Mas, seja como for, Anaya não quis mentir.

— Na verdade, tem sido difícil... — ela sussurrou. — Bem difícil.

A delegada se deu conta de que, ali, com ele, ela não precisava emoldurar suas expressões. Tampouco manter seu rosto congelado, como se não possuísse sentimentos. Nem precisaria controlar o tom de sua voz. Ela poderia desatar seus olhares, franzir sua testa, e, até mesmo, poderia chorar... Afinal, ele não veria.

Seus olhos atormentados eram uma completa escuridão e, no escuro, ela se envolvia e se misturava. No escuro, ela não era vista.

E por isso ela poderia desarmar suas defesas, desfazer sua postura e, poderia enfim, relaxar seus ombros. Sim, ela poderia.

"Engana-se", um sussurro de sua consciência ecoou quase que instantaneamente dentro de si, "Engane-se. Pois, esse homem é capaz de enxergar até sua alma".

A convicção desse pensamento, essa certeza que crescia dentro dela feito uma maré de ondas, paralisou-a lentamente, apenas por um breve momento. E esse momento roubou-lhe todo o ar. Se houvesse outra pessoa ali, entre eles, haveria uma testemunha para atestar a forma como os olhos da Delegada arregalaram assustados.

E, se ela mesma não estivesse tão assustada com seu próprio coração, se ela não tivesse começado a notar a destreza de seus sentimentos, também notaria a maneira como Matteo ansiava por ela. E, como ele controlava cada músculo de seu corpo para não chegar um pouco mais perto... mas Anaya estava absorta demais em suas próprias especulações para perceber tais minuciosidades. O que ela fez foi reparar nos detalhes daquele rosto, que a meia luz lhe permitia enxergar. O desenho daquela mandíbula, a barba que ameaçava crescer, a sombra naquele olhar, a sobrancelha espessa. Ela reparou em todas as linhas de expressão daquela pele alva, e no contorno daqueles lábios. Ela o olhou como jamais havia olhado. O viu como jamais tinha visto.

Ela percebeu seu cheiro. Sua postura. As mãos ágeis. E, a maneira como ele sempre estava atento a tudo, atento a ela. Seu coração saltou mais uma vez, e ela quis fugir, mas decidiu ficar.

Não sabia muito bem o que isso significaria e, talvez, não significasse nada. Talvez fosse apenas uma noite em que ela puxaria uma cadeira e se sentaria ao lado de um homem. Uma noite em que o mundo não pesasse sobre seus ombros. E, não existissem tons de pele e classe social que os diferenciassem. Não existisse mortes, assassinos e um relógio cronometrando até o próximo ataque. Um instante para ela ser ela. E não a delegada.

Só ela, Anaya.

E, presa naquele instante, era quase como se tivesse perdido a capacidade de falar; sua mente girava em torno de tantas palavras, tantas possibilidades, e nenhuma delas parecia realmente adequada para aquele momento. Por isso, ela resolveu abraçar o silêncio. Ainda estava acostumando seu corpo e sua mente à ideia de permanecer ali, ao lado dele. Mesmo que quieta. Sabendo que essa quietude era toda sua força, coragem e insegurança lutando para não ceder aos seus impulsos. Impulsos esses que insistia em manter distância. De certa forma, ela havia se viciado em manter todos, o quanto pudesse, longe. Longe dela, longe de seu coração, longe de toda essa escuridão que a acompanha. E, ela havia encontrado tanto êxito nisso que já havia se esquecido de como é o sentir.

Mas essa noite, ela resistiria ao ato de resistir. Ela ficaria. Embora não soubesse muito bem como fazê-lo. Mas ficaria.

Matteo também optava pelo silêncio; em seu íntimo, temia que qualquer palavra fosse assustá-la e, no intuito de buscar uma maior proximidade, ativasse aqueles botões de alerta que a faziam fugir dele, sempre levando-a para longe. A verdade é que ele a queria perto, a queria próximo. Ansiava poder tocar livremente seu rosto e todas as suas curvas, queria memorizá-las e, então, esculpi-las, imortalizá-la ali, naquela sala. Então, nas noites escuras e solitárias, quando seu coração estivesse tão pesado que ele não conseguisse dormir, poderia ir até aquela sala e, ao seu modo, ele a veria. E não se sentiria tão só.

Matteo sabia que, após esculpi-la, a colocaria exatamente ao lado de seus pais, no centro daquele lugar que era tão sagrado para ele. Era o máximo de Anaya que ele teria. Ele sabia que a afetava, notava o descompasso na respiração acelerada da delegada sempre que ela estava por perto. Ele também percebia a forma como ela paralisava alguns segundos a mais quando percebia sua presença. E, sim, ele sabia que tinha algum efeito sobre ela, mas, mesmo sabendo disso, Matteo não esperava que ela ficasse... ou que voltasse para vê-lo quando tudo isso tivesse acabado.

E ele não queria sua pena.

Então, torcia para que, um dia — antes desse iminente fim — pudesse tocá-la e, através desse toque, torná-la eterna para ele.

Ele sentia sua presença, conhecia seu cheiro e sabia distinguir seus passos. Até mesmo previa suas reações... mas, como era seu rosto?

Ele precisava saber.

Tudo isso era para os dois como os primeiros passos de uma música que nunca foi dançada, uma orquestra afinando suas cordas para um concerto que talvez nunca chegasse.

De certa forma, eles estavam se reconhecendo...

Ainda inseguros, temerosos e, ao mesmo tempo, tão certos...

Ambos estavam ali, apenas parados, lado a lado. E a noite se apresentava tão bela. De onde estavam, Anaya era capaz de vislumbrar o céu em um azul profundo e as estrelas, todas prateadas. A lua cheia e luminosa, que no auge de seu esplendor, contornava o semblante de Matteo, trazendo-lhe luz e sombras... E ele estava envolto pelo seu perfume. O cheiro da Delegada passeava por todo o lugar; a força e a doçura de sua presença eram quase palpáveis para ele. Matteo notava o ar dançante como uma brisa suave, a noite quente, e também não lhe passou despercebido o fato de que o cheiro da Delegada se misturava lentamente ao dele e ao cheiro de amaciante, mas de um amaciante específico. Ela vestia uma de suas camisas, e isso o enchia de satisfação.

Embora estivessem em silêncio, existia todo um universo acontecendo e eclodindo naqueles minutos. O silêncio era confortável entre eles. Agradável. Pacífico. Não gerava estranheza, nem exigia palavras que não estavam prontas para serem ditas. Eram apenas eles, cada um em seu próprio mundo, despertando-se para a sensação do que pode ser dividir suas companhias no conforto de uma noite tranquila, escura e silenciosa. Dois iguais, desfrutando da compreensão mútua que ambos ofereciam naquele momento apenas por ficarem ali, lado a lado.

E essa cumplicidade silenciosa que surgia na calada da noite ressaltava ainda mais, quase como se fosse exposta em um letreiro, a maneira como existia uma parte deles que estava solitária. Uma parte que buscava entrelaçar-se tão profundamente à outra que não haveria começo nem fim...

Mas estar ali, cercada pelas memórias de Matteo, fez Anaya pensar. O passado fez ela pensar. Foi quase como se uma luz houvesse acendido, mostrando a ela quais seriam seus próximos passos.

Passado.

36

Assim que voltou para seu quarto, Anaya ainda prendia a respiração. Suas mãos queimavam, seu coração estava descompassado. Seu corpo tremia.

No instante em que ela virou as costas para sair daquela sala, Matteo segurou sua mão. E, quando ela virou o rosto para olhá-lo, no exato segundo em que fitou seus olhos claros, ela percebeu o que tanto temia: *ele a via.*

Mesmo sendo cego, ele a via. E, talvez, exatamente por ser cego, é que ele via o que ninguém mais poderia ver, ele enxergava sua alma. E, justamente por ali não possuir nada de bom, isso a aterrorizava. Como ela fugiria desse olhar?

Foi apenas um toque. Um breve toque.

E aquele toque, apenas um segurar de mãos, apenas um deslizar suave entre os dedos, a abalou por inteira.

Anaya fechou a porta de seu quarto tentando lembrar-se do jeito certo de como deveria respirar. Porque doía, tudo ali doía.

Ela olhava sua mão, que formigava, e tudo eclodia dentro dela. Quando foi que a calmaria de breves minutos deu vazão a todo aquele furacão?

Ela passou a mão sobre a camiseta em seu corpo, a camiseta de Matteo. Enquanto a segurava apertado entre os dedos, sentiu vontade de chorar. Ela caminhou a passos largos até a cama, e abraçou a si mesma. Ficou ali, deitada, olhando para o nada.

Atormentada. Esperando seu coração desacelerar o ritmo.

Um erro, entrar naquela sala foi um erro.

Na manhã seguinte, Anaya saiu bem cedo. Ela evitou passar pela cozinha, temendo que Matteo estivesse lá.

Acionou um oficial para ficar em seu lugar na casa e avisou a ele que passaria pelo menos dois dias fora, pois tinha uma pista importante a seguir.

Quando saiu da residência, Pietro já estava esperando do lado de fora.

— Então, aonde iremos? — perguntou o detetive.

— Você trouxe as coisas que te pedi? — ela perguntou.

— Positivo.

— Passei a noite trabalhando em algo... Vamos para uma cidadezinha no interior de Minas, cerca de 10 horas de distância.

— E por que não vamos de avião? Dirigir 10 horas, Anaya... Sério? — questionou o detetive.

— Não encontrei voo para hoje, e não temos tempo a perder — ela respondeu enquanto entravam no carro. — Passei a noite trabalhando em algo, e acho que temos uma pista. Mas não quero passar nada adiante sem antes me certificar de que estamos na trilha certa.

— É uma atitude prudente...

— Eu estive pensando, rosas são algo específico demais... Naturalmente, deve ter algum significado para nosso elemento. Então, passei a noite pesquisando sobre crimes que aconteceram entre as décadas de 80 e 90 envolvendo rosas. Qualquer coisa que fosse... Até que, após horas a fio, achei um artigo de jornal muito antigo sobre um assassinato que ocorreu em 1985. Uma mulher foi assassinada em uma estufa de rosas por um fazendeiro e... o artigo dizia que houve uma testemunha, um menino de oito anos que morava na fazenda e presenciou tudo.

— E é para lá que estamos indo?

— Sim... Na verdade, vamos até a delegacia em busca do delegado que investigou o caso. O artigo era muito antigo, não tinha muitos detalhes. Quem sabe conseguimos o endereço da fazenda e vamos até lá.

— É... — concordou Pietro —, isso pode ser promissor.

— Ou não — falou Anaya —, por isso, preciso seguir sem fazer alarde.

Anaya e Pietro atravessaram a porta da Delegacia Mineira pouco mais de 17 horas. O cheiro de café e pão de queijo pairava no ar. As ruas eram de paralelepípedo e as casas de telha, pintadas em cores vibrantes. Por que será que o mundo no interior parecia ser mais vivo? Mais acolhedor... E, com certeza, muito mais gentil.

— É você! — Uma voz ecoou até a porta de entrada. — A delegada do noticiário! Uai, sô! O que a senhora faz aqui?

Uma jovem policial falou em direção a Anaya com uma empolgação tão viva que fez a delegada querer abrir um sorriso quente e genuíno. Mas o sorriso saiu melancólico. Com um pouco de sorte, ninguém reparou, mas Anaya percebeu. E foi melancólico porque a empolgação dessa jovem a lembrou da empolgação de outra mulher, com bem mais idade que ela. De uma velha senhora que a chamava de querida e levava comida para ela em seu quarto.

Abby. Ela a lembrava de Abby.

— Prazer — Anaya falou com um sorriso no rosto, enquanto estendia a mão para cumprimentar —, sou a delegada Akello. Mas pode me chamar de Anaya.

— O prazer é todo meu, delegada. A senhora não sabe, mas é quase uma celebridade por aqui, viu? Estamos acompanhando tudo pela TV. Ah, e eu já ia me esquecendo, sou a Natalia.

— Natalia, na verdade, eu preciso de confidencialidade sobre o motivo de estarmos aqui hoje.

— É sobre o caso de SP? O serial killer veio para cá? Meu Deus!

— Na verdade — iniciou a delegada, acalmando a jovem policial à sua frente —, eu gostaria de mais informações sobre um caso que aconteceu aqui em 1985. Uma mulher que foi assassinada em uma estufa de rosas. Eu preciso ver os arquivos do caso.

Uma expressão de desânimo se apoderou de Natalia. Imediatamente, sua voz ficou mais baixa e seus ombros caíram.

— Nós perdemos a maioria dos arquivos antigos em um alagamento que aconteceu na delegacia há alguns anos. Como eram muito antigos, não tinham cópias. Sinto muito. Ela deu alguns passos até um armário e retornou com uma caixa nas mãos. — Tudo que conseguimos resgatar foi isso. E esse caso não está entre eles. Eu mesma já revisitei essa caixa centenas de vezes.

Natalia colocou a caixa na mesa. — Mas, espera. Eu acho que tem um outro jeito... O delegado que operava durante esse período está aposentado, mas você pode falar com ele. Com certeza, se lembrará, afinal, não existem muitos assassinatos por aqui.

— Excelente! Você pode me passar o contato dele? — Anaya falou.

— Melhor que isso, eu te levo até lá.

37

Ao lado de Natalia e Pietro, Anaya atravessou o antigo casarão, ladeado por macieiras, laranjeiras e limoeiros. O aroma cítrico impregnava o ar enquanto o sol se punha.

A imagem parecia um quadro pintado à mão. E, por um instante, Anaya desejou para si a vida do Interior.

— Delegada Akello — a jovem policial falou com notável entusiasmo na voz que já lhe era tão característico —, te apresento o delegado Dumont, meu pai.

— Prazer, delegado Dumont. Sou a delegada Akello e este é o detetive Nunes — Anaya falou em direção ao homem de chapéu e bigode branco. — Estamos aqui hoje para obter mais detalhes sobre um caso que aconteceu em 1985. Uma jovem assassinada em uma estufa de rosas... Foi o senhor quem cuidou do caso, certo?

— Sim, fui eu mesmo... — ele respondeu enquanto se acomodava em sua poltrona. — Mas antes, vocês aceitam um cafezinho?

Anaya sorriu.

— Não se pode recusar um café, não é mesmo?

Uma jovem senhora de cabelos grisalhos e vestido florido entrou no escritório trazendo uma bandeja contendo um bule de café e roscas doces.

— Essa é Marta, minha mulher! — o delegado falou após beijar sua esposa.

Assim que os cumprimentos terminaram e todos estavam devidamente sentados, Dumont voltou no tempo e começou a detalhar o caso.

— Ainda era madrugada quando fomos chamados até o local: a Fazenda Magalhães. O proprietário tinha uma estufa de rosas no local que ele mesmo cultivava. Eram rosas brancas, e me lembro bem que todas estavam floridas... Naquela noite, ele tinha bebido demais e, bom... matou a jovem. Tinha sangue por todo lado, até mesmo nas rosas. Uma cena horrível.

— O senhor sabe me dizer se a vítima trabalhava no local? — perguntou Anaya.

— Na verdade, ela havia se tornado a companheira dele há poucos anos, pelo que soube na época.

— Então ela era a esposa dele?

— Não exatamente... Ela foi casada com outro homem, mas fugiu para ficar com ele. Um fim trágico, para o que deveria ter sido uma história de amor impossível.

— Havia uma criança no local que presenciou o homicídio, é isso mesmo?

A fisionomia de desânimo tomou conta do delegado. Era visível como isso ainda o atormentava, mesmo tantos anos depois. — Isso... Era o filho dela.

— O senhor está me dizendo que o menino viu a própria mãe ser assassinada? Na frente dele?

— Sim. Mas, tinha uma coisa estranha no garoto.

— Estranha como?

— Ele não chorou.

— Como assim ele não chorou?

— Ele viu a mãe dele ser espancada até a morte, bem na frente dele, mas ele não chorou. Não gritou. Nem ficou desesperado... Eu mesmo falei com o menino naquela noite. — O delegado fez uma breve pausa antes de continuar. — Quando você entra para essa vida, você sabe que existem coisas que são inevitáveis. Anunciar a morte de um familiar é uma delas. Mas, algumas tragédias são piores que outras... E para mim, esse era o caso. Eu pensava comigo mesmo: como vou olhar para esse menino e afirmar que a mãe dele estava morta, que o padrasto a assassinou, a espancou até a morte? E que iríamos precisar levá-lo para um orfanato até que encontrássemos algum parente que pudesse ficar com ele. Num dia você tem uma casa, um lar, uma mãe... e no outro, você não tem mais nada. Como uma criança lida com isso? É arrasador... Então, por mais que essa fosse uma das coisas que eu precisava fazer naquele dia, eu não queria. Mas, bom, no fim das contas, se eu tivesse estado lá para dizer ao garoto que ele comeria jiló no jantar, a reação dele seria a mesma. Não me entenda mal, o menino era obediente e também era educado, miúdo, mas a reação dele me deixou perturbado por muito tempo. Era a mãe dele... E ele era só uma criança. Como se reage aos oito anos?

Anaya respirou fundo. Não se reage, ela pensou, não se reage assim nunca. Ao menos que seja alguém que não possua sentimentos.

— O senhor se recorda de mais algum detalhe da sua conversa com esse menino?

— Bom, eu tentei ser cuidadoso com as minhas palavras, sabe... Eu estava de coração partido pelo garoto e, ao mesmo tempo, eu também precisava colher o depoimento dele. Saber em detalhes o que ele viu. Essa é uma das muitas coisas que são extremamente difíceis em nosso trabalho... — O delegado soltou um suspiro, sua mente voltando a reviver os acontecimentos de quase quatro décadas antes — O menino disse que estava desenhando na estufa, alguém entrou e se escondeu. Em seguida, o fazendeiro chegou bêbado e começou a bater na pessoa... Até que ele viu que essa pessoa era a mãe dele. — O delegado levantou, Anaya notou como seu olhar estava transtornado, o rosto aflito — Só que ele contou isso com a calma e desinteresse de uma criança contando sobre o seu dia na escola... — Ele passou a mão na testa — No fim da conversa, ele me perguntou se a mãe dele tinha morrido, e eu disse que sim. E aí, a próxima coisa que ele me perguntou foi se podia ter o caderno de desenho dele de volta.

Esses relatos eram um tanto quanto lancinantes de se ouvir para Anaya.

Mas ela precisava continuar.

— O senhor se recorda o que ele estava desenhando na estufa?

— Eram as rosas.

Anaya e Pietro se entreolharam.

— O que aconteceu com ele após a morte da mãe?

— Bom, nós o levamos para um orfanato de forma provisória, até que encontrássemos algum parente que pudesse receber a guarda dele, mas não encontramos ninguém. Antes de vir para Minas, descobri que ele e a mãe moravam na cidade grande, em São Paulo. Mas descobri que o pai dele se suicidou meses após ser abandonado pela esposa. No fim, o menino continuou no orfanato por mais alguns anos e eu jamais soube do seu paradeiro. Eu cheguei a ir ao orfanato uma meia dúzia de vezes, mas o relatório que eu recebia das freiras era sempre o mesmo: ele era calado, tinha uma fascinação por desenhar, e elas nunca o viram chorar pelos pais, nem uma vez sequer. E, mesmo tendo presenciado algo tão brutal quanto o assassinato da mãe, o menino não tinha pesadelos ao dormir. Isso era, tão incomum... — O delegado tornou a sentar e falou olhando para Anaya — Depois disso, quando não tinha mais o que fazer, parei de ir até lá. Um trem desses mexe com a gente, sabe?

— O que aconteceu com o fazendeiro que assassinou a mãe dele?

— Bom, ele foi preso... Não sei o que aconteceu depois disso. Mas posso pedir alguns favores e conseguir essa informação mais depressa para você.

— Isso seria realmente ótimo!

— É claro. Amanhã tentarei mexer uns pauzinhos.

— Obrigada! — Anaya respondeu com um sorriso. — Delegado, o senhor se recorda o nome do menino?

— Nicolai, ele se chamava Nicolai.

O ar pareceu ficar mais frio, mais denso.

— Uma última pergunta, o senhor se recorda da data em que ocorreu esse crime?

— Como eu esqueceria? Era 23 de abril do ano de 1985.

Anaya deu um sobressalto. O coração disparado.

Era ele, só podia ser ele.

O pequeno Nicolai era o Ceifador de Rosas.

38

Anaya deixou a casa do delegado Dumont com algumas certezas.

Agora, o monstro sem face tinha um nome. E ela tinha alguns pedaços de seu passado.

O fato de ele arrancar as unhas anelares das jovens seria um aspecto de sua assinatura atrelado ao que havia sido o casamento de seus pais?

Sim... Ah, sim!

E, agora, enfim, ela havia descoberto a razão escondida por trás de todo dia 23.

Seria possível algo trazer empolgação e terror na mesma medida? Deveria ser, porque ela permeava entre essas duas sensações...

No mesmo instante em que estava empolgada com as novas descobertas e até profundamente aliviada pelos avanços, também era aterrorizante se deparar com algo assim. Meu Deus! Era a mãe dele, morta a socos e pontapés, bem na frente dele. E, nada. Ele não sentiu nada. Como é possível? E ele só tinha oito anos. Oito anos.

O que uma criança assim seria capaz de fazer ao se tornar um homem?

A resposta para essa pergunta, ela sabia.

E, compreender que é contra isso que ela está lutando, contra algo desprovido de alma, é... apavorante de formas indizíveis.

Anaya repassou o roteiro do dia seguinte: a fazenda onde tudo aconteceu, e o orfanato.

Assim que deitou a cabeça no travesseiro, Anaya não pôde evitar pensar em Matteo e, em como, se não fosse por ele, e se não fosse por seu quarto cheio de memórias, e nem por suas estátuas esculpidas à mão, ela jamais teria pensado em tentar procurar rosas no passado do Ceifador. Então, se não fosse por ele, ela também não estaria aqui. O que é irônico, porque, vir aqui, foi a união do útil ao agradável. Sim, ela precisava seguir essa pista, mas, se ela fosse honesta consigo mesma, e... bom, isso é algo que ela estava aprendendo a ser, então ela admitiria que estar aqui também era sua fuga daquele par de olhos cristalinos e do seu toque.

Do seu breve roçar de dedos que desmanchou até sua alma.

A torrente de sensações que a preencheu dentro da eternidade daqueles segundos ainda a assustava.

Mas ela também precisava assumir para si mesma que entrar naquela sala não foi uma má ideia, afinal.

Então, ela partiu outra vez.

Matteo pensava novamente, ali, na calada da noite, sentado em seu estúdio. Dois dias, foi o que o oficial disse. *Dois dias até ela voltar.*

Oh, diacho de mulher teimosa.

Ela está muito enganada se acha que ele não a percebeu, redondamente enganada, se pensa, por um segundo sequer, que ele não sabe exatamente qual é a dela. E, triplamente enganada, se acha que ele não vai desmontar aquela marra que ela anda esbanjando pelos corredores da casa.

Talvez não estivesse nos planos da delegada conquistar sua atenção. Mas, por motivos desconhecidos até mesmo para ele, ela conseguiu. E como conseguiu.

Matteo ainda estava tentando decidir se provinha do cheiro que ela exalava ou da força da postura daquela mulher. Talvez fosse mesmo o barulho daquela respiração. O fato é que ele queria aquele som ecoando em seus ouvidos.

Dois dias. Dois dias.

Assim que amanheceu, Pietro já estava a postos, aguardando a delegada no corredor próximo à saída de seu quarto. Anaya havia pretendido passar primeiro na antiga fazenda para averiguar o local mais de perto, se ainda existia algum morador da época lá e coletar mais informações, porém, o detetive convenceu-a de que o orfanato ficava mais perto.

E por isso, direcionaram-se para lá.

Outra mansão antiga, era assim que o lugar se parecia. A mobília, de modo geral, era simples, composta por móveis de madeira maciça. Sem luxo e extremamente limpa. Muitas freiras percorriam os corredores, mulheres que dedicavam suas vidas a cuidar de crianças órfãs ou abandonadas.

Alguns jarros de porcelana repletos de flores naturais traziam certo aconchego ao local. Mas a delegada aproximou-se de um em especial, repleto de rosas brancas.

— Essas rosas são cultivadas aqui mesmo? — Anaya perguntou à Madre que os havia recebido.

— São... Nós possuímos uma pequena estufa onde cultivamos essas flores. Posso levá-los até lá, se desejarem.

Com um sorriso no rosto, Anaya aceitou.

— Mas, a quem damos a honra de sua visita, delegada Akello? — a Madre perguntou, enquanto os conduzia pelo orfanato.

— Eu gostaria de falar sobre uma criança que vocês acolheram em 1985. Foi um caso bastante triste, na verdade... A mãe do garoto foi assassinada por um fazendeiro, e o menino presenciou tudo.

— Nicolai... — a Madre respondeu.

— A senhora lembra-se dele? — Anaya perguntou, esperançosa.

— Ah, sim, um garoto peculiar aquele... Naturalmente, eu era bem mais jovem na época. Nesse orfanato, além do cuidado, nós também damos aulas às crianças. Em 85, eu era supervisora. Tantos anos se passaram, e ainda me recordo do dia em que ele chegou.

— A senhora poderia compartilhar sobre esse dia conosco?

— É claro — ela respondeu. — O garoto chegou aqui, quieto, agarrado a um caderno de desenho. O que posso dizer? Foi tão diferente do que eu imaginava.

— Por que a senhora diz isso?

— Bom, foi horrível a forma como a mãe dele foi assassinada, e ele presenciou tudo. Eu imaginava receber uma criança traumatizada, com a face vermelha de tanto chorar, os olhos inchados e até sem voz. Eu esperava uma criança repleta de medo, trêmula, com dificuldades para dormir. Mas não foi nada disso que recebi. A roupa do menino ainda tinha algumas gotas de sangue que deveriam ter espirrado nele quando... Me desculpe. — A madre parou um pouco, olhando para algo além de sua própria visão, olhando para o passado. Ela deu um forte suspiro e então prosseguiu. — Mas ele chegou calmo, quieto, tranquilo, abraçando aquele caderno de desenhos. Eu o conduzi até o seu quarto e esperei do lado de fora, pensando que talvez estivesse em choque com tudo que viu e aquilo tivesse temporariamente congelado o garoto, sabe?! Imaginava que, ao estar sozinho, ele fosse transbordar todas as suas emoções para fora, que fosse chorar e não conseguir dormir, ou que, se dormisse, acordaria aos gritos por reviver tudo em seus pesadelos. Foi por isso que fiquei do lado de fora, esperando, porque queria consolá-lo. Mas... Nada. Noite após noite, eu ia até aquela porta, esperando o momento em que tudo viesse à tona, mas nunca veio.

— Ele chegou a conversar sobre o que aconteceu alguma vez?

— Uma única vez. Cerca de dois anos após a chegada dele aqui, havia uma garotinha que tinha perdido os pais de forma trágica em um acidente de carro e constantemente ela chorava de saudades da mãe. Um dia, Nicolai brigou com ela por chorar tanto, disse que o barulho de seu choro não deixava ele dormir direito. Então, a menina perguntou se ele não sentia falta da mãe dele também e... ele respondeu que não, pois ela merecia o que tinha acontecido. — A madre apertava suas mãos nervosamente, era nítido como essas lembranças a atormentavam.

Eles continuaram caminhando até entrarem na estufa de flores.

— Nicolai era um garoto obediente e disciplinado, suas notas estavam entre as melhores. Ele era notável. Conforme foi crescendo, transformou-se em um jovem adorável. Mas, existia uma coisa nele que eu não sei explicar. Uma certa frieza que... quando vinha à tona, me assustava. Eu sempre pensei que, talvez, no dia em que a mãe dele morreu, ele enterrou todos os sentimentos junto. — A Madre deu alguns passos para dentro da estufa. — Esse lugar só existe por causa dele. Em seu primeiro ano, nós notamos que ele gostava muito de rosas e que tinha certa aptidão para o cultivo delas devido ao tempo em que morou na fazenda... Então, no intuito de fazê-lo sentir-se acolhido e em casa, nós decidimos que faríamos uma estufa bem aqui... E fizemos. E ele adorou! Enquanto a maioria dos garotos passava o tempo livre brincando com pipas e carrinhos, Nicolai passava aqui. Ele gostava especialmente de rosas. No começo, apenas elas eram cultivadas.

— Com os anos, a senhora se recorda se ele começou a trabalhar em desenvolver novas tonalidades de rosas?

— Ah, sim! Houve uma época em que ele até deu meu nome para uma rosa. Ele era muito habilidoso. — A Madre deu um sorriso.

— A senhora se recorda se ele já comentou sobre desenvolver alguma cor específica?

— A Rosa da Noite Marsala. — Ela sorriu ao lembrar. — Ele dizia que queria uma rosa que iniciasse em um vinho tão belo quanto o marsala, pois era sua cor preferida, e que terminasse tão negra quanto a noite profunda. Existia uma certa poesia enquanto o jovem falava...

— Quantos anos ele tinha naquela época?

— Ah, ele deveria ter em torno de 16 anos.

39

O terror se apoderou de Anaya. Dezesseis anos.

Quanto mais ela cavava essa história, pior lhe parecia.

Assim que saíram da estufa, caminharam até a sala da Madre.

— Nicolai ficou aqui por quanto tempo, Madre?

— Até os 18 anos. Quando atingiu a maioridade, foi embora e nunca mais tivemos notícias dele. Já se passaram mais de vinte anos...

— A senhora teria cópia dos documentos dele daquela época?

— Há alguns anos, houve um grande alagamento, foi terrível. Um dos piores desastres naturais que essa cidade já viu. Perdemos muitas coisas que eram importantes... A única coisa que tenho daquela época é um álbum de fotos antigo, e as fotos estão manchadas. Mas, se quiser, eu posso te mostrar.

— É claro, por gentileza.

A Madre trouxe o álbum e, realmente, a maioria das fotos estavam manchadas. Mas havia uma em que era possível perceber algumas freiras ao lado de uma fileira de crianças.

— Aqui. Esse era Nicolai — falou a Madre enquanto apontava para o garoto na ponta da fileira. — Nessa foto, ele havia acabado de chegar, acho que fazia poucos meses.

Um menino de pele branca e cabelos negros. Não havia nada de excepcional em sua aparência, ele era apenas comum. Magro, de altura mediana. Na foto, ele estava sério.

— Posso tirar uma foto com meu celular? — Anaya perguntou.

— Fique à vontade.

Anaya tirou algumas fotos, aproximou o máximo que pôde do rosto do menino. Daquele que, anos mais tarde, estamparia todos os jornais por seus feitos. Não feitos admiráveis, mas rostos das vítimas de um assassino cruel. Alguém cuja maldade excedia o pior dos imaginários.

Anaya observou que na foto havia um cachorro ao lado das crianças, um Border Collie. Seu instinto apurado a levou a fazer uma pergunta:

— O que houve com ele?

— Com o Molo?

— Isso, com o cachorro — Anaya confirmou.

— Ele foi nosso companheiro por muitos anos, você sabe, as crianças adoram animais. Até o dia em que ele partiu. Foi bem estranho e chocante de se ver. Triste. Ele deve ter escapado com coleira presa na corrente e, enquanto corria, escorregou na ponte... A corrente ficou presa e ele morreu enforcado.

— Enforcado?

— Sim... Bom, é o que deduzimos na época. A explicação mais plausível para a cena que vimos: Molo pendurado pelo pescoço na ponte, balançando lentamente acima do rio, morto. Foi tão difícil para nós que levamos mais de uma década até termos outro cachorro novamente.

— Eu sinto muito... — Anaya respondeu.

Anaya e Pietro se entreolharam, uma confirmação silenciosa de que ambos estavam pensando o mesmo. A morte de Molo não foi um acidente, foi Nicolai.

Antes de matar jovens mulheres, o ceifador matava animais.

— Madre, antes de irmos, a senhora se recorda o nome completo dele?

— Eu não tenho certeza, mas acho que talvez Nicolai Cardoso Morais. Faz tantos anos que não me recordo desses detalhes.

— Eu agradeço, Madre — Anaya falou, levantando-se, prestes a ir embora.

— Delegada, do que se trata tudo isso? Por que tantas perguntas sobre o menino?

— Eu sinto muito, Madre, mas é confidencial. Se a senhora puder manter sigilo sobre nossa conversa, eu agradeceria muito.

— Está bem. Deus os acompanhe.

Ao ouvir essa frase "Deus os acompanhe", Anaya lembrou-se de Ana, e seu coração encheu-se de angústia. Mas, nessa dor, ela encontrou ainda maior determinação ao lembrar que havia mães esperando por justiça. Esse era o principal motivo para ela estar aqui hoje.

O caminho até a fazenda foi silencioso.

A consciência de contra quem lutavam os golpeava com mais força a cada instante.

Ao chegarem à fazenda, a delegada e o detetive encontraram um lugar imenso e abandonado. Tudo estava em ruínas. O mato estava alto. Não havia nada ali. Nada, nem ninguém.

Antes de partir, eles avistaram o que um dia havia sido a Estufa de Rosas, o lugar onde tudo começou. Decidiram ir até lá. Algumas das paredes de vidro estavam quebradas, outras, extremamente sujas. O lugar todo era uma espécie de caos.

Não havia rosas, não havia flores, não havia vida. Nada além de um monte de entulho envelhecido e enferrujado ao longo dos anos. Aquele solo carregava acontecimentos pesados demais para que alguém o reivindicasse.

Anaya olhou para o chão e, mais adiante, encontrou algo que tanto temia: os restos de uma única rosa envelhecida, já morta, numa cúpula de vidro empoeirada.

E isso só podia significar uma coisa: antes de dar início à atroz sequência de mortes, o Ceifador tinha voltado para casa.

40

Dentro de Anaya ressoava uma certeza. O lugar onde ele havia deixado a rosa exposta deveria ser o lugar onde sua mãe caiu morta.

Antes de pegar a cápsula, Anaya fotografou tudo com seu celular, o ambiente e a rosa, várias fotografias em inúmeros ângulos. A delegada retirou um par de luvas látex que sempre mantinha em sua bolsa para pegar com mais segurança a prova que haviam encontrado, e, ao retirá-la do chão, envolveu-a em um pedaço de tecido.

— Precisamos enviar essa cápsula para a perícia, juntamente com todas as fotos.

— Se houvesse alguma dúvida de que Nicolai é nosso Ceifador de Rosas, agora não existe mais — Pietro concluiu.

— Estamos saindo daqui com muitas respostas e é verdade que elas explicam muitas coisas, mas, ainda assim, tudo é circunstancial. Não temos uma prova concreta.

— E essa cápsula? Ela é única. Assim como as quatro anteriores a ela. — O detetive esboçou. — É a quinta rosa. A quinta.

— Na verdade, acredito que essa foi a primeira. Mas, pelo ponto de vista jurídico, ela pode ter sido deixada aqui por qualquer um... Por hora, vamos apenas nos certificar de manter intacta a rede de custódia.

— Certo.

— Pietro. — Anaya olhou para ele, notando o desânimo e o cansaço em sua voz. — O que conseguimos aqui é realmente importante. E, não só isso, é decisivo. Está dando novos rumos à nossa investigação. Nesse quebra-cabeça, essas peças são valiosas, apenas não podemos usá-las sozinhas. — Anaya virou seu olhar para a cápsula que seguia coberta pelo tecido marrom. — Nós iremos continuar, e iremos conseguir.

— Como iremos conseguir? — Pietro vociferou, cansado, enraivecido. Mas, sua voz, embora cortante, era controlada. — Como vamos encontrá-lo, Anaya? Temos histórias, temos relatos. Mas, sabe o que não temos? Documentos! Provas físicas! Temos apenas uma foto manchada de um garoto órfão que morou em um orfanato cheio de freiras, após perder a mãe de forma trágica e brutal. Um garoto que, de acordo com tais relatos, era obediente e disciplinado. Mesmo que milagrosamente o encontrássemos, você sabe como ele poderia manipular toda essa história triste ao seu favor? Ele poderia usá-la para nos destruir, Anaya. Temos um psicopata que vem há meses aterrorizando todo o Estado de São Paulo, e temos um garotinho órfão. Como iremos uni-los em um? Me diga, Anaya... Além disso, temos o que mais mesmo? Um artigo de jornal de 1985. E, de quebra, ainda temos o relógio correndo contra nós. Será que até o próximo ataque? Vinte dias?

— Vinte e dois — Anaya respondeu, endurecida como pedra. Assumindo a postura que a trouxe até aqui, a de delegada. — Temos vinte e dois dias até o próximo ataque, detetive. Estou plenamente ciente disso.

Assim que pôs tudo para fora, Pietro percebeu instantaneamente que, se existisse alguém que estava sofrendo ainda mais com tudo que vinha acontecendo, esse alguém era Anaya. Ele lembrou do dia em que a viu cair no chão, segurando a mãe de uma das vítimas em seus braços, tentando sustentá-la em seu sofrimento. E lembrou de como a viu sobreviver diante daquele bando de urubus que queriam devorá-la, comandados pelo secretário de segurança do Estado. Pensou nas repetidas noites em que ela dormia na delegacia, com a cabeça naquela pilha de evidências documentadas. E, em como ela estava certa desde o princípio, se antevendo a cada situação, seguindo o rastro como ninguém. Eles estavam ali por causa dela. Anaya era a melhor em sua função, e ele sempre se sentiu orgulhoso por trabalhar ao lado dessa delegada. Ele percebeu que não era justo com ela que ele agisse assim.

— Desculpe, é só que esse caso. Todo ele... — Pietro passou a mão na cabeça. — É insano. Às vezes sinto que vou perder a cabeça e, quando deito para dormir, continuo vendo essas mulheres mortas e essa maldita rosa. Será que vamos conseguir salvar alguma? Apenas uma. Porque, a cada segundo que eu fecho meus olhos, parece que estou fracassando. E mais mulheres vão continuar morrendo.

Anaya soltou um longo suspiro.

— Eu sei, está tudo bem — ela respondeu, ciente de como é ser assombrada por esse sentimento. — Mas, não se preocupe, você terá 10 horas para dirigir enquanto esfria a cabeça. — Anaya jogou a chave do carro em direção às mãos dele enquanto soltava um sorriso.

Pietro pegou a chave ainda no ar, aproximou-se da delegada e falou:

— Nós não vamos intercalar o tempo de direção de volta para casa, né?

— Não. Nós não vamos — ela respondeu com um pouco de humor na voz.

— Ok. — Ele bufou. — Mereci isso — Pietro admitiu. — Então, vamos lá.

41

O relógio já marcava 21h quando Anaya chegou à casa de Abby e Matteo. A viagem de volta para casa foi silenciosa e exaustiva. Qual não foi sua surpresa ao entrar e se deparar com todos em volta da mesa, prontos para jantar: Abby, Matteo e o oficial que estava cobrindo sua ausência.

— Oh, querida! Você voltou! Que saudades que eu estava de você! — Abby falou em direção a ela. — Venha, sente-se conosco. Preparei um jantar delicioso. Olhe só para você, não se passaram nem dois dias direito e você já emagreceu... O que fizeram com você, hein? Essa é a prova de que você não pode ficar longe do meu olhar, do meu cuidado e nem da minha comida.

Quando deu por si, Anaya já havia dado uma gargalhada completamente espontânea.

— Eu também senti sua falta, Abby.

A velha senhora colocou mais um prato à mesa para Anaya, só que bem ao lado de Matteo. Uma centena de lugares na mesa e Abgail pôs justamente ao lado dele. Enquanto se sentava, o divertimento deu lugar à tensão. Seu coração atormentado começou a acelerar. Era tão estranho para ela se perceber ciente de cada movimento que ele fazia ao seu lado. A mastigação silenciosa, a destreza em segurar os talheres... E, de quebra, esse saltitar estranho que existia bem na boca de seu estômago, coisa que ela já havia atribuído a seu espírito adolescente rebelde. Sim, ela estava aprendendo a conviver com a presença constante desse espírito enxerido e inapropriado, que despertava nela sensações proibidas.

— Ah — falou Abby de forma despretensiosa, enquanto levava uma garfada à boca —, eu não vejo a hora de ter essa mesa rodeada por crianças... Bisnetinhos são algo que me faria muito feliz. Me pergunto se ainda estarei viva quando eles chegarem.

Matteo optou por ignorá-la e continuou comendo como se nada tivesse ouvido. Era especialista em lidar com as sapequices de sua avó. Anaya, por outro lado, engasgou enquanto bebia o último gole de água e, durante o tempo em que tossia, bateu a mão sem querer no copo que havia acabado de ficar vazio. O copo rolou pela mesa e, antes de tocar o chão e se estilhaçar em mil pedaços, Matteo o pegou — ainda no ar.

Tudo foi tão rápido que Anaya só sabia agradecer aos céus pela incapacidade de Matteo enxergar, pois, se ele pudesse, veria como ela o olhava, absolutamente perplexa. De onde veio o reflexo desse homem? Nem Anaya, no auge de sua melhor forma, juventude e boa visão, se via capaz de ser tão ágil assim.

— Obrigada — ela falou baixinho.

Matteo apenas devolveu o copo ao seu lugar e balançou a cabeça para a delegada em afirmativa.

Do que mais esse homem é capaz? Ela passou o restante do jantar com esse pensamento ecoando em sua mente. Algumas ideias meio toscas também lhe ocorreram, coisas como "se ela jogasse um copo em sua direção, propositalmente, será que ele também pegaria? Desviaria? Ou seria acertado em cheio?", " se, ao invés de copo, fosse um prato?" e "se ela estivesse andando no meio da rua e um carro viesse em sua direção, ele a salvaria?". Sim, sim, mil vezes sim.

Malditos pensamentos toscos.

Culpa do espírito adolescente rebelde, que parecia dar piruetas e, que, pelo visto, passou a responder em uníssono às perguntas que Anaya fazia para si mesma.

Hora de dormir, Anaya, você já deve estar delirando... Foram as horas de viagem de Minas até aqui, trancada em um carro abafado. Só pode ser isso.

Anaya levantou-se da mesa, levando seu prato até a pia. Na volta, agradeceu pelo delicioso jantar e seguiu seu rumo em direção ao quarto, seu quarto — provisório.

No caminho em que percorria, entre um degrau da escada e outro, ela se deu conta: foi a primeira vez em que jantaram juntos.

— Pietro — Anaya falou ao celular —, estou te encaminhando a foto que tirei do Nicolai, leve para um desenhista da polícia e peça que o envelheça cerca de quarenta anos. Também mostre a ele a imagem de perfil que temos através da gravação que captamos no fundo da casa das nossas testemunhas oculares. A estatura, o porte físico, podem influenciar positivamente no retrato falado que ele irá nos entregar.

— Considere feito — respondeu o detetive.

— Bisnetinhos? — Matteo falou. — É sério isso, vó?

A velha senhora começou a sorrir.

— O que é? Então, quer dizer que agora eu não tenho mais o direito de sonhar? Só porque estou velha? Eu quero muito ser chamada de Bisa, viu?

— A senhora vai assustá-la desse jeito.

— Oras, é claro que não! Ela é durona! — Abby falou. — E, além do mais... eu só quero o mesmo que você.

— E o que eu quero?

— Que ela fique — Vó Abby concluiu.

"Ficar". Exatamente o que ele tem evitado pensar ao longo dos últimos dois dias, e, talvez, por isso mesmo, é exatamente o bendito pensamento que não sai da sua cabeça.

Ficar.

Com ele.

42

Anaya estava encarando a foto de Nicolai em seu celular, aquela foto antiga, meio desbotada. Será que ele faria uma nova vítima antes de ela o pegar? Esse pensamento a estava assombrando. Foram tantos progressos, e nenhum se compara ao que tiveram nesses últimos dois dias, mas, não houve comemoração. Não houve captura. As palavras de Pietro ainda ressoavam em sua mente. "Como eles o capturariam?", "Como eles uniriam uma criança com uma história traumática a um assassino sem coração?" A mídia e a opinião popular iriam massacrá-los. E o grande emblema a essa altura do jogo se resumiria a um monte de como?

Ela ainda estava deixando alguma coisa passar. Mas, o que seria?

Anaya jamais descansaria enquanto não tivesse essas respostas, enquanto, não capturasse o Ceifador de Rosas. Ela devia isso às mães daquelas jovens, ela devia isso a Ana.

Então ela seguia cada migalha de rastro que recebia. Farejava cada centímetro. Repassava todos os detalhes noite após noite. Unia todas as peças que já tinha e, identificava o que faltava. Ela precisava encontrá-lo, mas, como? E onde?

Ela descobriria um caminho. Precisava descobrir.

Enquanto seguia deitada em sua cama, incapaz de dormir, com tanta morte rodeando seus pensamentos, a delegada ouviu uma música ecoar entre os corredores da casa. Era uma melodia tocada em notas de piano, profunda e triste. Cheia de sentimento e angústia. Ela se recordou que já havia escutado uma música parecida com essa, algumas noites atrás. Uma música que embalou seu sono.

Anaya levantou-se e foi procurar o lugar de onde ecoava a canção. Bastou que abrisse a porta de seu quarto para notar que o som ficava mais forte, mais próximo, mais íntimo. O som vinha do mesmo corredor. E ficava bem ao lado do estúdio de Matteo.

Novamente, a porta estava aberta. E, novamente, foi Matteo quem ela encontrou ali.

Se ela ficasse em silêncio, se ela não movesse um músculo sequer, será que ela poderia ficar e passar despercebida? Será que ela poderia ficar e ouvir?

Por que essas noites a atraíam para ele? Por que essas notas pareciam traduzir sua alma?

A música era tão bela... E tão triste.

Então Anaya ficou ali, petrificada, ouvindo até que a canção terminasse. E, quando acabou, virou-se e deu o primeiro passo para voltar ao seu quarto, ouvindo a voz de Matteo.

— Não vá — ele disse. — Por favor, fique.

O coração da delegada bateu disparado.

— Você sempre sabe quando estou por perto? — ela perguntou.

— Sempre.

Isso a fez sorrir.

Ela deu alguns passos para dentro do quarto.

— Como foram esses dois dias de investigação?

— Foram ótimos. Na verdade, eu, encontrei o passado dele.

— Do assassino?

— Sim...

— E você não pode falar sobre isso porque é confidencial? — ele falou com um leve sorriso de canto de boca.

— É... — a voz de Anaya estava cheia de sorriso.

Ela olhou ao redor, o que mais chamava atenção era a parede de vidro, assim como a que tinha em seu estúdio. O piano ficava em frente a ela. Era outra noite de céu azul e estrelado, onde a lua refletia sobre Matteo. A cama de casal, que ficava na outra extremidade do quarto, era imensa, cheia de edredons escuros. Embora tudo fosse belo, não havia muitos móveis ali. Era um espaço amplo e vazio.

Anaya encostou em uma parede próxima ao piano.

— O que estou fazendo aqui, Matteo?

— Você veio até aqui, delegada.

— Mas, por que me pediu para ficar?

— Para me fazer companhia...

Anaya suspirou.

— Por que estou aqui, de verdade, Matteo?

Matteo levantou-se e deu alguns passos em sua direção...

— A verdade? — ele a indagou com a voz baixa e rouca. — Você quer a verdade?

— Sim — ela ressoou, sentindo-se enfraquecida com a aproximação.

— A verdade é que, desde que te conheci, vivo envolto por uma espécie de nó. Nó em meu estômago. Nó na minha mente. Nó em meu coração. Nó até na minha respiração. — Ele chegou um pouco mais perto, quase tocando seus lábios... Quase. — Você entende como tem dificultado as coisas para mim, delegada?

— Você não compreende... — ela sussurrou ainda presa entre seus braços, encostada na parede fria. Totalmente refém de seu calor e seu toque. Sua voz nada mais era que um miado de angústia. Seus olhos estavam marejados. Ela o que queria, queria muito... desesperadamente. Mas, ela não podia! Não podia!

E, quanto mais próximo, Matteo chegava, tão próximo quanto estava agora, prendendo-a contra a parede, pressionando o corpo contra o dela, quase beijando seus lábios... Seu coração era partido.

Por mais que lutasse, os sentimentos estavam surgindo e ela não era mais capaz de contê-los. Ela... ela estava se apaixonando, lentamente se apaixonando e agora percebia isso. Mas jamais poderia tê-lo. Suas dores eram profundas demais para que o tivesse. Para que arriscasse.

— Por quê? Fala para mim, Anaya. — A voz de Matteo, tão rouca, era uma carícia em sua pele. Penetrava seu coração. Essa era a primeira vez que ele a chamava pelo seu nome.

E ouvi-lo clamar por ela, assim, perturbou sua alma. Seu nome havia se transformado em música e súplica nos lábios desse homem. Música triste e lenta. Súplica profunda e suave. Era aquele tipo de música composta para todos os que choram.

Música que Matteo tocava.

— Você, você, não entenderia que eu... eu sou uma mulher de pele escura, que caminha em um mundo escuro... — Essa frase incompleta carregava tanta agonia. Nessa frase estavam contidas as dores que se iniciaram tantos anos antes, ainda em sua infância, quando ela se apaixonou pela primeira vez, e entendeu de um jeito tão cruel que alguém como ela não poderia amar alguém como ele. Matteo era como ele, como Bruno, e ela ainda era ela.

E, ainda mais tarde, quando ela começou a mergulhar em tudo de pior que existe na humanidade, descobriu que esse pior também morava dentro de si. Tudo pesado demais, intenso demais. Insuportável demais.

Sem que se desse conta, seus olhos já estavam jorrando algumas lágrimas... e não apenas seu corpo, mas até sua voz tremia.

Porém, Matteo não deixou que ela continuasse.

— Então... — ele falou enquanto passava o dorso de seu rosto pela curva exposta do pescoço da delegada. A ponta de seu nariz acariciava e provocava sua pele. Matteo inalou seu cheiro, sentiu seu perfume. O coração do homem batia disparado. Ele ansiava por essa mulher mais que tudo, e a faria entender isso. — Se o problema que temos aqui é escuridão... Você é perfeita para mim, pois escuridão é tudo o que conheço.

Ele colou seus lábios nos de Anaya e, enfim, beijou sua boca. As defesas da delegada cederam com esse beijo. Ela prendeu suas mãos na nuca de Matteo, sentiu a maciez de seus cabelos. Enquanto intensificava o beijo, ele lhe segurou a cintura, colando-a nele. E a delegada não recuou, nem por um segundo sequer. A verdade é que o gosto de seus lábios era muito mais saborosos do que ela havia imaginado. E o toque de sua língua era muito mais suave... suave e quente. Quente e necessitada. Necessitada e sedenta. Sedenta e, cheia de carinho, de cumplicidade e de afeto. Cheia de amor.

A intensidade desse beijo desanuviou todos os seus pensamentos. Era como um dia de sol espantando nuvens cinzas. E, ela sabia que ele poderia ter trazido alívio em todas as suas dores. Poderia, se essas dores não tivessem perfurado sua alma, delimitado seus limites, destroçado seus valores, e, corrompido a inocência que um dia ela já possuíra.

Desde o dia em que nasceu, Anaya sabia que vinha recebendo duros golpes para quebrar essas coisas bonitas que chegam ao mundo com a gente. Parece que, quando nascemos, estamos tão cheios de esperança, de perdão. Cheios de inocência, de alegria, de pureza e de amor. Olhamos para a vida com um olhar tão bonito, que é quase intrínseco a quem somos.

Mas, vamos crescendo e, golpes e mais golpes quebram tudo. Quebram a gente.

E aí, chega um dia em que você também golpeia. Sem dó. Sem piedade.

— Você não pode me querer, Matteo — ela sussurrou com as lágrimas ainda correndo em seu rosto. Sussurrou com os lábios ainda encostados nos dele. — Você não pode me querer...

— Eu posso! E eu a quero. Eu a desejo, eu a anseio...

A cada frase, Matteo brotava um novo beijo em partes diferentes do seu rosto. Seus lábios, seu queixo, seus olhos... seu pescoço. O gosto dessa mulher o embriagava.

— Não — a delegada respondeu cheia de dificuldade, tentando retornar do paraíso para onde essa enxurrada de carícias a levava. — Não. Você. Não. Me. Quer. — Ela o empurrou. Bateu em seu peito. Mas ele não moveu um músculo sequer para longe dela. Continuou mantendo-a no lugar onde, a partir de agora, ela jamais deveria sair: entre seus braços. — Você não pode ansiar por alguém feito eu...

— Anaya — Matteo falou afastando alguns centímetros seu rosto, para que a delegada pudesse olhá-lo enquanto proferia as palavras que seguiria —, eu estou me apaixonando por você...

As palavras a acertaram em cheio.

Como é possível que, da colisão de dois mundos completamente opostos, possa surgir a paixão?

Um dia, você está caminhando, esbarra em um olhar e, naquele instante, sua vida é capturada para sempre.

Não existem explicações racionais que justifiquem o instante em que duas almas se reconhecem.

Talvez, eles não fossem tão opostos assim.

Talvez, fossem feitos um par de ímãs — duas forças que, mesmo através do tempo, estavam sempre se atraindo, lutando para que se encontrassem, se unissem. *Talvez...*

Mas agora que estavam dentro do mesmo campo magnético, Anaya não sabia como lidar com isso.

43

Anaya agachou-se e encolheu-se no chão.

Quando foi que ela esteve tão vulnerável assim em toda a sua vida? Com todos os sentimentos tão expostos? Com seus olhos tão vermelhos e seu semblante esboçando exatamente tudo que ela sentia? Toda dor, toda angústia, todo desejo, toda paixão, todo desespero e, toda culpa.

Havia tantos anos, quando ela ainda fazia orações sinceras no banheiro da escola e também no seu quarto. Uma vida havia se passado desde então.

Matteo abaixou-se e sentou ao lado dela. Ele percebia sua agonia, a respiração atordoada, o choro silencioso, a maneira como ela lutava contra monstros que eram reais dentro dela.

Por isso, ele não a deixaria. Nem por um instante sequer.

— Você não pode me querer porque não me conhece. E, você não sabe o que fiz… não sabe o quão desprezível eu realmente sou. Quanta culpa carrego... Você não pode se apaixonar por mim, Matteo. Não pode! — Enquanto proferia essas palavras, a delegada pensava em que tudo que ela sabia lidar era com a rejeição. Na infância, ela se escondia, mas conforme cresceu, se tornou mais fria, mais dura. Se tornou a melhor para ser indispensável para ser engolida. Ela aprendeu a desprezar ainda mais todos os que a desprezavam. Mas, o que ela não esperava era que fosse receber carinho, beijos, paixão. E como lidar com isso? — Coisas ruins acontecem com aqueles que ousam de alguma forma me amar. Você não sabe o que aconteceu com Iolanda e com Benício, seu filhinho... — Anaya desabou a chorar com mais intensidade. — Por minha causa, eles estão mortos.

Anaya recordava daquela noite. A noite em que evitava pensar. A noite que começou a atormentar seus sonhos. E a noite que mostrou para ela quem ela realmente é.

Já se passaram tantos anos... Ela jamais se perdoará e jamais esquecerá.

— Nós já fomos amigas, éramos como irmãs. E, eu realmente a amava. A amava tanto... Um dia, ela se apaixonou. O começo foi lindo, até que... deixou de ser. Quando as agressões começaram, era eu quem cuidava das feridas dela. Ela me ligava e eu ia desesperada até a casa dela, para socorrê-la, todas as vezes. Mas, um dia, no ímpeto de salvá-la, acabei sendo agredida também. Só que mesmo assim, Iolanda sempre voltava... Não importa o que acontecesse, ela voltava. — A mente de Anaya estava distante, levando-a de volta para aqueles anos. Enquanto falava, inconscientemente a delegada se abraçava, tentando se consolar. — Quando engravidou, Iolanda acreditava que tudo aquilo iria parar, e até parou por um tempo... mas foi só por um tempo. As agressões foram escalonando... — Existia tanta angústia na voz dela, tanta aflição. Mas ela não poderia parar agora, ela não conseguia. — E nossa amizade foi ruindo... Por conta de tudo que ela aceitava, nós brigávamos muito. Um dia, tomei a iniciativa e eu mesma denunciei as agressões e o maldito acabou sendo detido. Quando Iolanda ficou sabendo, ficou revoltada. A minha amiga, aquela que eu tanto amava, que era para mim feita uma irmã, me humilhou. Disse que eu queria destruir a família dela e que eu não suportava vê-la feliz. Então ela depôs contra mim. E ele foi solto poucas horas após ser preso. — Anaya deu um longo suspiro — Eu fiquei com tanta raiva, mas tanta raiva. Aquelas palavras quebraram coisas dentro de mim. Me considerei uma idiota por estar me afundando naquela lama com ela... Eu, eu não precisava passar por aquilo, entende?! Eu sentia que realmente estava sendo destruída junto dela. Só que naquele instante, não era mais junto dela, era por ela. Iolanda também estava me destruindo. E no fim, eu me convenci daquilo que tanto ouvia as pessoas falarem "ela gostava de apanhar". — Anaya fez uma pausa, mas até a respiração dela tremia. — Naquela mesma noite, ela me ligou de madrugada, mas eu não atendi. Decidi que não a atenderia nunca mais… Só que naquela noite, ela foi assassinada, ela e o seu filhinho de quatro anos. E, se eu tivesse atendido aquela ligação... Se eu não tivesse deixado meu ego falar tão alto, eles estariam vivos.

— Ou você estaria morta.

Anaya virou-se para Matteo.

— Eu teria matado o desgraçado se tivesse tido a oportunidade. E, eu quase o fiz. Quase. Mas, não matei. Porém, através disso, eu também descobri do que realmente sou capaz de fazer: nas circunstâncias certas, eu sou capaz de tirar a vida de alguém, sem sofrer por isso. Essa é a pessoa que eu sou, Matteo. Não se engane. Eu não sou uma flor delicada pronta a ser colhida. — A delegada voltou a olhar para o chão. Só que sua voz estava mais endurecida. — Foi naquele dia que decidi que entraria para a polícia. Mas, de lá até aqui, eu já vivi essa mesma história tantas vezes, com outros rostos e com outros nomes. E, eu vi coisas ainda piores… Então, acredite em mim quando eu digo que você não pode desejar alguém assim. Você não pode querer alguém como eu. Eu não sou uma princesa encantada esperando ser salva por um cavaleiro de armadura brilhante. — Enquanto falava, a delegada endurecia ainda mais. — Na vida, eu sou a arma enviada para os lugares mais terríveis e impensáveis. E, eu não sou enviada porque sou boazinha, Matteo, sou enviada porque sou dura, sou letal e sou terrível. Existe uma razão para que eu seja boa no que faço… Eu reconheço essas sombras porque, talvez, elas também façam parte de mim. — Admitir isso partiu um pouco mais do que sobrava do coração de Anaya, mas era exatamente o que ela pensava a respeito de si mesma, que sim, ela não era tão diferente deles, e é por isso que ela entendia o modo como eles agiam tão bem. Todos esses assassinos. Todos esses malfeitores. A junção de tudo que existe de ruim. — Você não pode se apaixonar por mim... E você não pode me redimir.

— Eu sei o que está tentando fazer, delegada... Está tentando me manter longe outra vez. Acha que vai me assustar? Acha que com isso você pode me fazer não te querer? Não te desejar? Se for esse o caso, desista, Anaya. Será que não percebe que já é tarde demais para isso? Eu já sou seu.

— Você é louco! Só pode! Estou te dizendo quem eu sou... e você... você...

— Você não é como eles, Anaya. — A voz de Matteo seguia calma e firme. — Você não é, porque poderia ter matado aquele maldito homem, eu sei que poderia, mas não matou. E você poderia ter escolhido ser qualquer outra coisa, mas você encontrou, em meio a tanta dor e desespero, um motivo para lutar pela justiça. E para levar esperança. Você não vê que é exatamente isso o que você faz? — Matteo soltou um suspiro — Tenha um olhar melhor sobre si mesma, delegada. Se veja através dos meus sentidos, pois, eu te sinto. Eu sei exatamente a mulher que você é. E sim, eu estou completamente apaixonado. E sim, eu estou desesperado por você...

— Não diga isso, por favor, não diga isso.

Matteo recusava-se a parar.

Recusava-se a continuar vivendo com tamanha agonia. E, mais que isso, recusava-se a continuar aceitando ser rejeitado por ela. O que seria necessário para essa mulher ceder?

— E, eu não preciso que você me diga, porque eu sei que você também está apaixonada por mim, mesmo que você não esteja pronta para admitir. Seu corpo, sua respiração e todas as suas reações gritam isso. Eu sei que você me quer, delegada. Mas, você é covarde demais para aceitar isso. É covarde para mergulhar junto comigo, e ir fundo. Você é covarde demais para ficar.

Como ele ousa? O ódio apoderou-se dela outra vez. Seus olhos flamejavam.

Que petulante! Como ele consegue fazer isso? Como ele é capaz? Chamá-la assim, de covarde? Depois de ela ter lhe contado tudo isso?

Ela não é covarde. Anaya levantou-se de forma brusca, completamente enraivecida, pronta para ir embora.

— Covarde! — Matteo também se levantou. — Eu sei que você não quer ir, então não vá. Fique. — A voz do homem despedaçou-a pela forma com que se tornou branda e rendida, estilhaçada. — Por favor, fique...

Anaya paralisou.

Matteo se aproximou dela e segurou suas mãos. Assim como fez naquela noite.

— Eu aceito tudo sobre você, eu aceito seu passado, seu presente e seu futuro. Eu aceito suas dores, seus fracassos e seus triunfos. Todos os seus erros e também seus acertos. Eu aceito até mesmo que você se vá mesmo sabendo que isso irá me destruir por inteiro. Entretanto, por favor, eu te peço, me aceite... Aceite chorar em meus braços, aceite meu consolo. Aceite minha companhia. Me aceite... Aceite que você pode partilhar sua vida comigo, e pode me entregar seu coração, mesmo que seja aos poucos se assim você preferir. — Matteo chegou ainda mais perto, buscando a proximidade que tanto ansiava — Aceite meu toque, meus beijos e meu desejo. Por favor, me aceite... Não sou mais capaz de fingir para mim mesmo que não te quero. Que não preciso de ti. E que não enlouqueço todas as vezes que penso na possibilidade de não sentir seu cheiro inundando esses corredores. Fique... Fique. Eu te peço, fique.

Anaya virou para ele. Com os olhos banhados em lágrimas. Sim, ela era mesmo uma covarde. Porque se apaixonar por alguém que a via por inteiro e não se assustava, requer coragem. Mas, é tão difícil receber essas carícias, provar de êxtase, paixão e alegria conhecendo tudo o que ela conhece. Vendo tudo o que ela já viu.

Mas, Matteo era único. E, Abby também. E a quem estava querendo enganar? Era óbvio que ela estava enlouquecida por esse homem desde o instante em que o vira pela primeira vez, e o fato de esse par de olhos claros a atormentarem tanto não significava outra coisa senão o fato de ela estar apaixonada. Dia a dia, sem perceber, Anaya foi lentamente se apaixonando... Estava presa em sua teia. E o fato é que ela não queria apenas seu toque e seus carinhos, ela via nele a força de um homem que era capaz de suportar todas as entranhas que havia em sua alma e não ceder. E ela queria tanto partilhar... tudo.

— Eu quero ficar — ela, por fim, disse, cedendo a seu próprio coração. — Mas, eu só não sei como.

Matteo soltou todo o ar que prendia. Quanto alívio sentia. Era como se ele segurasse nesse último suspiro toda a vida que possuía e, toda a sua existência, dependesse apenas dessa resposta, desse momento.

— Permaneça. Apenas continue permanecendo. Hoje, amanhã e depois. Só, permaneça. Volte para mim, volte para cá. Não importa como esteja, o quão difícil o dia tenha sido, apenas volte... E, para todas as outras coisas, eu te garanto, nós podemos dar um jeito.

Ela poderia fazer isso. Voltar... ela poderia voltar.

E, permanecer.

"Nós".

Juntos. No plural. Anaya deu-se conta de que, agora, ela não viveria mais sua vida no singular. Não importa o que isso significasse. Eles dariam um jeito. Matteo prometeu isso a ela, e ela acreditou com todo o seu coração e toda a sua alma.

E, no futuro, quando tudo isso acabasse e o assassino fosse preso, quem sabe eles até poderiam ser uma pequena e feliz família: ela, Matteo, Vó Abby e Teobaldo.

44

Matteo sustentou Anaya em seus braços e a levou até a cama dele. Deitou-a sobre os lençóis com o mesmo cuidado que um pai deitaria sua criança pequena já adormecida.

— Eu posso dormir no meu quarto, está tudo bem — ela resmungou.

— Eu prefiro que você durma aqui, delegada. Só para me certificar de que você não vai acordar no meio da noite, mudar de ideia e sair correndo.

Anaya começou a rir.

— Você sabe que isso não é nada profissional. E que você ainda é minha principal testemunha ocular... — ela disse, sentada na cama.

— Então, podemos concluir que você está aqui cuidando da minha segurança. — Matteo se aproximou dela, beijou o topo de sua cabeça. — Agora, durma, delegada. Você tem um assassino para capturar. E, eu estou realmente ansioso por isso, pois preciso de livre acesso aos seus lábios...

Anaya não conseguia evitar sorrir, mas pior que seu sorriso, era o calafrio que suas palavras lhe causavam... Ela temia olhar no espelho e ver a sua própria expressão, certamente seria similar àquelas que, ela mesma, achava um tanto quanto ridícula: boba e apaixonada, olhos brilhando tanto quanto estrelas. Mas, ela não conseguia evitar.

Ali, deitada naquela cama, ela percebeu algo importante a respeito de si mesma: havia esquecido de como é se sentir cuidada, protegida. Sempre fora ela quem desempenhou esse papel na vida das pessoas, sua profissão lhe incumbia isso. Mas, nesses últimos dias, ela teve uma jovem senhora, cheia de gentileza, levando comida para ela. Comida de verdade, comida caseira. Sempre sorrindo quando a via chegar, e a chamando de querida. E, ela realmente estava começando a se sentir querida. E, agora, Matteo. Levando-a até sua cama em seus braços, se preocupando com seu sono. Suportando toda a sua honestidade, e suas dores. Oferecendo-lhe sorrisos e afagos.

Como ela pôde ter esquecido de como é bom?

— Matteo... — ela o chamou.

— Sim...

Anaya pretendia perguntar a ele se, ele estava apaixonado por ela mesmo. Ela queria ouvir novamente essas palavras, mas, no meio do caminho, ainda se adaptando a essa nova e bela realidade que seria sua vida, e ensinando sua mente a aceitar e também a ceder, ela optou por mudar o rumo da pergunta e trazer à tona outra necessidade do seu coração. Teobaldo.

— Será que, amanhã, eu posso trazer meu gato para cá? Tenho passado pouco tempo com ele e gostaria mesmo de tê-lo por perto.

— É claro... — Matteo a cobriu e acariciou seu rosto. Ah, como ele havia ansiado por acariciá-la assim. — Agora, durma.

O rosto de Matteo chegou mais perto, ele inalou profundamente o cheiro da mulher que o embriagava... Pensou momentaneamente em todas as coisas que gostaria de fazer com ela ali, naquela cama, até que amanhecesse. Mas, como ela falava mesmo? "Testemunha ocular": ele era sua testemunha ocular. Seu depoimento jamais seria aceito se ele se deitasse com ela essa noite, ou qualquer outra enquanto esse caso não fosse resolvido. E, sendo descoberto, Anaya poderia até mesmo ser afastada do caso... Ele não poderia deixar que tudo fosse posto a perder. Então, se contentaria em saber que ela adormeceria ali, em sua cama, e ele seria embalado por seu perfume, e pelo som calmo da sua respiração.

— Delegada — Matteo falou chegando mais perto, roçando a ponta do nariz na curva do seu pescoço —, você me prenderia se eu a beijasse só mais uma vez?

Anaya entrelaçou seus dedos nos cabelos loiros e macios que ele possuía, e beijou-o com total avidez e devoção. Sentiu um choque pelo corpo, causado pelo toque das línguas, e se deliciou com o gosto do beijo. O homem devorou todos os seus suspiros, e quando o encontro dos lábios foi ficando mais suave e pacífico, ele beijou-a outra e outra vez, até que estivesse insuportável continuar por não poder ir além... Só então, com os lábios ainda juntos, Anaya sussurrou aquelas doces palavras que nunca havia sussurrado para alguém, pois suas noites sempre eram solitárias.

— Boa noite, Matteo. — Ela sorriu.

— Boa noite, delegada. — Ele encostou seus lábios uma última vez nos dela, e então caminhou até o piano, disposto a tocar uma coletânea que a fizesse dormir.

— Que saudades que eu estava de você, Teobaldo — Anaya falou enquanto acariciava seu gato, que agora, além de um distintivo, também vestia um moletom branco, com touca e tudo.

— Você tem mesmo que levar ele? — exclamou Cindy.

— Não se preocupe, vou trazê-lo à delegacia com frequência para trabalhar comigo, aliás, conosco. — Anaya deu uma piscadinha para ela enquanto sorria.

— Você precisa ver os outros looks que ela comprou para o Delegado Adjunto — falou Pietro, entrando na sala.

— Ah, não exagera, foram só alguns — retrucou Cindy, entre risos.

Após uma troca de olhares e uma certa cumplicidade de sorrisos que não passou despercebida por Anaya, Pietro se virou para a delegada.

— Aproveitando que está aqui, tenho um assunto que preciso falar com você referente à investigação.

— Vamos até minha sala — a delegada respondeu acariciando Teobaldo em seus braços.

Assim que cruzaram a porta, Pietro entregou a ela meia dúzia de retratos falados que foram elaborados a partir da única foto que ela tinha de Nicolai na infância.

— Eles não são muito precisos; muitos traços importantes do rosto do garoto estavam manchados, a foto é realmente de uma qualidade muito baixa. Foi o melhor que conseguimos.

— Isso aqui está muito bom, Pietro — Anaya falou enquanto olhava atentamente foto por foto. — Confesso que a agilidade com que você as conseguiu me impressionou.

— Cobrei alguns favores para agilizar o processo. Precisava me redimir com você... — o detetive falou.

— Esquece isso, está tudo bem. — Anaya deu uma breve pausa. — Mas, pensando bem, se for para conseguir continuar antecipando os processos assim, pode se sentir culpado pelo resto da vida, ou, ao menos, até terminar esse caso.

Pietro começou a rir.

— Obrigado, Anaya.

— Pelo quê?

— Além de uma excelente delegada, por ser uma boa amiga...

Pega de surpresa pelas palavras e ainda aprendendo a lidar com isso, Anaya apenas as aceitou com o coração grato e um sorriso gentil.

— Mas, agora, o que faremos com isso? — ele perguntou.

— Você falou para alguém sobre Nicolai ou esses retratos falados?

— Ainda não.

— Ótimo. Por ora, quero manter isso entre nós. Essas fotos não podem vazar para a mídia de jeito nenhum. Se isso acontecer, pode alertar o Ceifador de que estamos chegando perto e ele pode sumir com tudo. O elemento surpresa é crucial para coletarmos o máximo de provas possíveis e fortalecer nossa rede de custódia.

— Concordo. Mas, se não pudermos divulgá-las, como vamos usá-las então?

— Preciso que você vá até as pessoas mais próximas de cada vítima: parentes, vizinhos, amigos, enfim... Verifique se eles conhecem ou se já viram alguém parecido com um desses retratos falados. Por enquanto, mantenha o nome do nosso suspeito em confidencialidade. E, se certifique de que nenhuma das pessoas com quem você vai falar diga algo sobre isso para a mídia.

— Ok. Farei isso.

— Mantenha-me informada.

Eles estavam chegando a algum lugar, e Anaya estava feliz por isso.

A delegada nunca havia considerado que, permitir que algumas pessoas acessassem seu coração, não a enfraqueceriam, mas a tornariam ainda mais forte. Pois era assim que ela se sentia. Fortalecida. E capaz.

45

Na semana seguinte, um novo ritual se formou: eles fizeram todas as refeições juntos, na mesa.

Café da manhã, almoço, café da tarde e jantar. Anaya até mesmo passou a ajudar Abby a fazer bolos, biscoitos e pães de queijo. E, para a surpresa de todos, incluindo a dela mesma, a delegada passou a tomar chá além de café.

Teobaldo sentia-se em casa, e a delegada precisava admitir, já fazia muitos dias desde o instante em que ela havia parado de pensar naquela casa como um complexo e sim como um lar. E, o mais notável, foi perceber que, ao invés de assustá-la, essa verdade havia se tornado um afago para seu coração. Tudo aquilo que ela mais precisava e não sabia.

A cada novo dia e a cada entardecer... Ali, entre aquelas poucas pessoas, Anaya descobria uma nova razão pelo qual valia a pena lutar. Um lugar de descanso. Um abrigo.

Vó Abby perguntava-se por que não havia tido um gato antes, pois fazia todo o sentido que jovens senhoras, como ela, tenham gatos. Ainda mais gatos que sejam delegados adjuntos, e que, ao fim de toda tarde, sentam-se ao seu lado no sofá para assistir novela mexicana, enquanto recebem carinho. Ah! Teobaldo era apaixonante. Eles formavam uma dupla e tanto. E aqueles pelos longos, escorridos e alaranjados... Aquele temperamento desafiador que Abby tanto amava. E, os acessórios! Como Abby amava os acessórios! No dia em que ela viu o gato de óculos escuros, com aquela pose de malandro, decidiu que precisava comprar uma jaqueta de couro para sair por aí, combinando com ele e, quem sabe, até mesmo ficar ruiva. Essa era uma ideia que ela amadureceria mais tarde, ou não. Mas o fato é que Abgail estava muito feliz.

Anaya também passou a compreender o porquê de Abby sempre insistir que Matteo a protegeria. Certa manhã, ela o viu treinando com seu Sensei e, precisava admitir, era absolutamente impressionante. Tão impressionante que, mesmo enquanto ela o espiava pela janela da cozinha, bebendo um copo de limonada, sentia sua garganta completamente seca. A cena até mesmo havia paralisado seu espírito adolescente rebelde que parecia estar devorando um balde de pipoca enquanto assistia, sem piscar, todos os movimentos ágeis daquele homem. O trincado em seu abdômen, o suor em seu corpo, o cabelo molhado...

A delegada só saiu do transe quando notou um sorriso de canto de rosto surgindo em Matteo.

Raios, ele sabia que ela estava ali. Mas, o pior, foi quando virou de costas para sair da cozinha e se deparou com Abgail olhando para ela, sorrindo.

— Éh, eu vim beber um copo de suco... — Anaya falou sem jeito, enquanto passava pela velhota quase correndo em direção ao seu quarto.

Mas, com toda certeza, uma das coisas que ela mais gostava era das conversas que passou a ter com Matteo e da sua constante presença. Quanto mais ela se permitia, mais percebia que era fácil demais gostar dele. Tão fácil se apaixonar... E, por mais que ainda existisse aquele acordo de sem contato íntimo enquanto a investigação estivesse em andamento, também existia um pacto silencioso que lhes garantia a certeza de que, quando tudo isso passasse, eles ainda permaneceriam. Essa era a promessa que servia de acalento para ambos os corações.

Por mais que tentasse evitar, constantemente Anaya se pegava revivendo aqueles beijos e imaginando por quanto tempo eles não aconteceriam. Esse pensamento retorcia a boca de seu estômago e seu coração.

Ela chegava a imaginar como suportaria, pois esse homem parecia estar alcançando os lugares de necessidade em sua vida: comer, dormir... Matteo.

Zero Intimidade. Seja profissional. Não comprometa a investigação. Por isso, ela concentrava-se nas conversas. Era tudo o que eles poderiam oferecer mutuamente. Mas, o que pode ser mais íntimo do que despir sua alma e todos os seus pensamentos para alguém? Pois, era exatamente isso o que acontecia. Noite após noite, manhã após manhã.

Matteo era sempre franco e direto em suas palavras. E isso a fascinava, assim como tudo a respeito dele, ou talvez, um pouco mais. Sendo quem é — uma delegada — Anaya era uma mulher treinada a farejar mentiras, encontrar inconstâncias. Era acostumada a receber todos os tipos de inverdades e, ela entendia que isso fazia parte do jogo. Todo mundo quer se proteger. Todo mundo, mas não Matteo. Ele parecia pronto a pular de um avião com ela sem checar o paraquedas.

Houve uma manhã em especial, cerca de quatro dias após terem trocado aquelas carícias, enquanto Anaya observava as mãos habilidosas de Matteo trabalharem em suas esculturas, e notando a destreza com que o homem se movia, que uma pergunta lhe veio à mente: será que existia algo de que ele sentia falta por não enxergar?

Matteo cessou seus movimentos enquanto refletia sobre isso. — Acho que não há como sentir falta do que nunca se teve... — ele falou —, mas há algo que eu gostaria de compreender e nunca compreendi.

— O que seria?

— As cores.

Ele sabia que elas eram diferentes entre si, como todas as coisas são, mas, ele sempre desejou saber como, e, as pessoas nunca souberam explicar. Se ele perguntava como era o cinza, elas diziam ser mais claro que o preto. E o vermelho, mais forte que o rosa, e mais fraco que o vinho. Mas, usar cores para explicar cores não funcionava para alguém que nunca as viu. Então, ele deixou de perguntar, e se contentou em nunca saber.

Era algo tão simples e, simultaneamente, tão complexo. Anaya nunca havia pensado sobre isso até aquela manhã. Cores eram só cores. Ninguém realmente ficava refletindo sobre elas e sobre como eram importantes, mas, elas eram. Elas são. E, foi nessa mesma manhã em que ela decidiu que um dia daria isso para Matteo. Só não sabia como.

— Nada, Pietro? — questionou a delegada.

— Nada.

— Como assim? Ninguém reconheceu o retrato falado?

— Não. Falei com todas as pessoas que faziam parte da rotina das quatro vítimas. E ninguém, absolutamente ninguém, reconheceu o retrato falado. Não existe uma alma viva ligada a esse caso, direta ou indiretamente, que eu não tenha mostrado essas imagens e, nada — O detetive respondeu do outro lado do celular, desanimado com a pista que estava esfriando.

— E o motorista de ônibus?

— Ele disse que não tinha como confirmar se o homem que ele viu no dia se parecia com esse do retrato falado, pois, como ele usava boné e andava com o rosto encurvado para baixo, ele não pôde ver os detalhes de seu rosto.

"Ah, que droga!", Anaya pensou enquanto soltava um longo suspiro.

— E os documentos de Nicolai? Alguma coisa?

— Ainda nada. Tenho revirado os cartórios de São Paulo, mas, até o momento, nada.

— Ok, Pietro, qualquer novidade, mantenha-me informada.

Anaya desligou o celular, tomada pelo desânimo.

Eles não podiam perder esse rastro. Não podiam! Mas estavam perdendo.

A delegada sentou na ponta da cama e ficou encarando o quadro de evidências que havia montado em seu quarto... Eles estavam tão perto e, ao mesmo tempo, tão longe.

Quem era o Ceifador de Rosas?

Ainda era Nicolai? Ou ele mudou de nome e também de identidade?

Onde se escondia? À vista de todos?

Como ela o acharia?

O relógio continuava a correr e, agora, só faltavam 15 dias até que outra jovem fosse deixada estirada no chão de alguma casa vazia, outra vez...

Espera, é isso.

Como ela não havia pensado nisso ainda? *"Casa"*.

Anaya pegou o celular e digitou uma mensagem para o detetive:

"Pietro, ainda existe mais uma pessoa que precisa ver o retrato falado. Me pegue dentro de 1 hora."

46

Todas as casas onde as meninas foram deixadas não possuíam moradores. Todas, exceto uma: a primeira.

Uma família que, ano após ano, sai de férias no mesmo período. Mas, a grande questão aqui é: como o Ceifador sabia? Se o instinto da delegada estivesse apontando na direção certa, ele deveria ter alguma ligação com essa família. E, se tivesse, ela descobriria.

O sol de fim de tarde estava quase se pondo quando o detetive estacionou seu carro em frente ao lugar onde tudo havia começado. Não lhe escapou o pensamento de que, ultimamente, era como se eles estivessem trilhando um caminho que os conduziam de volta aos princípios.

O que esses inícios tinham para lhes dizer?

Será que, a partir deles, um caminho novo surgiria?

O detetive clamava em pensamentos para que sim. Um caminho que os levasse para fora disso, desse terror que se instaurou na cidade.

Tanto as praças quanto os parques públicos já não tinham mais crianças brincando, nem jovens caminhando. Nem pessoas correndo com seus animais. A cidade estava estranhamente quieta, estranhamente silenciosa.

Era como se o medo tivesse instaurado um novo tipo de lei.

Anaya passava tanto tempo trancafiada em sua delegacia, que, agora, cuidando da segurança das testemunhas oculares, não percebia. Ela não via como a vida já fora exuberante e colorida, cheia de gente, cheia de risos. E, agora, tudo era um monte de vazio. Ninguém saía, ninguém sorria, ninguém nem se cumprimentava.

São Paulo havia ficado um pouco mais cinza.

Era isso que o Ceifador fazia. Ele tomava a vida. Não só de belas e jovens mulheres, mas, de certa forma, ele sugava tudo de bom que existia nos lugares. E, Pietro não suportava mais assistir a isso. Talvez, esse fosse um dos motivos pelos quais o detetive mantinha seus olhos fixados em Cindy. Ela brilhava. Era como se ela fosse um monte de purpurina rosa se movendo no meio daquela delegacia preto e branco. Ela irradiava sua própria fonte de luz em um mundo apagado. E, por isso, Pietro não resistia a demorar o olhar nela.

Ela o enchia de esperança. Lembrava-se de como a vida poderia ser boa, realmente boa.

Enquanto Anaya batia à porta, lembrava-se da primeira vez em que estivera ali. Da noite chuvosa, da lareira quente, de Anabele exposta no chão. Da primeira vez em que se deparou com aquela rosa. A Rosa da Noite.

— Pois não? — Um garotinho abriu a porta.

— Oi... Sou a delegada Akello — Anaya começou —, e você é o Hélio, certo?

— Isso — ele confirmou. — Como você sabe?

— Ora, é porque policiais sabem de tudo — Anaya respondeu dando uma piscadinha seguida de um sorriso. — Seus pais estão em casa?

— Só a minha mãe.

— Você pode chamar ela, por favor?

— Oh, mãããeeeeee — o menininho gritou —, a polícia está aqui.

Vitória surgiu da cozinha, usando um vestido azul e um avental sujo de farinha de trigo. Ela sorriu enquanto ajeitava o coque no alto da cabeça.

Ela era exatamente como na foto que Anaya vira, só que um pouco mais adorável. Vitória era seu completo oposto. Embora ambas as mulheres tivessem idades similares, enquanto Anaya havia dedicado sua vida ao trabalho, Vitória dedicara a dela à família.

— Por favor, entrem — ela disse à delegada. — Posso ajudar?

— Na verdade, gostaríamos de prestar mais alguns esclarecimentos sobre a noite em que a casa da senhora foi invadida.

— Achei que já tínhamos dado todos os esclarecimentos necessários à polícia.

— Gostaríamos de checar uma nova pista — a delegada falou.

— Entendi… — Vitória falou enquanto sentava no sofá. — Delegada, posso fazer uma pergunta?

— Claro.

— A minha família está em perigo?

Anaya viu o quão assustada Vitória estava, por mais que tentasse disfarçar. Quantos sentimentos turbulentos existiam por trás daquela face de doçura e calmaria?

— Até o momento, não constatamos nada que indique perigo à vida da senhora ou de sua família.

Vitória soltou a respiração que estava prendendo.

— Desculpe, é só que, desde que aconteceu tudo isso, estamos tentando viver com normalidade, mas, tem sido difícil. Tem somente um mês desde que voltamos para nossa casa, estávamos na casa dos meus pais… — Ela suspirou. — Mandamos trocar todas as fechaduras, colocamos alarme de segurança na nossa casa e também câmeras. Mas, mesmo assim, ainda não consigo dormir direito. Parece que ele vai voltar e... — Vitória começou a chorar. — Desculpe. Desculpe… É que saber que esse homem que não sai dos jornais, que fez essas barbaridades, assassinou essas moças, esteve aqui, na minha casa... E, ele deixou uma menina morta, aqui… Não tem sido fácil.

A voz de Vitória estava embargada.

— Eu compreendo — a delegada respondeu. — E, é sobre isso que preciso falar com você.

Anaya levantou-se e decidiu que a melhor opção seria ser direta. Arrancar a casquinha do machucado de uma só vez.

— Vitória, desde que os ataques iniciaram, o elemento que perseguimos apresenta um modus operandi muito específico... Como é de conhecimento público, ele descarta suas vítimas em casas desocupadas, mas a sua casa é a única que tinha moradores. E a minha pergunta é, como ele sabia que vocês não estavam em casa?

— O... o que... que você quer dizer com isso? — Vitória perguntou horrorizada.

— Quero dizer que acredito que o assassino tenha alguma ligação com sua família.

Por alguns segundos, Vitória pareceu que ia desmaiar. Mas Anaya seguiu pressionando-a.

— Irei perguntar somente uma vez. A senhora tem ou teve algum caso extraconjugal? Algum possível amante que pudesse conhecer seus hábitos familiares?

— É claro que não — Vitória gritou, ofendida. — Como você ousa?

Anaya levantou o retrato falado de Nicolai e perguntou:

— Você conhece esse homem?

— Eu nunca o vi na minha vida antes. Nunca. — Vitória seguia alterada. — Se a senhora já terminou suas insinuações, eu gostaria de pedir que, por favor, se retire da minha casa.

— É claro — Anaya falou tranquilamente.

— Mãe — a voz do pequeno Hélio surgiu do canto na sala.

— Oi, diga, meu filho — Vitória falou para o menino com a voz apaziguadora, fingindo um falso sorriso enquanto enxugava seus olhos, e tentava disfarçar sua postura.

— O que a foto do meu professor faz aqui? — ele perguntou.

— Que professor, filho?

— Ele.

Quando todos viraram o rosto na direção onde o garoto apontava seu pequeno dedo, espantaram-se ao perceber que ele mirava no retrato falado do Ceifador.

47

— Você precisava ser tão dura com a mãe do garoto? — perguntou Pietro.

— Foi a maneira mais rápida de me certificar de que ela falava a verdade. Surpreendê-la com perguntas inesperadas e observar suas reações... Geralmente, isso nos poupa um tempo precioso.

— Ela estava apavorada. E, ofendida com as suas insinuações.

— Estava mesmo... — Anaya deu de ombros. — Mas isso não pode me impedir de fazer meu trabalho.

— De onde veio essa ideia de um amante?

— Do perfil que traçamos para o Ceifador.

O silêncio de Pietro indicava que até mesmo o detetive precisava de mais algumas explicações.

— Perfilamos que ele mata aquelas garotas sozinho, ou seja, não existe um comparsa. Não tinha como ser o esposo de Vitória, visto que na noite do primeiro ataque ambos estavam no Nordeste. O fato de todas as vítimas conhecidas serem mulheres indica que é onde ele exerce maior domínio. E, também, que ele pode ser altamente persuasivo e sedutor. Todas as casas que ele usou para desovar as meninas estavam vazias há muito tempo, todas menos uma...

— A de Vitória.

— Exato. Nesse caso, ele precisava de um determinado nível de conhecimento sobre a rotina familiar deles, exigindo alguma ligação com qualquer um dos membros da família. Logo, a mãe era a opção mais plausível... Como nosso tempo até o próximo ataque é curto, uma abordagem direta foi a melhor opção para me certificar se deveríamos seguir a fundo com ela, ou partir para outro membro da família.

— E, no fim, a ligação era com o garoto... — Pietro ponderou.

— O Ceifador é mais astuto do que imaginávamos. E, o pior, mesmo sabendo quem ele é, não podemos prendê-lo, não temos nenhum indício físico que o conecte às vítimas ou às cenas dos crimes. Nem DNA, nem impressão digital, nem sangue... Nada. O maldito se certificou de que tudo estivesse perfeitamente limpo.

— E o que faremos agora?

— Vamos segui-lo. Depenar a vida dele até encontrar uma ligação. Temos 15 dias para pôr um fim nisso.

Aquela noite, Anaya não dormiu.

Ela repassou todos os detalhes da conversa que haviam tido na casa de Vitória. Como aquela mãe ficou surpresa por não conhecer o professor do seu filho, e ao descobrir que isso se dava pelo fato ele dar aula de artes, que ocorriam apenas uma vez por semana. O garoto mencionou que o professor trabalhava em mais duas escolas além da dele.

O maior choque na delegada ocorreu quando, por descuido dela, o garoto viu a foto de uma das rosas encapsuladas que estava abaixo do retrato falado.

— Você conseguiu fotografar a rosa do professor? — ele perguntou.

— Como assim? — ela respondeu intrigada. — Ele já te mostrou essa rosa antes?

— Não dessa forma… — O menino disse enquanto passava a ponta dos dedos na foto. — Vi o desenho dela, ele pintou uma rosa igual a essa. Ela é tão bonita… Eu nunca tinha visto uma assim antes. — A voz de Hélio começou a ficar um pouco mais baixa, enquanto seu rosto ficava levemente vermelho e seu olhar mirava o chão — Mas, não conte a ele que eu disse isso, ele não sabe que vi a pintura… Eu a vi escondido.

— Entendi — Anaya falou, sentando ao lado do jovem. — Eu também já vi coisas escondidas antes, então pode ficar tranquilo que seu segredo estará seguro comigo.

Ele olhou para a delegada com um sorriso de gratidão.

— Mas, me conta, Hélio… Por que você sentiu que precisava ver a pintura dele escondido?

— Ah, porque ele tem uma pasta com muitos desenhos que ele faz, e eles são tão bonitos e diferentes. Mas, o professor não gosta que mexam nas coisas dele. Um dia, voltei à sala para pegar meu estojo que havia esquecido, e acho que ele tinha ido ao banheiro, e a pasta de desenhos dele estava na mesa, então aproveitei e olhei… Era só uma espiadinha. Consegui ver dois, porque percebi que ele estava voltando e precisei me esconder antes que ele me visse. Ele ficaria bravo, sabe?

— Sei… Você foi muito esperto! — disse a delegada. — E como era o segundo desenho que você viu além da rosa?

— Eram as mãos de uma mulher.

— Como assim? Você consegue me explicar um pouco mais? Como você sabe que eram mãos de mulher?

— É porque ele desenhou uma parte de cabelos longos. Pelo jeito do desenho, eu acho que deveria ser uma mulher de braços levantados.

— Como era a cor desses cabelos, Hélio?

— Castanhos escuros.

Naquele momento, Anaya gelou.

Olívia… Com certeza, ele havia pintado Olivia.

E ele andava com esses desenhos sempre à mão, em uma escola cheia de crianças.

Céus! Seus desenhos eram como *souvenirs*.

Sem saber, o pequeno Hélio havia preenchido de respostas. Peças e peças desse quebra-cabeça que estava quase completo. Quase.

Seus desenhos eram o motivo por trás do erotismo na posição em que as vítimas eram deixadas. Suas suspeitas foram confirmadas. Após a morte, elas se transformavam em suas modelos, suas musas.

Ele as imortalizava em seus traços.

O fato de ele trabalhar em três escolas diferentes também facilitava seu deslocamento e sumiço sem levantar suspeitas. Principalmente, nos dias 23.

Mas havia algo que o incomodava muitíssimo: o professor não se chamava Nicolai, e sim Petterson.

Anaya pediu para que Pietro levantasse tudo sobre o passado do Sr. Petterson e verificasse, inclusive, se ele havia trocado de nome.

A delegada tinha certeza de que era ele.

Mas ainda não tinha provas suficientes que ligassem o homem ao assassino.

Com um bom advogado, tudo poderia ser refutado no tribunal.

Ela também tinha mais alguns problemas para resolver de imediato. Vitória estava decidida a tirar o filho da escola, mas, se ela fizesse isso agora, poderia levantar suspeitas. E, se há algo que ela pode falar sobre o Ceifador é que ele é completamente imprevisível quando se sente ameaçado ou quando qualquer detalhe sai de seu controle. Olívia era a maior prova disso.

Ele não conseguiu concluir seu ritual e, uma jovem inocente foi assassinada poucos dias após a outra.

Mas ela também entendia o desespero dessa mãe.

Ela só precisava achar uma maneira de fazer isso, de tirar Hélio da escola sem que isso levantasse as suspeitas de Nicolai ou do Sr. Petterson.

Enfim...

Ela precisava encontrar esse jeito logo.

Pois, se há uma certeza que Anaya adquiriu após meses traçando o perfil do Ceifador, se resumiria no fato de a única maneira de ela o abordar, seria para efetuar a prisão. Se ele percebesse, por qualquer motivo que fosse, que a polícia chegou perto demais, sem uma boa rede de custódia para garantir que ele passe seus últimos anos apodrecendo atrás das grades, tudo estaria perdido. Ele sumiria e todas as chances de prendê-lo também.

48

OPERAÇÃO ROSA NEGRA — FASE II

Existia um grupo considerável de policiais naquela sala, todos convocados por Anaya. Ela havia selecionado cautelosamente os melhores com quem já havia trabalhado ao longo dos anos para montar uma nova operação. Um grupo bem menor em quantidade, se considerar o número de policiais usados na primeira fase. Mas, não menos potente. Eles não precisavam cobrir um perímetro imenso, buscando a sorte de encontrar alguém que parecesse suspeito. Dessa vez, eles tinham um alvo claro. E, precisavam de sua descrição.

Após resolver toda a burocracia que envolve conseguir as aprovações necessárias para que uma operação desse porte seja executada, ali estavam eles. Aguardando as primeiras palavras da delegada Akello.

Anaya nunca havia tido tanto contato com o Secretário de Segurança Pública do Estado; o energúmeno a deixava com os nervos à flor da pele. Se eles continuassem precisando se ver tanto assim, terminariam tornando-se melhores amigos. O pensamento fez com que Anaya fizesse uma pequena careta e, seu espírito adolescente rebelde tivesse ânsia de vômito. Homenzinho insuportável era aquele, mas ela precisava do dito cujo. Política, poder, hierarquia, burocracia, burocracia, e mais burocracia. E todas precisavam ser seguidas e obedecidas. Um saco.

— Senhores — ela começou —, vocês foram chamados aqui hoje, pois temos um serial killer para prender. Temos poucos dias até o próximo ataque, e isso significa que precisamos fazer a prisão antes que isso ocorra. Não preciso mencionar que todas as informações que irei compartilhar com os senhores são altamente confidenciais e não devem jamais ser compartilhadas com qualquer pessoa que esteja fora desta sala. — Anaya era séria enquanto falava, sua postura usual exalando frieza, autoridade e controle. Na frente dessas pessoas, ela incorporava a rocha que sempre fora e que a capacitou para estar onde chegou: comandando a maior investigação já feita em todo o estado, talvez, em todo o país. Afinal, essa geração ainda não havia conhecido um assassino como esse.

— O alvo é o Sr. Petterson Farias — enquanto falava, a delegada mostrava uma foto dele para todos na sala —, de codinome Ceifador de Rosas.

Anaya detalhou todas as informações que obtiveram até o momento, respeitando a ordem dos fatos que os levaram até o professor de artes.

— Os oficiais Afonso, Paulo e Sara Novais estarão encarregados de seguir o Sr. Petterson. Ao segui-lo, preciso que façam um revezamento entre vocês. É crucial que ele não perceba que está sendo investigado. O elemento surpresa é a única vantagem que temos para fazer essa apreensão. Além disso, vou precisar de relatórios diariamente a cada troca.

— De acordo — Afonso respondeu.

— Os oficiais Cindy e Aroldo estão responsáveis por esmiuçar tudo que puderem sobre o professor. Passado e presente. Familiares, colegas de trabalho, relacionamentos amorosos... Hábitos. Tudo. Se tiver como descobrir qual foi a primeira palavra que ele falou na vida, eu quero saber. Todas as informações são relevantes. — Anaya frisou. — Pietro e eu iremos continuar no encalço de quem foi Nicolai, e, sendo eles as mesmas pessoas, temos que uni-los em um. Além disso, precisamos descobrir se existe alguma ligação entre ele e as vítimas. Como ele as escolhe, como escolhe as casas usadas como local de desova, onde cultiva as rosas e o lugar onde ele de fato mata essas jovens. — A delegada pôs-se de pé e olhou para todos presentes na sala. — Nosso tempo é curto, pessoal, o início é imediato. Estão dispensados.

Anaya estava parada diante da parede de vidro, no quarto de esculturas de Matteo.

Enquanto vislumbrava o céu, ela tentava entender os caminhos pelos quais seu próprio coração percorria diante dos avanços que fizeram. Ela recordava aquela noite de 23 de abril, a noite em que tudo mudou, quando receberam a ligação pela primeira vez.

Lembrava-se com detalhes de como foi adentrar as portas daquela casa e encontrar Anabele estendida naquele chão, nua, sem vida. Os detalhes da tortura sofrida que aquele corpo pálido revelava... Ela se recordava de todas as vezes em que sentiu que estava no próprio inferno desde então. A maneira como ela sentia falecer todas as vezes que encontrava mais um corpo. Ela pensava nessas mães, nesses pais. Pensava em Ana. E agora eles finalmente tinham um nome, uma identidade, e muitos dilemas a serem desvendados.

Anaya se perguntava o que seria pior: nunca saber quem era o Ceifador ou descobrir quem ele é e, por falta de provas, nunca conseguir prendê-lo.

Esse pensamento a aterrorizava. Era uma hora escura para sua alma.

De certa forma, ela caminhava em um campo minado, e o peso de tudo isso estava sobre seus ombros. Anaya lembrou-se daquela manhã em que conversou com Ana, das lágrimas que derramou e da certeza de que não queria mais andar sozinha por esses lugares. Ela entendeu que precisava de ajuda. Precisava de direção. Ela precisava desesperadamente daquele a quem seu íntimo recorria tão naturalmente desde a infância. Ela precisava de Deus.

E foi ali, entre aquelas estátuas, enquanto sua mente recordava cada um dos quatro corpos das jovens, e enquanto novas lágrimas cheias de temor jorravam de seus olhos, que Anaya fez uma oração silenciosa.

Nessa oração, ela suplicava por ajuda para percorrer o caminho certo em busca de justiça.

Assim que abriu os olhos, Anaya notou a presença de Abby se aproximando silenciosamente.

Naquele momento, ela chegou como uma mãe, como uma avó, como um consolo.

— Ah, querida, venha cá, deixe-me abraçá-la.

Anaya recebeu o abraço de Abby como um afago em sua alma, como resposta à sua oração. Sim, tudo ficaria bem... E, mesmo sem saber como, ela foi preenchida por uma convicção: eles conseguiriam.

E ela já não estava mais só.

49

— Delegada — Cindy chamou. — Preciso te mostrar uma coisa.

Anaya seguiu até a sala onde estavam Aroldo e Pietro. Um mapa imenso estava sobre a mesa, cheio de marcações.

— Estamos contactando a equipe que segue o elemento e... Acredito que conseguimos delimitar com mais precisão o perímetro de atuação do Ceifador e descobrir como ele encontra as casas que usa como desova. Aqui — Cindy disse, mostrando os quatro pontos vermelhos marcados no mapa — está o apartamento onde o Sr. Petterson mora, e as três escolas onde ele trabalha. Já aqui — ela mostrou os quatro pontos brancos —, são as casas onde ele fez a desova.

Os pontos vermelhos e os pontos brancos, mesmo que distantes um do outro, estranhamente pareciam estar na mesma rota.

— Agora, uma das informações que obtivemos com a outra equipe é que o elemento costuma usar transporte público. Geralmente, ele prefere ir de ônibus até as escolas em que trabalha. E essas — linhas em canetinha azul saíam de um ponto vermelho ao encontro dos outros — são as rotas dos três principais ônibus que ele utiliza. Como pode ver, ele passou de ônibus em frente a todas as casas.

Pietro observava silenciosamente, com olhos cheios de satisfação. Como ela era, de todas as formas, brilhante... O conjunto dessa mulher o extasiava. As combinações entre sua personalidade e inteligência eram tão únicas. Como deveriam ser suas outras nuances?

— Cindy, isso é... incrível! — Anaya olhou mais de perto e pegou alguns alfinetes para fazer novas marcações. — Aqui é a casa onde mora nossa última vítima, e aqui, onde ela pegava ônibus toda manhã. — A delegada marcou mais dois alfinetes no mapa, ambos cruzavam com uma das linhas traçadas por Cindy. — Meu Deus! Em algum momento, Olivia pegou o mesmo ônibus que ele.

Anaya mal conseguiu processar a informação quando seu celular começou a tocar.

— Delegada Akello — ela disse atendendo à ligação.

— Delegada, sou eu, a Vitória. Me desculpe por estar te ligando. Sei que a senhora me falou para não tirar meu filho da escola por enquanto, para não levantar suspeitas, mas eu não consigo.

Anaya ouvia o choro e a agonia na voz da mulher.

— Eu não consigo imaginar meu filho continuando naquele lugar, encontrando aquele homem… E vou à escola hoje pedir a transferência do Hélio.

— Vitória, acalme-se, está bem? Não faça nada, estou indo aí.

— Eu já conversei com o Marcos, meu marido, e ele também concorda. — Vitória fez uma pausa, respirou fundo tentando conter a emoção que lhe acometia, uniu toda a força que lhe restava e, por fim, falou. — Eu te dou uma hora. E então, nós dois iremos até a escola tirar nosso filho de lá.

— Estarei aí! — a delegada respondeu.

Anaya desligou o celular, mas sua mente não parava. Ela sabia que poderia levantar muitas suspeitas se o menino saísse da escola justo agora. Se ela tivesse mudado de casa, se tivesse ido morar em outro lugar, se essa mudança fosse feita em abril assim que o corpo foi encontrado em sua casa, ou até no mês seguinte, tudo bem, seria plausível. Mas agora, em julho, essa poderia ser a decisão que faria esse castelo de cartas desmoronar. E Anaya precisava conter isso.

— Cindy, verifique se há mais alguma ligação com o endereço onde as demais vítimas moravam.

— Pode deixar — ela respondeu.

— Vocês conseguiram verificar a identidade do Prof. Petterson? Ele mudou de nome quando atingiu a maioridade?

— A identidade é legitima — respondeu Aroldo —, não houve mudança. O cara é do tipo certinho, paga as contas em dia, não tem uma multa sequer.

— Você tem certeza de que a identidade é legitima? Você checou os documentos? O histórico? Tudo? Isso não é possível...

— Eu não sei como ele fez isso, mas é possível. Levantei até o histórico escolar do ensino médio dele.

— Quê? — Anaya indagou. — Isso não é possível. Nessa época, ele deveria estar no interior de Minas Gerais, em um colégio interno para órfãos.

— Mas o histórico diz que ele estava bem aqui, em São Paulo.

O que estava acontecendo?

Anaya sentia que tinha acabado de descer do paraíso às profundezas do inferno.

— Não faz sentido, isso não é possível. — Ela insistia em dizer. — Até o retrato falado que fizemos com base na única foto de Nicolai corresponde ao Sr. Petterson. E encontramos a rosa negra em Minas, exatamente onde a mãe dele foi morta. É ele.

— Sei que é ele — Aroldo respondeu —, mas a identidade é legítima. Eu não sei como ele fez isso, delegada, mas nós vamos descobrir.

Anaya somente concordou silenciosamente com a cabeça e, em seguida, saiu da sala acompanhada por Pietro, rumo à casa de Vitória.

Nicolai, Petterson e o Ceifador de Rosas eram a mesma pessoa. Ela tinha certeza disso. Mas uni-los em um era uma missão cada vez mais impossível, e essa era a única forma de prendê-lo.

Assim que chegaram à casa de Vitória, foram recebidos por Marcos, seu esposo. O homem parecia um urso pronto a atacar qualquer um que ameaçasse entrar em seu território e pôr em risco sua cria.

— Delegada... detetive — o homem cumprimentou ambos o mais formal que conseguia. Assim que eles entraram e estavam acomodados na sala de estar, o homem continuou falando —, imagino que a senhora compreenda a austeridade da situação que temos enfrentado nos últimos meses.

Anaya concordou com a cabeça.

— Foram meses até conseguir fazer com que minha esposa se sentisse segura para voltar para nossa casa... Ela passou a ter pesadelos e constantes crises de choro. E, bem, quando finalmente estava melhorando, você veio aqui, sem a minha presença, despejar tudo isso em cima da minha Vitória. E agora que sabemos que esse monstro é o professor do nosso filho mais novo, além de não o prender, de exigir nossa confidencialidade, você diz que devemos deixar que o menino continue na escola em contato com esse assassino. — A voz de Marcos estava cada vez mais alterada, enquanto Vitória seguia sentada chorando, com as pernas tremendo. — Você tem noção de como tem me desagradado, delegada?

— O meu trabalho não é te agradar, Sr. Marcos — Anaya respondeu com a voz afiada como uma lança. — O meu trabalho é conduzir essa investigação e prender esse assassino. E é exatamente o que estamos fazendo. Mas, para isso, preciso reunir um número de provas que garantam que, ao ser preso, ele não saia nunca mais... — Anaya respirou fundo. — Vi que o senhor é advogado, certo?

O homem concordou com a cabeça.

— Então — disse ela —, eu não deveria ter que lhe explicar isso. O senhor conhece como funciona o sistema.

— Aqui você não está falando com um advogado, delegada — o homem respondeu quase cuspindo as palavras. — Você está falando com um pai e um marido. Nem morto irei deixar que meu filho fique mais um momento no mesmo ambiente que um assassino. Não vou permitir que a vida do meu menino corra algum risco, nem em nome da sua investigação, nem em nome de ninguém.

Anaya notou algumas caixas no canto da sala e entendeu exatamente o que significava. Eles se mudariam. Sendo assim, poderia haver uma maneira de fazer dar certo o que os pais desejavam e, ao mesmo tempo, preservar a investigação.

— Pois bem, irei ajudá-los a fazer isso da maneira certa.

50

Enquanto caminhava em direção à sala da diretoria, ao lado de Marcos, Vitória repassava mentalmente todos os detalhes da conversa que haviam tido com a delegada e, principalmente, das instruções que haviam recebido.

"Você pode falar do trauma de ter seu lar invadido e de como isso te abalou. Pode falar que, em decorrência de tudo o que aconteceu, vocês estão mudando de casa e, em virtude disso irá necessitar que o Hélio também mude de escola. Mas, jamais, em hipótese alguma, você pode mencionar o Prof. Petterson. Para todos os efeitos, você sabe somente que o assassino invadiu sua casa e deixou a primeira vítima lá."

Por conta de toda delicadeza que tangia essa situação, e também pelo fato de ela estar adentrando o ambiente natural do Ceifador, Vitória aceitou usar uma escuta, de modo que, ouvindo tudo, Anaya pudesse se antecipar a qualquer situação que a mãe, em seu desespero, pudesse causar.

Quando a diretora tentou convencê-la a deixar o menino na escola, pois isso faria bem para ele continuar em contato com um ambiente conhecido, desfrutando da companhia dos amigos que já tinha, e garantindo que isso seria o melhor para seu filho, Vitória insistiu com a transferência. "Quem sabe o que é melhor para o meu filho sou eu, a mãe dele. E nossa decisão já foi tomada." Embora ela soubesse que a diretora estava certa e que essa mudança teria um custo para Hélio, e mesmo que seu coração de mãe se partisse por isso, ela não recuou. Nada era mais importante que a segurança de seu filho.

Ela era incapaz de imaginar seu doce e gentil menino na companhia de um assassino frio e calculista por mais um dia que fosse. Mesmo que ele fosse seu professor. Mesmo que ele só desse aula a ele uma vez por semana. Mesmo que crianças não fizessem parte do cardápio desse predador. Mesmo que, ainda, ninguém pudesse saber disso, ela sabia.

E, aparentemente, tudo estava dando certo; seus argumentos haviam sido plausíveis e convincentes, eles eram verdadeiros. Ela não havia, em momento algum, levantado suspeitas para o professor, nem o mencionara. O plano teria sido perfeito se não fosse pelo fato de que, assim que ela saiu da diretoria, se deparou justamente com o professor Petterson. E, sendo impossível conter o horror e o medo estampados em seus olhos ao vê-lo, foi um detalhe, um simples detalhe, que não passou despercebido ao Ceifador.

E esse olhar de pânico foi o suficiente para o professor entender: de alguma forma, ela sabia.

Sim, ela sabia.

Petterson esboçou um sorriso predatório em seu rosto. — Sr. Marcos, Sr. Vitória. Que prazer finalmente conhecê-los.

Enquanto falava, ele estendeu as mãos para Marcos e, em seguida, para Vitória. A mulher demorou uma fração de segundos antes de devolver o toque para cumprimentá-lo. Ainda paralisada, Vitória buscou o olhar do marido e encontrou confirmação de que deveria fazê-lo. Mas, ao segurar as mãos do Ceifador em um breve aperto, ela não conseguiu disfarçar como suas próprias mãos tremiam.

— Senti a falta do pequeno Hélio na aula hoje. Ele é um artista muito promissor — Petterson disse.

— Viemos buscar a transferência dele — respondeu Marcos.

— Nossa... E, por que isso?

— Estamos nos mudando de casa, depois do ocorrido... achávamos que poderíamos superar, mas não conseguimos.

— Entendo... realmente deve ser algo horrível saber que uma mulher foi deixada morta em sua casa.

— Você não imagina o quanto... — respondeu Marcos, controlando sua voz.

— Bom, acho que preciso trabalhar, não é mesmo? Minhas pinturas e meus alunos me aguardam... — O professor se demorou um pouco mais enquanto proferia o nome "alunos", propositalmente, sabendo o terror que causava a eles.

Enquanto eles se distanciavam, rumo à saída da escola, Petterson, de longe, analisava os passos do casal. Como aquela mulher era tosca e como era fácil de ser lida em suas expressões. Então, de alguma forma, ele havia sido descoberto... Como?

A resposta não demorou muito, quando, ao longe, viu ambos entrarem em um carro. E, ao ser manobrado, por uma fração de segundos, viu quem estava no banco da frente. Era ela... aquela delegada.

O professor sorriu. Afinal, as coisas acabaram de ficar mais interessantes.

Suas rosas eram uma paleta de cores, cada uma única. Ele havia iniciado sua colheita pelos tons mais claros, e então mais quentes, e estava escurecendo... loiro, ruivo, castanho claro, castanho escuro; ele ainda precisava de cabelos pretos.

Não era exatamente o que ele vinha planejando, pois tinha uma lista de mulheres e tonalidades a serem exploradas até enfim chegar às peles negras. Mas, agora que a ideia lhe tomou a cabeça, não conseguia evitá-la.

Já que ela havia descoberto quem ele é. Bom, ela merecia isso. Merecia esse lugar, essa honra. Ela, com toda certeza, conquistou esse direito. E a ideia lhe excitava demais para que ele retrocedesse.

Entre todas, ela seria a melhor. A mais difícil e, por isso, a mais prazerosa.

Ele sabia que ela resistiria. Quanto será que ela se contorceria enquanto ele a penetrasse? Como seria a sensação de ter suas mãos envoltas naquele pescoço? Quanto poder ele obteria ao ver o ar esvaindo-se daqueles pulmões? Qual seria o gosto de devorar aquela vida?

Imensurável.

Então é isso. Estava decidido. A delegada seria sua próxima rosa a ser colhida.

Enquanto circulava pelos corredores da escola, de volta à sala de aula, o professor começou a assobiar uma canção alegre. Repentinamente, ele havia ficado excitado.

51

— Você acha que ele desconfiou de alguma coisa? — Pietro perguntou quando estavam somente os dois no carro, de volta à delegacia.

— Eu realmente não sei — ela respondeu. — Mas precisamos trabalhar com a hipótese de que sim.

— O que isso significa?

— Que precisamos trabalhar duas vezes mais rápido, para ligar ele a tudo isso, antes que nosso progresso desça por ralo abaixo. — Anaya estava séria e com a cabeça dolorida, não parava de massagear sua própria testa. — Como essa identidade é legítima? Eu não entendo isso.

— Eu também não, mas, e se realmente for somente Petterson e não Nicolai?

— Sem chances, Pietro. Eles são a mesma pessoa, eu só não sei como.

— Nem eu, porque não tem como estar presente em dois lugares ao mesmo tempo.

— Exatamente. E é por isso que vamos pegá-lo.

Tentar mexer no passado de Nicolai era como mexer no passado de um fantasma. Eles não tinham nem seu nome completo, nem sua data de nascimento exata, nada. Tudo que tinham eram as memórias antigas de dois idosos e o artigo de um crime. Como Nicolai os havia levado a um beco sem saída, eles se concentrariam em Petterson.

Anaya encontraria algo que justificasse tudo isso, custe o que custar.

Assim que entrou na delegacia, voltou para a sala onde estava concentrada toda a investigação.

— Aroldo — a delegada o chamou —, por favor, quero olhar mais de perto a papelada que você conseguiu levantar.

— É claro.

O oficial despejou uma pasta imensa de documentos em sua mesa. E Anaya começou a avaliar tudo detalhadamente. Ela lia cuidadosamente cada linha de cada folha. Até que, cerca de duas horas mais tarde, algo chamou sua atenção.

— Espera. Ele foi adotado?

— Sim, ainda na infância. Acho que ele tinha cerca de sete anos quando isso aconteceu... Não tem muitos detalhes antes disso.

— Os pais adotivos continuam vivos?

— Somente a mãe. Ela é uma senhora de idade agora, acho que mora em um asilo.

— Amanhã irei visitá-la.

— Tudo bem, vou pegar as informações e passo para você.

— Obrigada — Anaya respondeu e, em seguida, direcionou-se ao mapa de evidências que estava sobre a mesa. — Conseguiu algo de novo, Cindy?

— Mais perguntas sem respostas — ela respondeu. — Conforme o perfil dos crimes, o elemento precisa de um veículo para transportar as vítimas, certo?

— Isso mesmo.

— Pois o professor Petterson não tem nenhum. Passei o restante do dia pensando sobre isso e me ocorreu que, talvez, ele pegasse carros emprestados ou alugasse-os... A equipe que está o seguindo descobriu que ele tem alguns casos amorosos nas escolas em que ele trabalha e...

— Casos? — Anaya a interrompeu. — No plural?

— Isso. Em cada escola, um caso diferente. E, veja só, as mulheres com quem ele se relaciona têm carros. E todos são sedans.

— Excelente. Descubra o ano, a cor e o modelo de cada carro, e verifique também as câmeras de segurança mais próximas aos locais de desova nos dias dos crimes. Veja se encontra alguns desses veículos perambulando pela região.

— Farei isso imediatamente.

Era tarde quando a delegada adentrou as portas da casa. Ela dispensou o policial que cuidava da segurança do local durante sua ausência e, antes de subir, reparou que Vó Abby havia deixado um bilhetinho para ela na mesa da cozinha.

"Minha querida,

Deixei um prato de comida para você no micro-ondas. Por favor, coma.

Com amor, Abby

P.S: Se você não comer, irá me matar de desgosto."

Anaya começou a sorrir, provavelmente esse era o sorriso mais sincero que ela havia dado durante todo o dia.

— Ela já começou a fazer chantagens emocionais com você também? — A voz de Matteo surgiu através da porta.

— Eu suspeito que desde o momento em que pisei os pés nesta casa — a delegada respondeu sorrindo, sentindo um estranho formigamento se apoderar dela ao olhar Matteo mais de perto. — O que faz acordado a essa hora?

— Esperando para te desejar boa noite.

Vagarosamente, e ainda sorrindo, ela se aproximou de Matteo e deu-lhe um beijo no rosto. — Boa noite. — Sua voz saiu mais fina do que ela pretendia, e bem mais carinhosa também.

— Se você quiser, pode escorregar seus lábios um pouquinho mais para o lado, delegada.

Anaya soltou uma gargalhada.

— Querer e poder são duas coisas bem distintas...

Matteo deu de ombros com o riso no rosto.

— Não custava tentar, né?

Ele foi até o micro-ondas, acionou dois minutos e esperou até que a comida estivesse aquecida para levá-la até Anaya.

— Sem seus fones hoje? — ele comentou casualmente.

— Como você sabe que sempre uso fones de ouvido? — questionou intrigada.

— Pensa que eu não sei que você vive escutando Taylor Swift.

Anaya quase caiu da cadeira.

A delegada olhou ao seu redor e avistou algumas laranjas sobre o balcão. Se conteve para não pegar uma — ou todas elas — e arremessá-las em Matteo. Mas que raios de homem!

— Calma, delegada — o canalha falou chegando um pouco mais perto com o sorriso na voz —, na verdade, é fofo.

— Fofo? Eu não sou fofa — ela respondeu ardendo de raiva. Mas não tanta assim... No fundo, bem lá no fundo, seu espírito adolescente rebelde estava dançando com isso.

— Você é uma mulher de muitas nuances, Anaya... — Matteo falou passando o polegar no contorno de seu rosto, arrastando vagarosamente o toque até seus lábios.

Pronto, bastou isso para que Anaya desmanchasse. Caiu sua compostura, o breve fingimento que era sua raiva, tudo... Ali era só eles. E toda a nudez com que seus sentimentos eram expostos.

— Dia difícil? — Matteo perguntou sentando-se de frente para ela.

— Muito... — Anaya soltou um suspiro. — Estou tão cansada... E agora, sinto que estou encurralada em um beco sem saída, procurando um caminho inexistente para continuar seguindo.

— Talvez você esteja exatamente onde deveria estar. Talvez, só precise olhar com mais atenção para o que te cerca e achará a saída.

— Isso parece uma frase de biscoito da sorte. — Anaya bufou.

Dessa vez, foi Matteo quem gargalhou. — Eu só estou dizendo que confio no seu instinto. E, se ele te levou até um beco sem saída, é porque é lá que...

— Preciso estar. É... — Anaya refletiu um pouco. — Eu também acho que estou no caminho certo. Apenas não consigo ver o que preciso.

— Talvez você precise fechar os olhos, e deixar os outros sentidos te guiarem…

Vindo de Matteo, essas palavras tinham um peso diferente.

— É o que você faz? — ela perguntou.

— Eu nunca tive olhos em que pudesse confiar minha vida ou minha segurança, então, aprendi a desenvolver outras habilidades. E, passei a confiar nelas.

"Olhos em que pudesse confiar minha vida ou minha segurança" Involuntariamente, Anaya pensou na infância de Matteo. Quantas dificuldades ele enfrentou? Como havia sido sua vida escolar? Será que foi tão difícil quanto a dela, ou até mais?

Um aperto se estendeu em seu coração.

— Eu não sei se vou conseguir, Matteo. Eu não sei se vou ser capaz de fazer justiça para todas essas mães, essas famílias…

— É claro que você vai. Eu não tenho dúvidas.

— Como você sabe disso? — ela perguntou, e sua voz mais parecia um miado de tão baixo que ela falava.

— Porque você se importa. Você realmente se importa com cada uma dessas vítimas, elas não representam só mais um número para você… E, além disso, você é durona. Adora Taylor Swift, mas é durona.

Anaya começou a rir com a última frase.

— Obrigada.

52

Ainda não eram nem 9h da manhã quando Anaya e Pietro estavam atravessando a porta do asilo para encontrar a mãe adotiva do professor Petterson. Já fazia alguns anos que ela morava lá, e qual não foi a surpresa da delegada ao descobrir que, desde a internação, a velha senhora não recebia visitas.

— Ah, o filho dela mora fora do Brasil — respondeu à enfermeira assim que foi questionada sobre o motivo de ela não receber visitas.

Com essa afirmação, várias possibilidades começaram a passar pela cabeça de Anaya.

— Você poderia me confirmar o nome dele? — a delegada perguntou.

— Do filho de Adalice? É claro, é o Sr. Petterson.

Anaya e Pietro se entreolharam; nada disso fazia sentido. Ele não morava em outro país, tampouco em outro estado. Estavam separados por alguns municípios...

— Você, por acaso, saberia descrever a aparência dele? — a delegada perguntou.

— Melhor que isso! — a jovem enfermeira disse, sorridente. — O quarto da Ada está cheio de fotos dele.

— Excelente. Você poderia nos levar até lá?

— Claro! — a enfermeira disse, sorrindo. — Mas, por que as perguntas?

— É um assunto confidencial.

— Entendo… — ela respondeu com a voz um pouco mais contida.

Eles a seguiram até o quarto em que Adalice repousava.

A velha senhora, de cabelos brancos e olhos rodeados por rugas, estava sentada numa cadeira de rodas. Seu quarto era todo em tons claros; na mesa de cabeceira jazia um vaso de porcelana cheio de rosas naturais. Ao lado dele, dois porta-retratos. Um deles era de Adalice e seu marido na juventude, com uma criança que, pelas fotos, era Nicolai.

Anaya pegou imediatamente o celular e procurou na galeria a foto que tirou da fotografia desbotada no orfanato. Era ele. Era Nicolai. Mas, como?

O segundo porta-retrato continha a foto do professor Petterson. O que estava acontecendo?

Anaya respirou fundo e decidiu que não sairia dali sem as respostas que precisava. Como era possível que o garoto, em sua infância, estivesse em dois lugares ao mesmo tempo? Em um orfanato no interior de Minas e com uma família amorosa em São Paulo, como era possível que ele tivesse duas identidades? Uma que se perdeu com os anos e outra que perdura até hoje? Não era possível. Nada disso era possível. Mesmo que sua mente rodasse em um milhão de teorias, por fora, Anaya permanecia calma e serena.

Gentilmente, ela sentou na poltrona que ficava bem à frente daquela senhora.

— Adalice, eu sou Anaya Akello, delegada do Depto de Polícia do Estado de SP. E, eu estou aqui para te fazer algumas perguntas acerca do processo de adoção do seu filho. — A voz da delegada era gentil e suave, ao fim de cada frase, propositalmente esboçava um sorriso.

— Aconteceu algum problema? — a velha senhora perguntou.

— Não, são somente dúvidas acerca da adoção. A senhora sabe, alguns protocolos…

— Entendi...

— A senhora se recorda de como foi a adoção do Petterson?

— Como eu me esqueceria? Ele era tão jovem, e, já tinha passado por coisas tão tristes... Eu o encontrei em um orfanato e, sabe como dizem, no instante em que eu o vi, meu coração o escolheu.

Ela pegou a foto que estava ao lado do jarro de flores, e começou a acariciá-la.

— A senhora poderia falar quais coisas tristes foram essas?

— Bom, tudo que sei foi que um dia ele acordou e a mãe havia ido embora com o irmão, e deixou ele com o pai. Pouco tempo depois, o pai morreu e ele foi para um abrigo sob a custódia do estado.

— A senhora disse que ele tinha um irmão?

— Isso, eles eram gêmeos idênticos. Ele se chamava Nicolai.

— A senhora chegou a conhecer ele?

— Ah, sim, mas quando eu o conheci, eles já eram maiores de idade. Por muitos anos, consideramos que a mãe e o irmão haviam morrido, sabe? Nós não tivemos notícias nenhuma deles por anos... Até que um dia, quase por um milagre, nos encontramos. Foi uma coincidência. Vou te contar como foi: Naquele dia, meu marido estava voltando do trabalho e viu o rapaz do outro lado da rua. Inicialmente, ele achou que era Petterson, nosso filho, e por isso foi atrás dele. Mas aí reparou que não reconhecia aquelas roupas e nem o corte de cabelo que ele usava, era bem diferente. Mas, tirando isso, eles eram idênticos. O rapaz se apresentou e disse que se chamava Nicolai.

Anaya e Pietro se entreolharam.

— Vocês o encontraram por completo acaso? — a delegada perguntou.

— Mais ou menos. Na verdade, ele estava rondando próximo de onde era a antiga casa deles. Meu marido passava em frente de ônibus todos os dias, na volta do trabalho. Quando o viu, desceu do ônibus e foi até ele, pois havia considerado que fosse nosso filho.

— Entendi... E o que aconteceu depois?

— Bom, ele ficou conosco por um tempo, até que um dia ele foi embora e não voltou nunca mais.

— Como assim? Ele só foi embora?

— Sim, e ele nem se despediu. Isso foi outro trauma para Petterson. Estávamos cogitando adotar Nicolai também, não queríamos separar os meninos novamente, mas ele simplesmente foi embora e nunca mais voltou.

— Imagino que Petterson tenha sofrido muito com a partida do irmão — Anaya falou.

— O trauma foi tão grande que ele mudou.

— Mudou? Como assim?

— Ele estava prestes a entrar para a faculdade na época, tinha acabado de se formar no ensino médio. Ele sonhava em cursar história. Mas, quando o irmão partiu, até isso ele não quis mais, e decidiu que faria artes. Por um tempo, ele também esquecia de coisas que deveria saber... E quando questionávamos, ele pedia perdão e dizia estar entristecido com a partida de Nicolai, pois isso trouxe de volta muitas lembranças tristes e dolorosas. De qualquer forma, meu filho nunca mais voltou a ser como era antes. Acho que ele se culpava por encontrar uma nova família enquanto o irmão crescia em um orfanato. De certa forma, é como se parte dele tivesse morrido no dia em que Nicolai foi embora.

Anaya sabia exatamente os motivos que levaram Nicolai a crescer em um orfanato, mas precisava saber até onde se estendia o conhecimento de Adalice.

— Ele chegou a contar como foi parar no orfanato?

Lágrimas começaram a se formar nos olhos de Adalice. — Foi horrível! A mãe dele foi espancada até a morte... E o coitadinho não tinha ninguém. Pobre garoto...

— Sinto muito por tudo, Dona Adalice. É realmente uma história muito triste.

— Sim... Mas, já faz muitos anos desde que isso aconteceu. Petterson se formou e virou um professor de artes brilhante, ele é professor em uma escola fora do Brasil. — A velha senhora disse toda orgulhosa — É uma pena que, devido ao fuso horário, nós quase não nos falamos, mas ele está bem e isso é o que importa. Meu filho foi a melhor coisa que aconteceu na minha vida!

— Tenho certeza de que sim. — Anaya forçou um sorriso para a senhora à sua frente. — E só mais uma pergunta: a senhora ainda tem os documentos da adoção?

— É claro! Peça ao seu amigo alto para pegar aquela caixa que fica na parte de cima do guarda-roupa.

— Detetive, por favor, faça as honras para a Dona Adalice — disse Anaya para Pietro.

Assim que ele pegou a caixa e a entregou no colo da senhora, ela começou a revirar os papéis que estavam ali. Enquanto Ada mexia, Anaya avistou um RG infantil.

— Esse RG, eu posso ver?

— Claro, é o primeiro RG que fizemos de Petterson assim que o adotamos. Guardo com muito carinho... Ah, e aqui estão os documentos da adoção.

— Muito obrigada — Anaya falou enquanto pegava os documentos. — Será que posso levar o RG também? Prometo que te devolvo!

— Pode sim... E, quando devolver, bem que vocês poderiam tomar um chá comigo, não é mesmo?

Anaya começou a sorrir. Será que todas as idosas amavam chá?

— É claro, iriamos adorar.

53

— Cindy — a delegada entregou a ela o RG do pequeno Petterson —, verifique as digitais do professor e confirme se elas coincidem com as do RG.

— Ok.

— E os veículos das namoradas, deu em algo?

— Localizamos os modelos correspondentes aos delas nas redondezas, mas as placas não coincidem. São frias — Adolfo respondeu.

— Placas falsas?

— Isso.

— Deve existir alguma forma de provar que os carros são os mesmos. Algum arranhão, um amassado, um adesivo, o que seja. Tente encontrar algo. — A delegada falou.

— Pode deixar, delegada.

— Agora que sabemos que eles eram gêmeos idênticos, através da certidão de nascimento de Petterson, podemos encontrar os dados de Nicolai. Vamos trabalhar nisso também.

— Cuido disso — respondeu Pietro.

— Ok, pessoal. Vamos lá. Ainda precisamos encontrar o local onde ele cultiva as rosas e assassina aquelas jovens. — Anaya caminhou até o mapa que estava sobre a mesa. — Será que conseguimos delimitar um perímetro e encurtar as possibilidades?

— Se tiver como, daremos um jeito — Adolfo respondeu.

— Não pode ser um lugar muito distante, ele não arriscaria viajar longos trajetos com um corpo no porta-malas. Vamos precisar ir mais a fundo nisso.

Anaya sentou-se em sua mesa e começou a massagear as têmporas. Ela estava tão perto, tão perto e, ao mesmo tempo, tão longe... Ela havia descoberto muito e, ainda, não tinha uma prova física que o ligasse a qualquer um dos crimes. Tinha o suficiente para um mandado de busca, mas... iria usá-lo onde? Ela não poderia desperdiçar essa oportunidade.

Todos os relatórios que ela recebia da equipe que tem seguido Petterson se resume à casa e ao trabalho.

Quando deixa o prédio de manhã, sempre cumprimenta o porteiro com um sorriso no rosto. Ele é querido em todas as escolas, e também é charmoso... As professoras e secretárias que não têm um envolvimento com ele, com certeza querem ter, e... ele parece ser intocável. Essa máscara que ele veste, esse personagem que ele construiu de bom moço, infelizmente, tem funcionado.

E, tem funcionado bem demais.

Quando se trabalha em três escolas, é mais fácil ter sua ausência passando despercebida. Ninguém faria as ligações. Ah, esse homem, esse espectro, é um pesadelo para essa investigação, em todos os sentidos. E Anaya estava ciente disso. Tão ciente que cada passo que ela dava, era dado com cautela. Ela precisava saber como se mexer. E, ela sabia. Mas, o terror de perder outra menina estava à espreita em cada esquina.

Era sempre essa angústia crescente. Esse revirar de estômago. Essa dor de cabeça. Esse sentimento de culpa. Qualquer deslize, qualquer erro, qualquer passo em falso que ela desse, custaria outra vida. E isso era sua culpa. Por não conseguir ser mais ágil antes, por não conseguir se antecipar, por não encontrar as provas físicas que dariam um basta a tudo isso.

Ela entendia a mente desse monstro, ela o havia perfilado corretamente, mas, continuava sempre um passo atrás.

Anaya ainda estava sentada quando recebeu uma ligação de Matteo.

— Vó Abby sumiu.

— Quê?

54

O coração de Anaya batia disparado enquanto ela dirigia para a casa onde Matteo a esperava.

Como é possível que Abby tenha sumido? Ela deixou uma escolta na rua e um oficial de polícia na casa para cuidar exatamente da segurança deles durante sua ausência.

Ela mal havia entrado na casa quando seu celular tocou novamente. Quando viu o nome de Abby no visor, suspirou de alívio. Por um momento, o mundo havia escapado sob seus pés, mas agora ela poderia caminhar novamente.

Ela já estava prestes a preparar um sermão para Abby assim que atendeu à ligação, mas uma voz masculina rompeu do outro lado da linha. Uma voz que ela já tinha ouvido antes, via uma escuta... Uma que esteve em Vitória.

— Olá, delegada — a voz masculina falou. — Então, você tem procurado por mim.

— Quem é? — ela respondeu petrificada, enquanto Matteo se aproximava.

— Você sabe quem... — o Ceifador respondeu.

— O que você quer?

— Não é óbvio? Quero você.

— Abgail está bem? — a delegada perguntou.

— Ela está ótima...

— Me deixe falar com ela.

— Hummm... acho que não.

— E como saberei que você não está mentindo? Ela não se enquadra no seu perfil de vítimas...

— Ela não — ele respondeu. — Mas você sim... E não pense que eu não a machucaria somente para ferir a você. Porque, com toda certeza, isso é algo que eu faria...

— Me deixe falar com ela — Anaya insistiu.

— Anaya, não faça o que... — a voz de Abby saiu ao fundo e então sumiu.

— Agora que você já teve o que queria — o Ceifador continuou —, escute bem o que irei dizer. Você vai desligar o seu celular e deixá-lo em casa. Então, você vai pegar o seu amiguinho cego, e ambos virão até mim.

— Por que ele?

— Achei que você soubesse o porquê, delegada... Pelo visto, você não é tão esperta assim, afinal. Mas vou poupar seu tempo e te explicar o motivo: porque ele estava no lugar errado e na hora errada. Ele me interrompeu e eu não tolero interrupções. Juro que tentei ser benevolente, mas vocês tinham que meter o nariz onde não deveriam, não é mesmo? Tinha que ir até aquela velha estúpida. Portanto, aos meus olhos, é justo. Uma velha por outra.

Anaya sentiu-se revirar quando escutou o som de risada do outro lado da linha.

— É para te encontrar onde?

— Você sabe onde... Onde tudo começou. Você tem vinte minutos a partir de agora. Se não chegar aqui a tempo, ela morre. Se avisar alguém, ela morre. Se trouxer aquele seu cão de guarda, como é mesmo o nome dele? Ah, lembrei: Pi.e.tro. Ela morre. Qualquer descumprimento das regras que eu te passei, ela morre. — Uma breve pausa foi feita do outro lado da linha. — Ah, e eu quero que você se lembre muito bem dos presentes que deixei para você, delegada. Lembre-se dos quatro corpos nus e sem vida… porque juro que, se você não fizer o que mando, sua querida Abgail será o próximo corpo que você encontrará em alguma casa desconhecida.

Ele desligou o telefone e, por alguns segundos, Anaya, trêmula, não conseguia se mover.

— Ele está com ela? — Matteo perguntou.

— Sim… — respondeu sem conseguir olhar Matteo nos olhos. Anaya sentia o peso esmagador da culpa pelo ocorrido.

Matteo uivou de ódio e socou a parede.

— Não temos tempo para isso. Se não formos agora, ele irá matá-la. E não podemos avisar a ninguém.

Anaya correu até o quarto, pegou uma arma reserva e também um canivete. Enquanto ela o fazia, lembrou que deixava um rastreador na coleira de Teobaldo para o caso do seu gato fugir.

Ela tirou a coleira do gato, colocou no calcanhar e a cobriu com seu jeans.

— Me desculpe, Teobaldo — ela disse chorando. — Eu te amo.

Ela mal se despediu e correu para o interior do carro, onde Matteo já estava esperando. A delegada dirigiu tão rápido como se sua própria vida dependesse disso; na verdade, algo ainda mais importante dependia: a vida de Abby.

As lágrimas de Anaya jorravam enquanto ela dirigia contra o tempo, desesperada.

Matteo estava inquieto e igualmente desesperado.

— Se seremos só nós a encará-lo, preciso que você me diga tudo que sabe sobre ele.

A delegada jamais havia passado esse tipo de informação a civis; na verdade, um número altamente restrito de pessoas sabia dessas informações. Mas Matteo estava correto, ele era a única ajuda que ela tinha naquele momento, e ele precisava da vantagem de saber. Então, Anaya começou a relatar tudo que sabia acerca do Ceifador, detalhou o perfil e todas as informações obtidas.

— Para onde estamos indo? — Matteo perguntou.

— Para a casa onde ele morava durante sua infância, a casa de seu pai. Ele disse, onde tudo começou… Como eu não pensei nisso antes? Foi lá que os meninos nasceram, onde ele nasceu. E ele também estava rondando por lá quando foi encontrado pelo pai adotivo de seu irmão. Tão perto… E...

Anaya já estava prestes a cair naquele lago fundo e escuro que a sufocava outra vez, quando avistou de longe a casa. Muros altos. Portão com pintura envelhecida.

— Matteo, nós chegamos. Fique o tempo todo atrás de mim. Vou tirar nós três de lá. — A delegada disse, procurando ser forte e decidida, mas, no fundo, ela temia que todos eles morressem. Ela, Abby e Matteo.

— Anaya — a voz de Matteo era firme e decidida —, se surgir a oportunidade, eu quero que você me prometa que vai pegar Vó Abby e vai fugir com ela. Em momento algum você vai olhar para trás.

— Mas… e... eu....

— Jure para mim, agora — Matteo insistiu.

E se ele morresse?

Como ela sairia daquela casa sabendo que estava deixando Matteo para morrer? E como ele pedia isso a ela? Como ele pedia que ela o deixasse sabendo que jamais o veria novamente? Como ela sobreviveria a isso? Matteo já havia se entrelaçado à sua própria alma sem que ela sequer percebesse. Ele havia despertado algo em seu interior desde o dia em que esbarrou nela sem pedir perdão. Agora, prestes a perdê-lo, Anaya sabia: ele havia despertado seu coração.

Anaya desejava ser ela quem ficaria para trás. Que fosse ela a sacrificar sua vida em prol de Abby e Matteo. Ela desejaria a morte antes de deixar que algo acontecesse com eles. Não era justo que fosse diferente.

Este caso era dela, e, se alguém tivesse de se sacrificar, deveria ser ela. Ela, e não Matteo. Ela, e não Abby. Ela, só ela.

Mas... Abby estava presa, amordaçada. Indefesa. E ela sabia que não poderia falhar com Matteo agora, pois, se ela pudesse voltar no tempo, também teria dado sua vida para salvar Iolanda e seu filho, o pequeno Benício.

No fundo, Anaya sabia que eles cruzavam essa porta sem saber de fato quais deles teriam a chance de sair. Não tinha como prever os acontecimentos a partir daquele instante.

— Eu juro — Anaya disse com uma espada cravada em seu peito.

Quando eles saíram do carro, notaram que o portão estava aberto.

Enquanto eles davam os primeiros passos para dentro daquela casa, Anaya vislumbrava com pesar a vida que jamais teria, e que, por um instante ela, ousou sonhar... ousou sonhar com uma vida ao lado de Matteo, onde seriam os dois juntos de Vó Abby e Teobaldo. Uma família pequena e feliz. Uma vida onde ela teria um lar para voltar todas as noites e se proteger, se abrigar contra as atrocidades que ela via todos os dias. Ousou sonhar que poderia tirar sua armadura, e que poderia sorrir mais vezes... E, ela já estava sorrindo, por causa dele. Todas as noites e manhãs seria envolvida pelos braços amorosos de um homem que enxergava a sua alma e não corria. Que não se assustava. Que a amava... verdadeiramente a amava e a desejava. Seria devorada por seus beijos, e carícias, e encontraria no calor de seu toque um motivo para ser feliz. Verdadeiramente feliz. Um homem que despertava o fogo em suas veias, e também a desafiava. Que a enlouquecia de tantas maneiras, todas maravilhosas. E partilhava com ela sua própria alma. Que a ouvia... E ela daria a ele tudo que possuía: seu coração e sua alma, seu corpo e seu prazer, seus medos e seus sonhos, seus sorrisos e suas lágrimas. Seu passado, seu presente e, principalmente, seu futuro. Se ele assim desejasse, ela confiaria em suas mãos esse tanto de cacos, pedaços soltos e problemáticos, a quem ela foi reduzida, pois, sabia que Matteo é o único que transformaria cacos desfeitos em uma linda obra de arte. E, também, as cores... Ela teria lhe dado as cores. Ela o teria amado. Com sua vida. Seria leal e devota. Jamais o abandonaria. Ela teria lhe dado sua vida, ao som de Taylor Swift.

E uma vó, doce e querida, gentil e sapeca. Uma velhinha terrível que a deixaria maluca de preocupação muitas vezes e que, com certeza, a levaria a cometer muitos delitos.

Mas, agora, tudo isso se desfez, antes mesmo de começar. Pois foi a vida de Anaya que colocou a eles em perigo. E agora, eles morreriam. Todos eles morreriam.

E, por dentro, ela estava despedaçada.

55

Pietro continuava trabalhando naquele mapa. Anaya estava certa, o caminho era aquele...

Se eles encontrassem o lugar onde o Ceifador tortura e assassina as mulheres, com certeza, neste lugar, eles disporiam de todas as provas físicas que precisam para prender Nicolai. Ou, se ao menos encontrassem a estufa onde ele cultiva rosas negras...

Pietro continuou estudando diligentemente aquele mapa, analisando todos os detalhes, lendo os nomes de cada rua, até que, de repente, um nome chamou sua atenção. Ele olhou melhor e, bem ali, no centro de todo o perímetro marcado por pontos vermelhos e brancos, o detetive reconheceu um endereço.

— Cindy, Adolfo... Venham aqui. — Ele os chamou. — Esse não é o último endereço onde Petterson morou antes de ir para o abrigo do estado e depois ser adotado?

Adolfo mexeu em alguns documentos.

— É isso mesmo. Ali foi onde os gêmeos cresceram.

— O que há ali hoje?

— Continua sendo uma casa — Cindy falou enquanto mexia no computador. — Estou levantando as escrituras e... você não vai acreditar no nome de quem está registrada. No nome de Adalice, a mãe adotiva do professor.

— É isso — o detetive falou. — Acho que encontramos o lugar para onde ele leva suas vítimas. Precisamos falar com a delegada agora.

Empolgado com a descoberta, Pietro pegou o celular para ligar para Anaya, pretendia conseguir um mandado de busca ainda naquela tarde, pois não tinham tempo a perder. Mas, ao ligar, constatou que o celular da delegada estava desligado.

Ele tentou novamente uma, duas, três vezes e nada. Algo estava errado... ela nunca ficou sem atender uma ligação sua, nenhuma só vez, não importa a hora que ele ligasse.

— Vocês tiveram alguma notícia da Anaya, depois que ela saiu daqui? — Ele perguntou.

— Não... — Adolfo foi o primeiro a responder —, parece que havia acontecido algo com Abgail que ela precisava resolver. Mas, só vi ela sair com pressa.

— Vamos até a casa das testemunhas oculares. Tem algo estranho acontecendo. Não estou gostando nada disso.

Assim que Pietro estacionou na rua, viu o oficial que costuma cobrir Anaya falando com o policial encarregado por vigiar a casa. Ele saiu do carro, acompanhado de Cindy e Adolfo, e ambos seguiram até onde eles conversavam.

— Está tudo bem aqui, oficial? — o detetive perguntou.

— Eles sumiram. — Um dos policiais respondeu.

— Como assim eles sumiram?

— Primeiro foi a Abby, ninguém a viu saindo. Então ligamos para avisar a delegada. Enquanto Matteo falava com ela, fui checar as filmagens das câmeras de segurança que ficam do lado de fora da casa para ver se encontrava alguma pista. Nesse meio tempo, ela chegou e saiu correndo de carro com Matteo.

— Faz quanto tempo que isso aconteceu?

— Eu os vi saindo há cerca de dez minutos.

— Vou acionar o batalhão de polícia para darmos início à busca pela delegada — o segundo oficial falou.

— Não — Pietro interrompeu —, a delegada não iria sumir assim se não fosse preciso. Fazer um alarde sobre isso pode piorar a situação. Entre na casa todos vocês e vamos procurar alguma pista — O detetive ordenou. — Adolfo, entra em contato com a equipe que está fazendo a vigilância do nosso suspeito e verifique a localização dele.

Assim que entrou, Pietro avistou o celular de Anaya em cima da mesa da cozinha. Quando o pegou, viu que ele estava desligado. O detetive ligou o celular e foi verificar o histórico de chamadas; a última ligação recebida foi do celular de Abgail. Droga.

Com exceção do celular, nada mais parecia errado naquela casa. Tudo estava em perfeita ordem. Não havia nada revirado, tampouco indícios de invasão ou luta, não existia sangue respingado. Isso confirmava a informação que já haviam recebido: a delegada saiu por livre e espontânea vontade. Mas isso abria espaço para mais um amontoado de perguntas que, infelizmente, Pietro sabia a resposta.

— Detetive — Adolfo o chamou —, eles informaram que o suspeito não saiu de casa o dia todo.

— Como assim? Hoje não é dia de ele dar aula?

— Sim, mas ele não foi. Não saiu do apartamento. Ele mora em um condomínio pequeno, de poucos moradores. Ele entrou ontem à noite e não saiu mais de lá.

— Pietro — Cindy veio caminhando enquanto segurava Teobaldo em seus braços. — Eu não encontrei nada de estranho, com exceção de uma coisa.

— O que seria?

— A coleira dele — Cindy respondeu. — Teobaldo tem uma daquelas coleiras com rastreador que não tira jamais...

Pietro sorriu aliviado — A Anaya é mesmo terrível! É isso. Rastreiem a coleira do gato agora.

56

A casa ainda estava mobiliada com todos os móveis antigos, de décadas atrás.

Certamente, a casa mantinha-se o mais fiel possível ao que fora na infância do Ceifador.

Porém, algo chamou a atenção de Anaya: aparentemente, a casa possuía algum tipo de isolamento acústico. O motivo era óbvio. As vítimas poderiam gritar o quanto fosse, que ninguém as ouviria. Ela poderia gritar o quanto fosse, que ninguém a ouviria.

Anaya e Matteo foram caminhando lentamente até avistarem dois quartos, um de frente para o outro. No quarto à direita, havia sido improvisada uma espécie de estufa, onde Anaya viu a plantação de Rosas Negras. Eram muitas para que ela pudesse contar. Mas o que a horrorizou foram os quadros expostos na parede. Todos eles eram pinturas feitas à mão pelo próprio Ceifador. Essas pinturas retratavam as meninas: Anabele, Beatrice, Lavínia e Olivia, na exata posição em que foram encontradas. Os cabelos esparramados, as mãos elevadas sobre a cabeça, o leve cruzar entre as pernas... A nudez exposta com os detalhes mais ínfimos do corpo de cada uma. Nas telas, as jovens pareciam feitas de porcelana.

O choque foi tanto que o sentimento da delegada era o mesmo de alguém que esbarra com força em uma parede de vidro e sente todos os cacos estilhaçarem sobre si. Tudo nela doía.

Anaya percebeu que o que o Ceifador fazia era uma espécie de troca: ele deixava um corpo, mas levava consigo uma pintura.

A delegada também viu que, ao fundo do quarto, existia uma espécie de closet com quatro pares de roupas penduradas. De longe, Anaya notou que se tratava das roupas que as vítimas usavam no dia do sequestro.

"Quero você", as palavras do Ceifador inundaram sua mente. Será que, em breve, as roupas dela também estariam ali?

— Vejo que encontraram minhas rosas — o professor Petterson falou, parado na porta do quarto, bem em frente ao que Anaya e Matteo estavam.

— Onde está Abby? — Anaya perguntou.

— Irei te mostrar, mas, antes, sua arma. Jogue-a no chão e a chute até mim.

A delegada fez como ele pedia.

— A natureza humana é mesmo interessante, não? É mesmo incrível o fato de alguém que não pode enxergar conseguir ter um olhar de tanto ódio — O Ceifador falou sorrindo, enquanto Matteo seguia calado, tenso e esperando o momento certo. — Boa garota. — Ele falou enquanto pegava a arma. — Agora, pegue suas algemas e prenda o cego, por favor.

Anaya foi até Matteo, levou suas mãos para trás e prendeu as algemas nele. Mas, somente em uma das mãos, a outra ela deixou meio solta. Com um pouco de sorte, por considerar que, devido à ausência de visão, Matteo seria incapaz de se mover, o Ceifador não iria verificar o quão bem ela fechou as algemas. Com pesar, Anaya se recordava que esse foi um pensamento que ela também já teve um dia. Mas, nesse momento, esse tipo de arrogância poderia lhes trazer alguma vantagem.

Matteo entendeu o que ela desejava fazer e, por isso, continuou parado, contendo toda a fúria que estava presa dentro de si. Enquanto Anaya não se certificasse de que Abby estava viva e bem, Matteo não poderia fazer nada. Mas, enquanto estava ali, parado, ele sentia o ambiente ao seu redor. Estudava quantos passos Anaya dava para o outro cômodo, qual a direção que a delegada seguia. Ele estudava como aquele verme desprezível que era o professor se movia. Seu cheiro, seus movimentos, Matteo estava atento a tudo. Uma vida inteira de treinamentos esperando para entrar em ação.

— Agora, onde está Abby? — a delegada perguntou outra vez.

— Seu desejo é uma ordem, minha doce rosa — o Ceifador respondeu apontando para o interior do quarto onde estava parado.

Assim que Anaya entrou, avistou uma cama de casal, de madeira antiga. Essa deveria ser a cama onde os pais do Ceifador dormiam, e também onde as quatro jovens foram estupradas.

Ao canto, do lado da cama, sentada em uma cadeira, com os pés e mãos amarrados por um tecido, estava Abgail. Anaya correu até ela.

— Abby, você está bem?

A senhora balançou a cabeça positivamente, com os olhos assustados e cheios de lágrimas.

— Vou tirar você daqui, Abby, eu juro.

Uma gargalhada ressoou ao fundo.

— Não é bonitinho? — o Ceifador falou. — A esperança! Você nunca vai sair daqui, delegada... Nunca.

Uma teia de gelo e terror percorreu Anaya, e ela, mais uma vez, sentiu medo. Mas a delegada sabia que precisava ganhar tempo, e ela o faria, custe o que custar.

— Então é assim que você captura suas vítimas?

— Sim, geralmente mostrar uma foto ou duas e citar o nome de alguém da família, alguém com quem elas realmente se importam, já é bem eficaz... mas, isso não seria o suficiente para você, não é? Você precisava de algo mais... então, aqui estamos.

— Eu sempre imaginei como você fazia para capturar as vítimas sem chamar atenção, e no fim, não é nada demais... — Anaya falou. — Chega a ser patético de tão simples.

O maldito esboçou um sorriso de canto de boca.

— Simples, porém eficaz. Mas, eu concordo com você, é realmente patético se importar tanto com outra pessoa a ponto de caminhar para a morte só para salvar a vida dela. De fato, eu nunca vou entender tamanha imbecilidade. Mas, isso não significa que não irei explorar cada centímetro dessa fraqueza a meu benefício.

— Assim como matou seu irmão gêmeo, para se beneficiar da família que ele construiu?

Anaya notou que o Ceifador ficou temporariamente surpreso, e, em seguida, furioso.

— Sei quem você é, Nicolai — ela concluiu com os olhos em chamas.

Uma salva de palmas rompeu o silêncio angustiante do quarto.

— Palmas! Brilhante, você finalmente descobriu meu segredinho sujo — o Ceifador respondeu enquanto dava uma piscadinha de olhos. — Nem aquela imprestável da Adalice percebeu isso em tantos anos, e você, em poucos meses, chegou à verdade.

— Por que você faz isso, Nicolai? É por causa dela? Sua mãe? Sei que ela traiu seu pai e separou você do seu irmão. Em resultado disso tudo, seu pai acabou se matando de tanto desgosto... é tão trágico. Duas crianças pequenas jamais deveriam passar por isso... Mas, por que você fez isso com aquelas jovens? É pela forma como sua mãe morreu?

— Calada — Nicolai gritou furioso. — Você quer saber por que faço isso? É porque eu quero! É porque eu posso!

Ele passou a mão sobre seus cabelos. Respirou fundo duas vezes, e então virou para Anaya com a voz mais controlada.

— Agora, suba na cama.

A delegada não o obedeceu e continuou parada onde estava. Então, ele apontou a arma para o rosto dela, e ela não fraquejou. Continuou firme na mesma posição. Nicolai começou a sorrir, e, sem tirar os olhos de Anaya, apenas virou a arma para a cabeça de Abby.

— Você duvida que eu atiraria nela? — ele falou.

Não. Anaya sabia que não, e só por isso subiu até a cama onde ele ordenou e sentou nela.

— Agora, abra bem as suas pernas e amarre cada pé a uma ponta da cama.

A delegada sentiu uma nova onda de pânico crescer sobre ela, mas fez como ele exigia.

— Muito bem, minha linda rosa — o Ceifador continuou. — Agora, amarre um dos braços livres sobre a cabeceira.

Os olhos de Anaya estavam vermelhos de ódio. Se pudesse, ela o esfolaria vivo. Por mais que ela domasse todo o pânico que lutava para se libertar em seu interior, sua mente a sabotava, levando-a para os momentos da vida em que ela esteve tão indefesa.

Iolanda gritando desesperada. Anaya tentando protegê-la, até que o golpe acertou precisamente bem no meio da sua cara. Visão embaçada, pele do rosto ardendo. Ela tenta levantar novamente, mas é jogada com força contra a parede. A violência do impacto faz ela perder o fôlego e cair no chão, sentindo que vai sufocar. Cheiro de bebida no ar. Socorro. Ela precisa dar um jeito de fugir.

Seus pais gritando um com o outro, fazendo gestos agressivos com as mãos. Objetos sendo quebrados. Seu pequeno corpo em estado de alerta, sua respiração acelerada. Medo. Será que eles irão se agredir? Ela tenta pedir que parem, mas entre os gritos ninguém escuta sua voz. Coração disparado. Falta de ar. Pernas tremendo.

Bolinhas de papel sendo jogadas em cima dela na sala de aula. Crianças caçoando. Olhos cheios de lágrimas.

Anaya estava quase se entregando ao desespero, quase sucumbindo... E ela o teria feito se não tivesse olhado para o lado e visto Abgail. Amordaçada. Amedrontada. Tremendo. Isso a encheu de raiva. Instantaneamente lembrou que Matteo estava logo ali, a vinte e três passos de distância. E isso a encheu de força. Ela não estava sozinha. Ela não era fraca. Não era incapaz.

O Ceifador chegou bem ao seu lado e cochichou em seu ouvido.

— Eu sabia que com você seria diferente. A essa altura, as outras meninas choravam e suplicavam de medo, imploravam por sua vida. O pânico era refletido naqueles olhos... mas, você não. É claro que não. Aí está você cheia de ódio parecendo um animal selvagem encurralado.

Ele passou a língua na lateral do rosto da delegada.

— Espero que você mexa muito a hora em que eu penetrá-la. Vou adorar ver você se debater. Mas, não se preocupe. Eu vou te domar. Até que você implore para que eu tire sua vida.

Anaya levantou sua mão livre para esmurrá-lo, mas Nicolai segurou-a ainda no ar e, propositalmente, torceu seu pulso. Anaya uivou de dor. Em seguida, a delegada respirou fundo e conteve seu próprio sofrimento. Ela olhou para Nicolai, no mais profundo de seus olhos, e cuspiu em sua cara.

O homem limpou seu rosto, deu um novo sorriso e então deu um soco no rosto da delegada. Sangue espirrou de seu nariz quebrado, e imediatamente Anaya sentiu sua vista escurecer à medida que uma dor lancinante tomou conta dela, enquanto sua cabeça pendia para trás.

Antes que o Ceifador pudesse golpear Anaya pela segunda vez, Matteo surgiu atrás dele e chutou suas costas. Nicolai foi jogado para frente, bateu contra a parede e caiu no chão. Com a força do impacto, a arma que ele segurava correu para baixo da cama. Sem tempo de ir atrás da arma, enquanto se levantava, tirou uma faca que mantinha em sua cintura e se jogou contra Matteo. Como era ágil, ele desviou do golpe, mas, enquanto o Ceifador voltava, a ponta da faca encontrou seu braço.

Assim que viu sangue escorrendo do braço de Matteo, o Ceifador começou a rir.

— Tem algo que você não sabe sobre mim, cego. Sou um sádico. Isso significa que sinto muito prazer na dor. Então, você não imagina o quanto será maravilhoso fazer com que você escute os gritos dessa delegada enquanto a brutalizo. E depois, sua vovozinha. Prometo que você será o último a morrer...

Matteo se jogou contra o professor e ambos entraram em embate corporal. Enquanto brigavam, Matteo o socou inúmeras vezes. Percebendo que seria incapaz de vencê-lo nos golpes, o professor enfiou seu dedo na ferida recém-aberta, exatamente o local onde a faca havia perfurado. Matteo gemeu de dor. Mas usou sua mão livre para pegar o Ceifador pelo pescoço e o pressionar contra a parede. Matteo usou todas as forças que ainda tinha e, enquanto o apertava, começou a levantá-lo do chão.

Nicolai sentiu o ar se fechando sobre si, enquanto perdia a respiração, seus pés não paravam de se mexer, chacoalhavam violentamente. A cor em seu rosto foi lentamente sumindo. Até que Anaya conseguiu levantar-se e, mesmo com muita dor, voltou seu pulso para o lugar. Ela foi até suas costas e tirou a arma reserva que havia levado escondida, através do ombro de Matteo, ela mirou em Nicolai e atirou nele.

O barulho do disparo fez com que Matteo largasse o homem, que caiu desacordado no chão.

Matteo se virou e ouviu a voz de Anaya ainda fraca chamando por ele.

— Estou aqui. Estou aqui.

Ele caminhou até ela, seguindo o som da sua voz e seu cheiro. Sentou ao seu lado na cama e a abraçou. Assim que sentiu o toque de Matteo, Anaya desabou a chorar, e enquanto chorava, sentia seu corpo convulsionar por inteiro.

— Acabou. Acabou. Está tudo bem. — A voz de Matteo tentava acalmá-la, mas a verdade é que ele também estava abalado. Aquelas palavras, aqueles sons, o atormentariam por muito tempo. — Acabou.

— Vó — Anaya falou, virando-se para o lado em direção a Abby, que também chorava compulsivamente —, vou te soltar. Vai ficar tudo bem.

A delegada ainda proferia essas palavras quando viu Pietro entrar armado no quarto, seguido por Cindy, Adolfo e mais dois policiais armados. Ao vê-los, Anaya tornou a chorar ainda mais intensamente.

— Graças a Deus! — Ela clamava em seus pensamentos. — Graças a Deus.

57

— Ainda dói? — Pietro perguntou, olhando para o rosto de Anaya. Um imenso hematoma cobria parte dele, além do nariz, visivelmente machucado.

— Um pouco — ela respondeu.

— Que mentira! Aposto que dói muito.

Anaya sorriu.

— É verdade.

— Já preencheu todos os inquéritos? — ele perguntou.

— Eu sim, e você?

— Também... — Pietro pigarreou. — Na verdade, eu queria te dizer que Nicolai morreu nesta madrugada no hospital.

Anaya permaneceu em silêncio. Ainda era difícil para ela recordar tudo o que havia passado.

— E, também, encontramos um esqueleto humano soterrado nos fundos da casa. Acreditamos que seja do verdadeiro Petterson.

A delegada balançou positivamente a cabeça.

— Como você me achou?

— A coleira do Teobaldo foi uma ótima sacada — o detetive comentou.

Anaya sorriu.

— Que bom que você percebeu.

— Não posso receber os méritos sozinho. Na verdade, a Cindy notou antes de mim... Ela é incrível.

— Ela é mesmo. Você deveria dizer a ela como se sente... acho que ela sente o mesmo.

— Como você sabe sobre isso? — o detetive perguntou.

— Você sabe, notar essas coisas faz parte do meu trabalho... Mas, na verdade, é porque somos amigos. E um amigo sabe perceber o outro.

Pietro ficou emocionado ao ouvir Anaya chamando-o assim.

— Obrigado.

Anaya sorriu.

— E você, vai até ele?

A delegada sabia que Pietro se referia a Matteo. O detetive sabia... é claro que ele sabia. Anaya nem tentou negar. Desde o instante em que foram resgatados daquela casa, eles não se viam. Já havia se passado mais de 24 horas. 24 horas para ela pensar sobre o fato de que Vó Abby quase morreu, por causa dela. Que Matteo foi esfaqueado, por causa dela. Ela havia causado um trauma imenso na vida deles, e jamais se perdoaria por isso. Ela deveria tê-los protegido, deveria ter impedido que toda essa droga respingasse sobre eles. Mas não conseguiu impedir.

Ela deveria tê-lo capturado antes disso... se ela tivesse sido mais rápida.

— Não é tão simples assim...

— Anaya, se eu te conheço, você deve estar se culpando. Mas, espero ter que dizer isso só uma vez: não é sua culpa — Pietro afirmou.

— É claro que é. Se não fosse o envolvimento comigo, eles jamais teriam parado naquela casa.

— Eles teriam parado naquela casa de uma forma ou de outra, a partir do momento em que cruzaram com o Ceifador enquanto ele desovava a Lavínia. E, se não fosse você, ambos poderiam estar mortos, ou, talvez, Matteo tivesse matado Nicolai enforcado. Ainda que seja em legítima defesa, nunca é fácil conviver com o fato de que se matou alguém. Mesmo que esse alguém seja um monstro. Você sabe disso...

Anaya continuava parada, olhando para o chão.

— Olha — Pietro falou mais uma vez —, se você quer desistir, tudo bem. Se você quer se enclausurar no seu apartamento e viver à base de pizza outra vez, tudo bem. Mas, eu acho que, ao menos, você também deveria deixar que eles tomassem alguma decisão sobre isso, sabe? É a vida deles... Os sentimentos deles. Você não pode decidir o que considera ser o melhor para todo mundo.

Pietro se levantou.

— Pensa nisso. Por favor.

Anaya balançou a cabeça.

— Agora, aquele bando de abutres, prestes a se engrandecer diante do nosso trabalho, estão lá fora te esperando para dar a coletiva de imprensa.

— O governador e o secretário de segurança? — a delegada perguntou.

— E mais uma comitiva deles. Nunca vi tanto jornalista assim reunido em um só lugar.

— Então, acho melhor eu tentar dar um jeitinho nisso — Anaya disse, apontando para o seu rosto. — Assim que eu disfarçar com maquiagem, te encontro.

— Anaya, mas, antes disso, há mais uma coisa que quero te mostrar. — Pietro colocou um envelope fechado nas mãos da delegada. — Além das rosas, das pinturas e dos pertences das quatro vítimas, nós também encontramos um arquivo de mais oito mulheres. Fotos, parentes próximos, hábitos, tudo. Acreditamos que eram as próximas vítimas.

Anaya abriu o envelope, e havia muitas fotografias nele. Mulheres tão jovens e belas. Enquanto dedilhava as fotos, Anaya começou a chorar.

Foi por elas, por cada uma delas... tudo isso.

Elas haviam sido salvas!

Anaya tocou em seus lábios cortados, em seu rosto cheio de hematomas e em seu nariz que havia sido quebrado. Não foi em vão.

Oito garotas poderiam respirar. Poderiam se apaixonar, casar, ter filhos, envelhecer... Elas poderiam errar e acertar, sonhar. Estavam vivas e seguras.

O coração de Anaya foi envolvido por uma profunda emoção, então, com aquelas fotos em mãos, ela olhou para cima e sussurrou aos céus:

— Obrigada.

— Na data de ontem, 21 de julho de 2023 — Anaya começou seu discurso em frente àquela multidão de câmeras. Do seu lado, estava o Secretário de Segurança do Estado de São Paulo e o Governador, ambos engravatados e sorridentes. Atrás dela, uma comitiva de policiais, incluindo Pietro, Cindy, Adolfo, e toda a equipe que estava envolvida na investigação. — Mediante uma operação policial, foi capturado Nicolai Cardozo Morales, conhecido como O Ceifador de Rosas. Durante um período de três meses, ele fez um total de quatro vítimas conhecidas. Nicolai atuava há anos sob a identidade de Petterson Silveira Sales, professor de artes. Na madrugada de hoje, ele veio a óbito no Hospital Estadual de São Paulo. — Anaya fez uma breve pausa e, então, continuou. — Como delegada chefe nesse caso, não quero dar holofotes sobre a vida de um assassino, mas gostaria de enaltecer quatro mulheres que deixaram este mundo jovens demais. — Os olhos de Anaya lacrimejaram quando ela começou a falar. — Anabele, Beatrice, Lavínia e Olivia. Essas jovens eram cheias de sonhos, cheias de vida, de planos, mas, sobretudo, cheias de bondade! Mulheres que deixaram famílias e histórias que devemos honrar. Elas eram filhas, amigas, irmãs, vizinhas... Elas eram eu, e também eram vocês. Suas vozes jamais deverão ser esquecidas, suas memórias para sempre serão enaltecidas. O Brasil chorará sua saudade. — Anaya suspirou fundo. — Hoje, podemos declarar que, por elas, a justiça foi feita, embora a falta será eterna. Eu gostaria de finalizar lendo um poema, escrito por Olivia. — Anaya pegou o Diário da menina e começou a ler suas palavras:

"Se hoje fosse meu último dia, eu agradeceria pela vida que me foi tão linda.

Eu agradeceria pelo cantar dos pássaros que me despertaram todas as manhãs...

E pelas estrelas que brincavam no céu durante todas as noites.

Eu agradeceria pelo amor que vi brilhar nos olhos de minha mãe, e pela bênção de ser sua filha.

Ah, se hoje fosse meu último dia, eu partiria feliz, sabendo que na vida eu não estive só de passagem, eu amei, fui amada, e é esse o amor que me envolverá através da eternidade.

Se hoje fosse meu último dia..."

Anaya fechou o diário, em frente a tantas câmeras, ela decidiu olhar para a imensidão do céu.

— Obrigada por terem existido. Vocês serão lembradas. — Então ela voltou seu olhar para a multidão, à sua frente, muitos jornalistas também choravam. — Obrigada a todos por virem aqui nesta manhã. A partir de hoje, São Paulo poderá voltar a dormir em paz.

Anaya deixou a coletiva de imprensa em meio a uma enxurrada de palmas.

Ela mantinha sua mente focada no rosto de cada uma daquelas meninas que estavam nas fotografias. Agora ela entendia, existia um motivo para ela caminhar por entre os lugares mais obscuros: era para salvar vidas. Era isso que ela fazia.

E, contanto que ela não descesse até esses lugares sozinha, ela ficaria bem.

Pois, também havia um lugar preparado para o seu coração descansar. Uma casa imensa, onde seu gato já tinha decidido ficar. Um lar com um par de olhos claros e uma senhora sapeca.

Ela estava com medo, é verdade, mas sua mente se aliou ao seu coração, e passou a repetir as palavras que Matteo lhe disse tantas noites atrás:

"Volte para mim, volte para cá. Não importa como esteja, o quão difícil o dia tenha sido, apenas volte... E, para todas as outras coisas, eu te garanto, nós podemos dar um jeito."

58

A delegada estava novamente parada em frente àquele portão imenso. Ela pensava em muitas coisas para dizer. Começaria suplicando por perdão, por falhar em protegê-los, por permitir que Vó Abby fosse sequestrada e por Matteo ter sido esfaqueado.

Pediria perdão pelo trauma de terem sido expostos a tudo aquilo... E, diria que, se eles quisessem, ela nunca mais apareceria na frente deles outra vez. Mas, também, diria o quanto os amava...

Enquanto Anaya estava ali, parada, pensando em tudo o que falar e não falar, sentindo todas as suas emoções perambularem e misturarem entre si. O portão se abriu. Era Matteo, só de calça de moletom e sem camisa. Quando o viu, Anaya sentiu perder o ar em seus pulmões.

— Boa noite, delegada — ele disse.

Como ele sabia que era ela? Anaya sorriu...

— Boa noite, Matteo.

Um minuto de silêncio se estendeu entre os dois. Anaya nem sabia por onde começar...

— Matteo, sinto... — Ela foi interrompida quando ele a pegou nos braços e beijou seus lábios. Dessa vez, um beijo extremamente terno. Ele buscou sua língua, provou da maciez de seus lábios e então saiu deixando um rastro de beijos por todo o seu rosto.

Anaya mal podia acreditar que finalmente estava em seus braços... Espera, seu braço.

— Matteo, vai abrir os pontos — ela disse preocupada, olhando para o braço que estava enfaixado.

— Não ouse descer do meu colo, delegada. Você não imagina o quanto eu estava com saudades, depois de tudo que aconteceu então... se pudesse, eu juro que te colaria para sempre em mim.

Anaya sorriu.

— Eu não faço nenhuma objeção. Anaya segurou seu rosto, acariciou seus lábios e o beijou novamente. Era um sonho que pudesse beijá-lo quantas vezes desejasse e que, finalmente, pudesse mergulhar nesse oceano de águas cristalinas que era o seu olhar. — Eu te amo, Matteo. Eu te amo com todo o meu coração, e sinto muito por tudo... — Ela disse com os olhos cheios de lágrimas.

— Eu te amo, delegada. E, por favor, não chore. Você finalmente está em casa.

Ao longe, Anaya viu Vó Abby vir correndo ao encontro deles com Teobaldo em seu colo.

— Matteo, libere a Anaya para que eu possa abraçá-la também.

A contragosto, e incapaz de contrariar sua vó — ainda mais depois do acontecido, Matteo pôs a delegada no chão.

— Oh, minha querida — Vó Abby disse. — Eu senti tanto medo de perder você! Prometa que nunca mais vai me dar um susto desse.

— Vó — Anaya começou a chorar enquanto abraçava Abby. Suas lágrimas eram tão intensas que ela nem ao menos conseguia falar. A cada lágrima que derramava, ela liberava mais um pouco de tudo quanto vinha prendendo dentro de si.

Quando ambas finalmente se soltaram, Teobaldo pulou para o colo de Anaya. Vó Abby falou, enxugando seus olhos.

— Eu te disse! Te avisei que seríamos ótimos no papel de Scooby-Doo e Salsicha.

Anaya não conteve a risada; Abby era terrivelmente maravilhosa. Embora, ao lembrar daqueles momentos, ainda sentisse um aperto no peito, não ofuscava a alegria que ela sentia ao estar ali, ao lado deles.

— Agora venham, eu preparei um jantar delicioso para nós. E eu fiz até sobremesa. E, por favor, não me venham com um papo de que não estão com fome, se não vocês já sabem... vou morrer de desgosto.

Anaya e Matteo começaram a rir. E, de mãos dadas, acompanharam Abby até a cozinha. Juntos, sentaram-se para fazer uma refeição à mesa exatamente como eram, uma família.

A primeira noite de muitas que seriam exatamente assim, perfeita como essa.

— Ah, sabe que os ver assim, juntos e apaixonados... — Vó Abby comentou — me deu até vontade de arrumar um namorado também.

Matteo se engasgou assim que ouviu o comentário de Abby, e Anaya caiu na risada. Mas, o que ambos não sabiam é que sim, Vó Abby falava sério. A velha senhora já estava até pensando se existia um aplicativo de encontros para terceira idade.

No dia seguinte, com certeza, ela descobriria.

Mas, por hoje, durante essa noite, ela somente desfrutaria da maravilhosa bênção que é poder jantar com seu neto, sua neta e seu gato.

CAPÍTULO EXTRA

O sol estava raiando, os pássaros cantavam no quintal. Aquele era um dia perfeito.

Anaya daria finalmente a Matteo o presente que ela tanto almejava. Cores. Ela lhe entregaria as cores.

Ela vinha há muito ansiando por isso. Seu coração batia descompassado, e, ao que parecia, seu espírito adolescente rebelde havia capturado um milhão de borboletas e soltou todas elas em seu estômago.

A delegada ainda achava um absurdo ter todas essas coisas acontecendo dentro de si, mas, o espírito adolescente rebelde sabia: ela gostava. Então, andava caprichando nas sinfonias que tocava dentro dela sempre que Matteo chegava.

Enquanto olhava para todos os elementos expostos na cama, Anaya começou a repassar todo o repertório em sua mente outra vez. Amarelo, azul, rosa...

Ela não deveria estar se sentindo como uma criança no primário, desejando saber se passou de ano. Nem deveria estar sendo tomada por essa ansiedade crescente e esse nervosismo. Não deveria ter se olhado no espelho ao menos dez vezes e passado a se sentir meio boba. Ela era Anaya Akello, uma delegada durona. E não uma menina boba e apaixonada.

Sim, ela era uma menina boba e apaixonada.

Isso não deveria ser tão difícil... ou deveria?

— Esperando por mim, delegada? — A voz de Matteo irrompeu no quarto.

Anaya se virou, olhou para ele e desmanchou. Tudo saiu... medo, ansiedade, nervosismo, questionamentos. Tudo.

— Se você continuar andando por aí só de calça de moletom, sem nem ao menos usar uma camiseta, vou precisar te prender por atentado ao pudor, sabia?

Matteo gargalhou. E o som da risada, meio rouca, reverberou dentro dela.

— Não tem problemas, eu adoro suas algemas.

Lascou. O espírito adolescente rebelde se tornou a estrela de um circo dentro de Anaya. Havia fogos de artifício, malabaristas com chamas de fogo e tudo.

O homem foi se aproximando lentamente.

— Eu já te falei hoje o quanto amo que você esteja aqui?

— Já. Assim que acordamos.

— Acho que preciso falar mais uma vez... e outra. — O rosto de Matteo já estava quase colado ao dela. — Eu amo que... — Ele a beijou antes de completar a frase. Esses lábios haviam se tornado seu lugar favorito no mundo.

— Tenho algo para você, mas não sei muito bem como fazer isso. — Anaya falou. — Então... lá vai.

Ela deu play em seu celular e, a risada de uma criança pequena, encheu todo o ambiente.

— Isso, é o amarelo.

Quando Matteo se deu conta do que Anaya estava fazendo, sentiu uma onda de emoção percorrer todo o seu corpo Ela havia encontrado uma forma de dar a ele algo que jamais tivera.

— É alegre, às vezes delicado e às vezes vibrante. É inocente e também cheio de pureza. O amarelo é como o sorriso de uma criança.

Quando olhou o semblante de Matteo, identificou a emoção refletida em seus olhos cristalinos. Ao vê-lo, Anaya quase chorou.

— O azul é um dia de sol, como hoje. Calmo, tranquilo e sereno... Ele é plenitude e suavidade. Mas, também pode ser como uma noite profunda.

Anaya pegou um pedaço de algodão-doce, que havia deixado em uma travessa de porcelana sobre a cama, e ofertou para Matteo provar.

— O rosa é uma cor doce... leve ao toque. Etérea. — Anaya sorriu — Dependendo do tom, é como provar de muitas nuvens feitas de algodão.

Matteo sorriu.

— Quando eu era criança, não sei por que, mas eu achava que rosa era a cor das princesas... — ele falou meio sem jeito.

— Nessa idade, é mesmo! — Ela continuou sorrindo.

— E... Como são as nossas cores? A minha e a sua?

A pergunta pegou Anaya desprevenida. Quando ela pensou sobre si mesma, a primeira coisa que surgiu foram as palavras que ouvira em sua infância, na escola. Mas ela não conseguiu dar vazão a esses pensamentos, afinal, ela estava na frente de Matteo.

De Matteo.

Esse homem que a amava e a desejava... Que a beijava por inteira, e tocava seu corpo com devoção.

Que enxergava beleza em sua alma e a enchia de força.

Matteo. Esse homem que havia se tornado uma ilha segura para que seu coração pudesse se abrigar. Uma ilha de alívio em meio às dores. Um lar. Seu lar.

— Ah... — Anaya respondeu. — Sou como uma barra de chocolate ao leite. E você... é um punhado de arroz.

— Quê? — Matteo fez uma careta. — Você está falando sério? Eu sou um arroz?

Anaya gargalhou.

— Você é! Pergunte à Vó Abby, ela vai concordar.

Ele a tomou nos braços ainda rindo.

— Não duvido, apaixonada por você como ela é... É capaz de concordar com tudo. — Anaya entrelaçou os braços em torno do pescoço de Matteo.

— É porque eu sou deliciosamente adorável...

— Bom, uma coisa é certa, você é realmente a coisa mais deliciosa deste mundo, delegada! — Ele brotou um beijo em seu pescoço. — Nada se compara a você...

— Se você continuar me beijando assim, posso te promover a uma barra de chocolate branco.

Anaya ouviu o som abafado daquela risada rouca contra seu pescoço, e seu coração foi inundado por uma centena de sensações distintas. Todas diferentes e igualmente maravilhosas.

— Seus desejos são uma ordem.

Ainda existia mais uma dúzia de cores que ela queria lhe mostrar, mas deixaria todas para mais tarde. Agora, ela se deleitaria nos carinhos desse homem. *Sua luz. Sua ilha. Sua vida.*

EPÍLOGO

Anaya encontrou Dona Ana sentada naquela mesma pracinha próxima à sua casa.

Estava ali para fazer duas coisas que eram muito importantes: devolver o diário de Olivia e pedir-lhe perdão...

Ana a avistou chegando e ofereceu-lhe um sorriso. Então, Anaya sentou ao seu lado e entregou-lhe o diário.

— Obrigada pela homenagem que fizeste à minha filha, e a todas as outras jovens que partiram antes dela. Significou para mim, mais do que um dia poderei expressar... — Ana falou.

— Obrigada por permitir que ele tivesse ficado comigo até agora... — Anaya falou. — Dona Ana, eu... preciso te pedir perdão por aquele dia, eu, realmente, sinto muito.

— Está tudo bem. De verdade mesmo... As feridas em seu rosto ainda doem muito?

Instintivamente, Anaya passou a mão na parte fraturada de seu rosto. — Um pouco... mas vai sarar.

A delegada observou que, sobre o colo de Ana, existia uma Bíblia. Anaya se deu conta de que ela não estava mais sentindo tanta raiva e que isso não a incomodava como antes. Não era como se ela ainda tivesse alergia à fé ou, como se essas escrituras fossem como chamas de fogo sobre sua pele — incapaz até de tocar. Mas ela não compreendia.

Ainda não compreendia como era possível. Como Ana conseguia se manter agarrada a isso depois de tudo... almejando por uma resposta que, com muita sinceridade, enquanto encarava aquele livro preto em seu colo, Anaya falou:

— Eu ainda não compreendo...

Dona Ana olhou em seus olhos com aquele olhar humilde que já lhe era tão característico, acompanhado de um sorriso pequeno e discreto.

— Este é o mistério... A grande questão que poucos verdadeiramente compreendem. E, na verdade, é bem simples, afinal: A bênção do Evangelho é Cristo! A recompensa é Ele! Não é carro, casa... tampouco bens materiais, ou a promessa de vitória constante, nada disso. A grande bênção do Evangelho é Jesus! E tudo aquilo que Ele conquistou na Cruz do Calvário.

Anaya refletiu um pouco.

Ela compreendeu o que ela queria dizer. Parcialmente, é verdade, mas, de certa forma, compreendeu. Começou a fazer sentido dentro dela, embora ela soubesse que precisaria se debruçar muito mais em conhecimento para ter acesso à real profundidade contida nessas palavras. E, embora ela ainda não compreendesse em sua totalidade, acreditava. Fazia sentido com o motivo pelo qual Dona Ana se negou a abandonar a sua fé, mesmo quando ela própria, tão covardemente, tentou forçá-la a isso.

Anaya também pensou que talvez, só talvez, a falta dessa compreensão e o que quer que ela realmente signifique fosse um dos motivos pelos quais tantas pessoas estavam tão frustradas — sendo ela mesma uma dessas. Foram tantos anos nutrindo raiva de Deus e de tudo o que a fé representa. Quase como se tivesse desenvolvido alergia a esse assunto. Era, apenas, insuportável.

Mas, aqui estava ela, ansiando por conhecer mais. Por entender o que nunca entendeu. Ela sabia que parte dessa raiva vinha pela injustiça que via predominar e por tudo o que almejava e não aconteceu. Mas, quem sabe, realmente não se tratasse somente do que Ele pode fazer agora, mas, principalmente, do que já foi efetuado muito antes de ela vir à existência.

Esse era um pensamento... um pensamento. Quem sabe, uma verdade.

Anaya avaliaria melhor essas hipóteses em outro momento. Agora, ela tinha uma pergunta:

— E como isso tira a dor do seu coração?

— Não tira. Mas, me permite continuar...

Dentro de Anaya existiam nós. Nós feitos daqueles dados em cordas e gravatas. Simultaneamente, nós sendo desfeitos e nós sendo dados. Em sua cabeça e em seu coração.

— A proposta do Evangelho nunca foi uma vida ausente de dores, sofrimentos e aflições. Embora Ele nos garanta alívio e consolo em meio a elas. Tendo Ele mesmo poder para atuar em nós *através* delas.

— Da dor?

— Sim... Da dor, do sofrimento e também da aflição. Da perda, do fracasso, do luto.

— Ana, eu... Admiro a sua fé! E é por isso mesmo que eu não compreendo como isso pode ser justo. — As indagações de Anaya eram realmente honestas, e Ana percebia isso. Então, considerava cada uma delas com total atenção. — Como pode ser justo que Deus não tenha livrado sua filha da morte, sendo a senhora alguém que vive uma vida de devoção para Ele?

Dona Ana parou por um momento. A pergunta. Enfim, a pergunta.

Essa era a pergunta que todos queriam lhe fazer, mas não faziam. Era a pergunta que ela fez a si mesma por um momento. Somente por um instante. Pois, já havia percebido que algo de eterno agia em seu interior diante de suas fraquezas, de seu sofrimento. Esse algo, Ana sabia, era o próprio Espírito Santo de Deus. E ela sabia identificar o som da voz inaudível ressoando em seu interior.

— Justo? — Ela sorriu, um riso triste e feliz, triste e esperançoso, e, sobretudo, um riso curto. Tão curto que era somente um breve mover de lábios. — Como posso falar de injustiça se tenho a Jesus? — Ana suspirou, voltou os olhos para a linha do horizonte que se perdia entre tetos de casas e folhas de árvores. — Deus não é indiferente à minha dor, doutora. Na verdade, Ele próprio conhece mais do que qualquer um a intensidade da agonia que sinto... então, como seria injusto se Ele é um Pai que entregou seu filho para morrer por mim? Uma morte pública. Profundamente dolorosa e também humilhante... O filho do próprio Deus! Então, que poder de persuasão teria eu para exigir que Ele livrasse a minha filha da morte, quando, muitos antes disso, Ele não livrou o filho dele? — Ela divagou em seus pensamentos, sem pressa... Na verdade, pressa é algo que a abandonou no dia em que sua filha não voltou para casa — "Se possível for... Se possível for, afasta de mim este cálice" — Ana citou a frase do Getsemani. — Às vezes, e por razões que certamente eu jamais terei resposta nesta vida, não será possível. Mas, a minha fé não está presa a respostas.

Anaya não conseguia refutar, tampouco compreender... realmente compreender. Talvez, ainda fosse muito para ela, mas de alguma forma, sabia que aqueles argumentos faziam sentido, o que não os tornava de modo algum mais fáceis de serem vividos. Talvez, fosse uma questão de aceitar a verdade e... Render-se a ela. Deixar que façam sentido somente para o coração.

— Noite passada, tive um sonho. No meu sonho, eu estava sentada à beira de um lago de águas cristalinas, ele era de uma beleza indescritível. Porém, mais do que a própria beleza daquelas águas e de todo aquele lugar, o que se destacava era o sentimento de completude. A paz que ali existia, a alegria tão serena, o profundo amor... tudo, absolutamente tudo, estava em plena harmonia. Então, quando olhei para o lado, vi minha filha caminhando até mim... — Os olhos de Ana encheram-se de lágrimas, a voz embargou. — ela usava um vestido branco, tão lindo, o tecido era leve e esvoaçante, repleto de detalhes e, ao mesmo tempo, simples... Os cabelos dela estavam soltos, eles mexiam-se com o vento, e em sua cabeça existia uma tiara dourada, delicada, repleta de pedras preciosas. A maneira como elas se dispunham me lembrava um arranjo de flores. Estava tão bela quanto uma noiva. Ela sentou ao meu lado e segurou minha mão. Os pés dela estavam descalços, eles brincavam com a água... ficamos ali, sentadas em silêncio, pelo que pareciam ser horas ou uma pequena centelha de eternidade. Conversávamos sem falar, as palavras não se faziam necessárias. Era tão lindo, tão lindo. E o amor tão profundo, tão real, tão intenso e verdadeiro que era quase palpável... no semblante dela não existia nem a sombra de dor, de sofrimento, de tristeza, de raiva ou de saudade. Era como se, ali, essas coisas não existissem. Em dado momento, ela olhou para mim e sorriu, seus olhos reluziam, e sem proferir uma palavra, ela me disse:

— Mãe, não me peça para voltar.

Dona Ana chorou aquele choro silencioso. Mas seu rosto também carregava a sombra de um sorriso e seus olhos cintilavam de esperança.

— Sabe, quando acordei, eu entendi que, se uma escolha fosse dada à minha filha, ela escolheria continuar lá, onde está! Com Deus! Desfrutando de maravilhas reservadas para esse momento que é para além da vida.

Anaya perguntou-se se esse sonho seria real, ou somente os devaneios de uma mãe desesperada por consolo... mas, não seria incrível se ele fosse? Inesperadamente, ou, de forma completamente esperada, a pergunta mudou de forma e se tornou algo parecido com "E, por que não haveria de ser real?". Dentro dela, de uma maneira que foge a explicações plausíveis, Anaya compreendeu que aquele sonho havia sido um presente enviado para Dona Ana, algo particular e essencial para a própria trajetória dela.

Talvez uma gota do consolo de que ela tanto fala, ou um cuidado de Deus em meio às suas aflições? Seja como for, mesmo sem entender, Anaya somente acreditou... acreditou e por isso ficou feliz. Verdadeiramente feliz.

A delegada olhou para ela, uma mulher de olhar humilde, que possui uma fé tão imensa que, em um passado não muito distante, a enchia de raiva. Essa mulher por quem agora ela nutria um profundo respeito e, admitiu para si mesma, gostaria muito de se tornar amiga.

O que vinha acontecendo com ela? Claramente, ela não era mais a mesma.

Anaya olhou para a linha do horizonte e começou a sorrir...

Não um riso de quando se acha algo engraçado, mas um riso de aceitação, de rendição... e de felicidade por finalmente se permitir isso. Ela não conteve o riso que iluminava todo seu rosto; na verdade, mais do que isso: um riso tão doce que iluminava sua alma. — Sabe, Dona Ana, eu gosto especialmente da senhora... será que, vez ou outra, eu poderia aparecer na sua casa para tomar um cafezinho, te ouvir e comer um bolinho de chuva?

— Eu adoraria, doutora, eu adoraria.

— Sabe uma coisa que o seu sonho me fez pensar?

— O quê?

— A sensação que tive foi de cura completa, no corpo, nas emoções, na alma... mas, acho que essa ainda não seria a palavra certa, "cura", porque, na verdade, me ocorreu que ali, nesse lugar, feridas nunca existiram... Não sei se faz algum sentido para você...

Dona Ana sorriu.

— Você está começando a entender, doutora...

Elas continuaram sentadas naquele banquinho por mais alguns minutos. Sem proferir palavras. Mas, pela primeira vez, entre elas e ao redor, tudo estava em harmonia. Elas não precisavam falar para sentir.

Anaya não conseguia parar de pensar em como essas conversas, tão francas e tão dolorosas, mudaram sua vida. E, honestamente? Ela mal poderia esperar pelas que ainda viriam... Ela sabia que essas conversas eram somente um começo.

E ela estava verdadeiramente feliz por isso.

CARTA AO LEITOR

Querido leitor,

Inicialmente, eu havia imaginado iniciar esta carta de um modo mais espontâneo e descontraído. Confesso que o meu intuito seria te arrancar algumas risadas, e por isso mesmo eu pretendia iniciar esta carta assim:

Querido leitor, (mais uma vez rsrs)

Se você considerou que o enredo criminal deste livro ficou bom, saiba que é porque sou formada em Criminal Minds, CSI e mais uma infinidade de filmes e séries criminalísticas que amo maratonar. E, claro, não podemos esquecer dos podcasts — um vício à parte.

Mas, se por outro lado, você considerou que ficou um tanto quanto ruim, devo dizer que é pelo mesmo motivo kkkkkk.

Gostaram? Pois saibam que, por alguns meses, esse seria o que chamo de um belo e engraçado começo.

Acho que você já deve ter percebido que escrevo livros pensando em escrever cartas. Isso acontece, pois, para mim, escrever um livro só faz sentido se houver alguma mensagem que eu queira transmitir com ele, e é por isso que as cartas são tão especiais.

Cartas que contêm muito do meu coração. Cartas que, ao seu próprio modo, te transmitam mensagens... Mensagens que ecoam dentro de mim! E que fazem sentido para a mulher que sou e para a vida da forma, como eu acredito.

Cartas que descrevam os meus propósitos e que te revelem o porquê escrevi o que escrevi.

Cartas que, sobretudo, são sempre escritas com a esperança de que, de alguma forma, possam conversar com sua alma. Tocar seu coração. E trazer algum impacto à sua própria existência.

Então, talvez seja por isso que, no meio do caminho — mais precisamente, no meio do livro — de alguma forma, o começo desta carta, que eu julgava tão divertido e descontraído, mudou.

Enquanto escrevia Chamas Tremeluzentes, me dei conta de que existia uma constante indagação dentro de mim: "Por que coisas ruins acontecem com pessoas boas?" e, até mesmo, "por que Deus permite que coisas ruins aconteçam com pessoas boas?"

Talvez, antes mesmo que eu tenha percebido, esse livro nasceu com a esperança de trazer alguma resposta diante dessas perguntas. Mas, temo que ao finalizá-lo, elas ainda permaneçam como são: inexplicáveis.

E eu acho que, talvez, esse seja um dos grandes desafios da fé: manter acesa essa chama mesmo quando, diante da mais profunda dor, a vida não te apresentar respostas.

Por isso mesmo, eu quero te contar, meu querido leitor, que Ana foi uma personagem inspirada em muitas mulheres que tive o prazer de conhecer ao longo da minha vida. Mulheres que passaram pela pior dor que o coração humano pode conhecer. Uma dor que é inenarrável, inominável.

Afinal, não existe uma palavra que descreva uma mãe que perdeu seu filho.

Essa Ana que escrevi já esteve em muitos lugares: alas hospitalares, UTIs neonatais, oncologia. Em casa, fazendo o almoço, em mais um dia no trabalho, caminhando na rua, na igreja... Essa Ana já possuiu todos os nomes, aqueles que conheço e também os que nunca ouvi falar. Aqueles que já foram esquecidos pelo tempo... Ela já morou em todos os países e percorreu todas as épocas. Anas que já morreram e Anas que ainda existirão.

Algumas dessas mulheres, conheço intimamente. Outras, de longe, pude ouvir seus testemunhos. Mas todas elas arrancaram gritos de dor da minha alma.

Uma das cenas mais tristes que eu já pude presenciar em toda a minha vida foi ver minha amiga enterrar sua filhinha com apenas quatro meses. Não sou capaz de descrever o que é participar de um velório onde o caixão é tão pequeno.

Eu me lembro claramente do instante em que recebi a notícia de que Laurinha havia partido. Eu caí no chão, prostrada, chorando alto. Me recordo de como fui inundada por um desespero tão grande. Da forma como meu corpo tremia e eu só conseguia clamar: "Senhor, tenha misericórdia. Senhor, tenha misericórdia".

Aquela madrugada eu não dormi.

Mas, eu também me recordo que no dia seguinte, no velório, diante do caixão da sua filhinha, com o coração mergulhado em dor, minha amiga acariciava o rostinho de sua pequena e cantava louvores. Um após o outro, ela cantava louvores... havia tantas pessoas naquele lugar, e embalados pela adoração daquela mãe enlutada — a minha amiga — todos cantávamos juntos.

Eu não consigo voltar para esse dia sem chorar.

Vê-la cantando daquele jeito, me espantou!

Naquele instante, eu tive certeza de que Deus estava ali. Não existem explicações humanamente possíveis para a adoração que eu a vi entoar naquele dia.

Na igreja onde congrego, uma igreja simples, amorosa e pequena — no momento em que escrevo, ainda não temos nem cem membros. Contudo, nela existem pelo menos três mulheres muito queridas que também foram levadas a percorrer esse mesmo caminho de dor. Gostaria de escrever, em breves palavras, a história de uma delas:

Há poucos anos, no dia 26 de dezembro — um dia após o Natal —, o filho dessa irmã passou mal, foi ao hospital e, chegando lá, faleceu Ele era pai de dois filhos pequenos.

Aos domingos, durante o culto, essa irmã, que por mim é tão querida e possui uma voz de trovão, costuma ter a oportunidade de louvar e, costumeiramente, convida seus netos a cantarem com ela. Ver os três cantando juntos, quebra meu coração. Isso me constrange e faz com que eu mergulhe em minhas próprias lágrimas. E, enquanto eles louvam, tenho a certeza de que Deus está ali com eles.

Através dessas mulheres, minhas amigas, eu compreendi que a fé não é uma anestesia contra a dor e o sofrimento, nem uma garantia de uma vida ilesa de decepções. Mas, de uma coisa eu sei: Deus está intimamente perto daqueles que sofrem. Tão próximo que a Bíblia afirma: Bem-aventurados os que choram, pois eles serão consolados.

Sabe, querido leitor, às vezes, eu me canso. Às vezes, eu também perco a esperança. Às vezes, eu caio nesse labirinto sem fim... às vezes choro com as notícias que vejo nos jornais e, confesso, algumas delas até me reviram o estômago.

Você, querido leitor, já ficou tão desolado por algo que até sentiu vontade de vomitar?

Eu já sustentei em meus braços amigos que, em nossas conversas, relataram como foram violentados na infância, e eu juro que senti esses relatos rasgarem minha alma.

Eu me volto para esse momento da vida, onde há tanta inocência e fragilidade, a infância e, ter ciência do que algumas crianças suportam, chega a ser demais para mim. Me quebra.

Por vezes, quando me sinto desmoronar diante de tanta crueldade, eu corro até meus filhos, Enzo e Liz, e os abraço com o coração em prantos. Eu os abraço tão forte, mais tão forte, que é como se nesse abraço eu pudesse livrá-los de tudo. Como se, nesse abraço, eu pudesse abraçar também tantas outras crianças e tantos outros corações. E, no fim, eu os abraço, porque também preciso me consolar.

E, assim como você, eu também já me perguntei: "Por quê?"

Descobri que a teologia oferece um punhado de respostas, a filosofia também. Mas nenhuma delas pode estancar o mar de dor que jorra do peito de alguém que se encontre em um momento de sofrimento tão profundo assim.

Nessa busca por respostas, lembrei-me de Jó e de como, ao questionar a Deus, recebeu em troca ainda mais perguntas. Ainda assim, isso não impediu que, em seu coração, em suas emoções, no tempo certo, ele fosse curado.

Deus não prometeu respostas, mas prometeu sua presença. "Estarei com vocês todos os dias até a consumação dos séculos".

Com isso, meu querido leitor, eu entendi: respostas não curam, mas a presença sim!

A presença cura, o amor cura, o consolo cura.

Gostaria de conseguir escrever esta carta usando outras palavras, mas não consigo. Onde vejo dor, ali eu vejo Deus. Onde vejo cura, ali eu vejo Deus. Onde vejo amor, ali eu vejo Deus. Onde vejo recomeço, ali eu vejo Deus. Onde vejo lágrimas sendo enxugadas, ali eu vejo Deus. Onde vejo consolo, ali eu vejo Deus. Onde vejo a fênix ressurgindo das cinzas após ter sido consumida pelo fogo, ali eu vejo Deus.

Não consigo desvincular esses eventos de Deus.

Então, sabe, querido leitor, se sua vida tem sido como aquela floresta que foi queimada, onde nada sobrou, não permaneça sozinho em seu sofrimento. Lembre-se das chuvas que virão e dos brotos que nascerão sobre as cinzas. Lembre-se da esperança!

Aceite as mudanças que a dor te causará. Deixe fluir essa metamorfose em ti e... prossiga!

Permita-se ser consolado!

Permita-se ser abraçado!

Permita que sequem suas lágrimas e que chorem contigo...

E, por favor, lembre-se do quanto você é verdadeiramente amado e do sol que voltará a brilhar.

Permita-se...

Ah, e antes que eu me esqueça, existe algo muito importante sobre Matteo que eu gostaria de te contar. Neste livro, ele só é cego para nos lembrar de que as coisas belas da vida devem ser vistas com os olhos da alma.

Com amor, Nay.

AGRADECIMENTOS

Escrever é algo que sempre me remexe por dentro.

Me leva a revisitar lugares... E lá, eu os moldo com novas formas, pinto suas paredes com outras cores e visto-os com as lições que aprendi.

Em cada linha, vou depositando discretamente parte da essência que preservo em mim e, entrego a elas, a vida vista pelos meus olhos.

No fim, sempre tem um porquê de cada história ser como é.

E, ainda sim, existe uma infinidade de processos para transformar tudo isso em um livro.

O meu processo começa com a minha mãe. Ela é sempre a primeira pessoa a ler qualquer coisa que escrevo. *Sempre.*

E eu sempre aguardo ansiosamente os áudios que ela me envia quando termina de ler. Os áudios da minha mãe são peculiares: quando esta emocionada, ela me manda áudios soluçando de chorar. Quando se diverte, ela me manda áudios quase perdendo o fôlego de tanto rir. E, se tratando de *Chamas Tremeluzentes*, recebi áudios horrorizados (kkkkkk). Minha mãe é daquelas que realmente consegue transmitir toda a emoção pela voz, mesmo longe, ela te faz sentir.

Confesso que comecei a suspeitar que este poderia ser um bom livro, quando ela me disse que estava passando mal com alguns capítulos (a pressão da coitadinha até caiu kkk) mas ela não conseguia parar de ler, pois precisava saber o que aconteceria.

(Desculpe por te obrigar a ler algumas "tragédias", mãezinha... Ok, confesso que meu pedido de desculpas é esfarrapado, pois a senhora é **obrigada** a ler mesmo assim kkkk).

Minha mãe é uma incentivadora nata! Aquela que me impulsiona a ir além! Ela me faz acreditar que sou capaz mesmo quando estou morrendo de medo, e suas palavras acalentam meu coração. Então mãezinha, a você o meu muito obrigada! Eu te amo tanto, tanto... Ser sua filha é um belo presente.

Jeff Rubim, meu amor, o lar que estamos a tantos anos construindo, se transformou em uma ilha segura contra as tempestades da vida. Em você e nossos filhos – que ainda são pequenos demais para compreender a profundidade do quanto os amamos e de tudo que eles representam para nós – é onde encontro paz, confiança, consolo, felicidade, perdão, abrigo. Onde desfruto do mais profundo amor. É aquele lugar real, distante da lente da perfeição, onde todas as nossas partes são expostas – até aquelas que não são nada bonitas a nosso respeito - e mesmo assim, somos amados. Profundamente amados. Nosso lar é onde me resguardo quando estou ferida, e onde encontro cura. O lugar para onde eu sempre corro. Eu nem sei descrever o quanto aprecio sua presença, e o quanto é maravilhoso estar contigo. Em como é fácil conversar com você – mesmo quando concordamos em discordar. Eu só posso escrever sobre amor porque te amo, e porque sou amada por ti.

Minha querida Mel (@umtocdelivros), é tão bom poder trabalhar com alguém que parece compartilhar a mesma essência da nossa alma. É assim que me sinto sobre você, desde o dia que li sua resenha de Poeira em Neve. Você entendeu exatamente quem sou e os meus propósitos... e eu nem precisei explicar, você me leu! Ter feito a consultoria de escrita criativa com você para Chamas Tremeluzentes enriqueceu essa obra! Você é uma profissional incrível, detentora de um olhar atento e uma alma poética. Eu amo quando trabalhamos juntas! Muito obrigada!

Minha querida Marcela P. Sánchez, que foi quem me apresentou a leitura beta.

Mah, jamais terei palavras para agradecer por ter sido minha leitora beta em *Chamas Tremeluzentes*! Você fez isso enquanto também trabalhava no seu segundo livro, e mesmo assim, não mediu esforços para ler... O que torna a sua leitura muito mais valiosa! Obrigada, amiga! Obrigada, obrigada e obrigada!

A minha querida Editora Appris, obrigada por tornar mais um sonho em realidade! Existe tanto carinho, cuidado e profissionalismo de vocês com cada etapa do processo editorial, isso sempre me encanta! Saibam que eu os considero maravilhosos de tantas maneiras... faltam-me palavras para verdadeiramente agradecer! Obrigada, obrigada e obrigada!

Minhas irmãs, meus amigos e minha família! Como vocês são valiosos para mim! Obrigada por estarem novamente comigo em mais um livro! Eu os amo muitíssimo!

E por fim, aos meus queridos leitores... OBRIGADA POR LEREM!

O sonho de quem escreve é ser lido, mas ele verdadeiramente se realiza longe dos nossos olhos. É quando cada pessoa decide ler: seja no quarto ou na sala, no ponto de ônibus ou dentro de um avião, na praça ou no shopping. Realmente não importa onde! O que importa são as lágrimas que brotam, os sorrisos que surgem, a forma como cada um se permite ser tocado... E tudo isso, essas coisas grandiosas, acontecem longe de nosso olhar! Mas, o importante é que elas acontecem... E são reais!

Com amor, Nay